边缘化文学风景

周娜 著

BIANYUANHUA WENXUE FENGJING

——新世纪文学热点览要

电子科技大学出版社

图书在版编目（CIP）数据

边缘化文学风景：新世纪文学热点览要 / 周娜著.
—成都：电子科技大学出版社，2011.10
ISBN 978-7-5647-0996-9

Ⅰ.①边… Ⅱ.①周… Ⅲ.①中国文学：当代文学－文学研究 Ⅳ.① I206.7

中国版本图书馆 CIP 数据核字（2011）第 209147 号

边缘化文学风景
——新世纪文学热点览要

周 娜 著

出　　版：电子科技大学出版社（成都市一环路东一段 159 号电子信息产业大厦　邮编：610051）
策划编辑：辜守义
责任编辑：辜守义
主　　页：www.uestcp.com.cn
电子邮箱：uestcp@uestcp.com.cn
发　　行：新华书店经销
印　　刷：四川嘉华印业有限公司
成品尺寸：140mm×203mm　印张 10　字数 240 千字
版　　次：2011 年 10 月第一版
印　　次：2011 年 10 月第一次印刷
书　　号：ISBN 978-7-5647-0996-9
定　　价：26.00 元

◆ 本社发行部电话：028-83202463；本社邮购电话：028-83208003。
◆ 本书如有缺页、破损、装订错误，请寄回印刷厂调换。

序

新世纪文学已经走过了不平静的10年，由于受到市场经济、电子媒介、生产体制和物质文化的多重影响，而呈现出混乱而繁杂的景象。“流行”、“时尚”似乎成了文学追逐的一个又一个的目标，诸如“美女作家”“躯体写作”“80后”青春文学，“网络作家”“口水诗”“下半身写作”“反腐小说”“官场小说”“穿越小说”“玄幻小说”等各种旗号都纷纷出笼，浪起潮涌，被媒介炒成吸引人们眼球的文学热点。可以说是新时期以来从未有过的乱象丛生，有的赞叹为是一个新的文学时代的到来，也有的认为是“价值立场的退却与乱象”，不无忧虑和批评。

那么，应该如何把握和评价新世纪以来这些纷繁复杂的文学现象呢？在我看来，这对一般的文学读者乃至研究者都是一件非常困难的事情。周娜的《边缘化文学风景》则用全新的视角扫描新世纪文学热点，审视了隐藏“热点”背后的社会、文化和审美等复杂问题，既客观地勾勒出边缘化文学的发展轨迹，叙述客观，言简意赅，又冷静地分析了它的历史动因和现实走向，评析精当而准确。既还原了文学现场，又不乏理性反思，为学术界提供了一幅精彩有益的新世纪文学地图。

在我看来，新世纪文学与新时期文学一样依然是社会时代的产物，并且也是新时期文学的延续和衍化。在文学与社会时代的联系，它是一个被作家和理论家说熟透了的老话题，堆砌在它上面的繁多言词常使人们产生逃离问题中心的冲动和欲望。但又必须承认，无论是作家的生命体验与创作实践，还是作品的传播与读者的接受，文字的意义世界与表达方式都与社会时代相关涉，问题是如何面对和理解这种“关涉”，是直接的现实比附和意义移植，还是叙述的超越和个性转换？新时期文学的出现是以叙述过去的日子，叙述自己的伤痕起步的；改革文学叙述了一个个现实英雄的故事，充满了浪漫而理想的英雄气质和个性；到了寻根文学和新写实文学，主要从“精神重建”的叙述目的出发，叙述眼光逐渐下移，回到传统和民间，走向了个体性写作阶段。后来出现了先锋文学，“先锋”作为文学的一面旗帜，鼓噪和奖励作家们的冒险行为，同时也使文学阅读疲于奔命、穷于应付。“先锋”是一个缺乏统摄性的概念，写作也成了“不及物”动作，作家们蜷缩于个人的梦呓与感觉，游戏于语言的聒噪与自足，不同欲望和想象生长出不同的风格。先锋作家作为“文革”后的“新生代”，已经没有历史的负担，也缺乏理想主义的浪漫，充满在他们笔下的是性与暴力，是历史颓败以后的自我迷失和逃亡。经过 90 年代文学的突围，先锋文学已占据了文学大片疆土。到了 90 年代中后期，面对市场经济的强烈冲击，文化商品化潮流的裹挟，文学也失去了原有的激情和理想，开始出现分流和转移，其间还流行过“新体验”和“新状态”文学。

反思文学、伤痕文学和改革文学是在强烈的情绪化与政治化背景中产生的，它批判和反思了历史与现实的种种不人道、不合理现象。新写实文学从抒情走向叙事，标志着各种理想、幻梦破灭以后而面临“日常”生存的自然与真实。高悬于文学之上的种种理想和理念轰然倒塌，真实，甚至可说是残酷的“自然”开始裸露出来，呈现出了它的本来面目，如同海底的冰山，地下的墓穴。揭开所谓的理想与浪漫，敞露的却是现实本身，新写实文学的策略就是一个语词：下降、再下降。这样，生活的细节充斥着文本空间，诸如起床、上厕所、吵架、做饭、打开水、给小孩喂奶、洗衣服等等琐碎事件皆成为文学表现的对象，以至于出现了粗糙而不加修饰的文本风格。文学的高蹈独语没有了，俯视生活、指点江山、激扬文字也随风远去。作家们变成了真实生活中的人，既不在阁楼亭子间孤吟陶醉，也没有众人皆醉、唯我独醒的沉重和悲壮；作家不再扮演启蒙和战士的社会角色，也不用担当思想启蒙，为时代鼓与呼的重任，只是“叙述者”，“见证人”，“记录者”，“语言魔术师”，甚至被王朔称为“精神的扒手”“玩文字的人”。覆盖在作家身上的神圣与庄严忽然间变成了咒语，避之而唯恐不及。角色的后撤和价值的下降和隐藏，有益于叙述心态的转换，也同时为文学反崇高提供了可能，当然也带来了负面效应，走向颓废、疲软的状态，出现了欲望宣泄、玩弄文字的文学现象，出现了作家对现实生活表象的过分依赖，对物质性事物的迷恋，对下半身欲望的放任。文学写作不再是情感提升和思想深化的审美需求，而是各种欲望的宣泄，或者是谋取物质利益的手段。要么为了获得主流意识形态的奖励，由此获取无形的社会资源；要么为了得到社会市场和大众消费的利益，完全掉入了“欲望”和“利益”的陷阱。

由此，可以说“新世纪文学”就是新时期文学结出的酸“果”。它并不是中国文学新旧模式转换的标志，也不是主流文学的终结，或者说文学危机的病症，也不是中国文学新的疆域和新的生长点的标志。它不过是中国文学发展中的一个阶段而已，一个拥有独特性和复杂性的片段。它不需要被拯救，也不需要被祭拜，而是冷静而客观地描述和分析。这样的态度和眼光也就是周娜《边缘化文学风景》所持的立场，这样的方法也是《边缘化文学风景》所采用的研究方法。比如木子美和她的《遗情书》曾遭到了社会各界不同层次的评头论足，甚至是谩骂和攻击，但周娜却给出了这样的回答，“木子美的《遗情书》描述的确是一种生活方式，另类的，非主流的，远离传统的，疏隔道德的。她用逼真的、激情的文字告诉人们，她和她选择的生活方式，在这个文明、宽容、纷扰、多元的社会中存在着。当风波已经平息，当热点也已逐渐冷却，我们对木子美及其《遗情书》的思考，就不仅仅是一味地谴责和批判，而是看它背后出了什么问题”。在我看来，只有这样的眼光和立场才能呈现新世纪文学真实的“风景”，而不是哈哈镜的变形和批斗会上的誓言。

周娜将新世纪以来出现的“美女文学”“‘80 后’文学”“下半身诗歌”“垃圾诗”“梨花诗”“网络小说”和“官场小说”等现象，称之为文学的“边缘化”，显然并不否定文学主流、中心和经典的存在，这也是作者持论的依据和自信，也是选题的巧妙和新意。作者认为，文学时尚化是新世纪边缘化文学呈现的第一道最绚烂夺目而诱人的风景，且是新世纪边缘化文学关键词中的关键词。如“美女文学”的浮华和喧嚣，“青春文学”的叛逆和另类。文学活跃在时尚中，时尚无处不在。这准确地抓住了新世纪文学与时尚结伴而行的重要特点，当然，文学的时尚化也在某种程度上成为了社会的中心，特别是对读者和市场而言，更是占据了重要位置。边缘和中心是一个相对的概念。

周娜的行文很有特色，清新、自然，有文采。《边缘化文学风景》的内容新颖，文笔流畅。既在引文、注释上严守学术的规范，又没有学术文章的死板，把理论文章当做散文、随笔写，这需要对所涉内容烂熟于心才能产生举重若轻的效果，更需要有批评的灵性和语言的感悟和熟稔。读这样的著作，一点不让人有枯燥之感，如同读文学作品，也应证了书名中的“风景”二字。周娜偏居一隅，但并不影响她对新世纪文学的敏感体察和准确分析，也许正因为有着边缘人的“身份”和“立场”，反而让她对边缘化文学特有的风姿和景色看得更加清楚。

周娜嘱我为她即将出版的大作写几句话。我们都是中国现当代文学学科领域的同道者，另外，她曾经来我所在的大学攻读过硕士研究生，有过一段共同探究文学、切磋学理的日子，虽然时间不长，但记忆的印象却非常深刻。于是，就欣然应承下来。以上算是我阅读书稿的一些个人感想。

是为序。

王本朝

辛卯年深秋于西南大学寓所

目　录

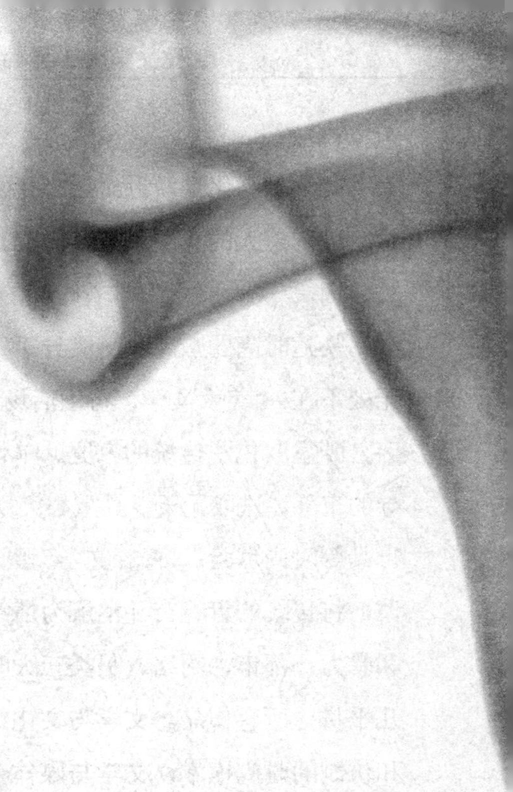

一编

时尚一瞥

文学时尚化是新世纪边缘化文学呈现的第一道最绚烂、最夺目、最诱惑人的华丽风景，时尚是新世纪边缘化文学关键词中的关键词。“美女文学”带着时尚的浮华和喧嚣惊艳出场，“青春文学”紧随时尚的叛逆和另类异军突起。文学活跃在时尚中，时尚无处不在：“美女文学”将生活场景向时尚迁移，酒吧、豪宅、饭店、卧室取代了传统的家庭、单位和社会；生活内容也与主流倡导的奋斗、进取无干，其重心突现的是性爱、畸恋、肉欲、死亡、毒品等时尚体验；“青春文学”更是一味地忧伤、叛逆、颓废、戏谑，将传统的青春奋斗消解为情绪化的孤独、怀疑、仇视、早熟和暴力；都市、网络、另类三大时尚元素及反讽调侃的时尚话语几乎贯通所有作品。文学与文化结缘开始不断地为大众提供追随和仿制的时尚模本，文学与媒体合谋引发一个又一个的时尚话题成为社会关注的焦点和热点事件。文学被时尚推涌着、裹挟着为文学赢得风光无限，作家有了时尚包装便一夜走红，作品经时尚运作便流行畅销，时尚偶像的光环套在了作家的头上。文学因时尚元素的注入，一方面激活了它的青春美丽和人性魅力，另一方面又由于“拒绝深度，拒绝经典”，即米兰·昆德拉一再提请人们警惕的“媚俗”对主流社会的疏离和对精神世界的漠视，直接导致了许多时尚作品看似喧嚣一时，却毫无生命力可言。来如惊雷闪电，去似海市蜃楼，时尚一旦流走，文学那美丽的风景只留下惊鸿一瞥便已远去。

蝴蝶尖叫，“美女文学”华丽现身

在21世纪文学的开场白里，推到前沿唱主角的先是一小群，后是几个20世纪70年代出生的女作家（卫慧、棉棉为其代表），她们被Logo(标志)成“美女作家”或“另类作家”或“文学新人类”，她们的作品以女性意识的身体主义写作为主（源自西苏就女性文学提出的“躯体写作”的口号，指女性用自己的肉体表达思想，即如棉棉所说：“用身体检阅男人，用皮肤写作。”）她们从“书写他者”转为“书写自我”，从“代言人”式的写作到“个人化”的写作，叙述立场已由“中心”走向“边缘”。在大众媒体的操作下，前卫另类的她们带给文坛阵阵“喧哗与骚动”，形成了新世纪文学早春的最绚烂的一道风景。年轻女作者们的小说，不约而同地向人们传递出一种对自我灵肉的放纵，对欲望狂欢的贪恋，对真善美、对理性、对道德、对精神的拒绝，一时间，写作变得又酷又时髦，隐私小说、私人化写作、美女写作成为时尚，主张用“身体写作，让自己风风火火成为一时的焦点”，大幅的女诗人、女作者的美女玉照，配上她们的生活写真影集，加上与作家本人的最隐秘的“私人生活”接通的宣传广告词，成为“美女文学”的流行版本。号称以“身体”写作的卫慧，自认是“妓女作家”

的九丹和被称为“前卫美女作家”的棉棉，她们发出蝴蝶的尖叫，像疯狂的妖魔闯进文坛，她们的另类之作迅即成为“美女文学”的标志性作品。

受宠的禁书：卫慧与《上海宝贝》

关于卫慧

卫慧，1973年生，浙江余姚人。被称为“晚生代”“新新人类”女作家。1995年毕业于复旦大学中文系，做过记者、编辑、电台主持、咖啡店女侍、鼓手、广告文案。自编自导自演过话剧，并参加过99国际“超市艺术展”。出过《蝴蝶的尖叫》《像卫慧那样疯狂》《水中的处女》《欲望手枪》《上海宝贝》《我的禅》《狗爸爸》等书，部分作品译成31种文字，并登上日本、英国、意大利、德国、法国、美国、西班牙、阿根廷、爱尔兰、新加坡及中国香港的各类畅销榜前十名。她也一直以作品数量和质量成为圈内外关注的焦点。小说《上海宝贝》已被拍成电影。现居纽约与上海，专职写作。

关于《上海宝贝》

1999年9月，沈阳的春风文艺出版社推出了卫慧的半自传小说《上海宝贝》。这部曾经充满争议的小说一瞬间打破了沉寂多年的海派文坛，半年内正版印刷11万册，网上点击逾14万次，引爆了中国文坛的广大争议，风靡了中国年轻一代，国内的众多评论将其视为文学的“恶之花”，吸引了国际媒体报导。北京新闻媒体和文化管理部门以《上海宝贝》对女性手淫、同性恋和吸毒等不良行为的描写，将该书裁定为“腐朽堕落和受西方文化毒害”的典型。中国官方在五月中旬发布全国禁售令。该书被禁后反而声名大噪，海外版权贸易商邀约不断，有10个外文版本同时在发行，仅日本版就印了将近40多万册。

《上海宝贝》百分之百的时尚，称得上“美女文学”的经典范本：封面上是一位青春玉女，长发垂肩，裸露的肩膀和胸前写着“卫慧”“上海宝贝”的字样。卫慧骄傲地宣称，封面上的照片正是她自己:“我请北京的化妆师李奇潞在我的皮肤上写下书名和作者名”。封面上的三句广告词“一部女性写给女性的身心体验小说”“一部半自传体小说”“一部发生在上海秘密花园的另类情爱小说”，其商业效应不言而喻。小说的内容充满了物欲、肉欲、性、同居、同性恋、吸毒等疯狂极端的另类体验。作者宣称她要成为他们那样“欲望一代”的代言人:“简简单单的物质消费，无拘无束的精神游戏，任何时候都相信内心冲动，服从灵魂深处的燃烧，对即兴的疯狂不做抵抗，对各种欲望顶礼膜拜，尽情地交流各种生命狂喜包括性高潮的奥秘”(《像卫慧那样疯狂》)。“让小说与摇滚、黑唇膏、烈酒、飙车、Credit Card（信用卡）、淋病、Fuck（欺骗）共同描绘欲望一代形而上的表情。”小说还被认为是“私小说”的70年代范本，不惜把女性置于被窥视的位置，不再是“羞答答的玫瑰静悄悄地开”，而是对外开放一切，“做一朵公共的玫瑰”。

《上海宝贝》采取第一人称的叙事视点，情节主要是描述上海女作家CoCo与中国男友一个性无能者“天天”和身强力壮、金发碧眼的德籍男友马克的性爱体验。CoCo终日沉湎于东方男子温情缠绵却柔弱无能与物欲性能力均超强却受制家室的西方男人之间的情欲纠扯。最后“天天”因吸毒死亡，马克返回德国，CoCo的双线感情于此告终。这部边缘化小说将精神、情感置于一边，将传统道德弃之不顾，颠覆传统的态度是极端而又疯狂的。卫慧曾说过：“在复旦大学读书的时候我就立下志向，做一名激动人心的小说家，凶兆、阴谋、溃疡、匕首、情欲、毒药、疯狂、月光都是我精心准备的字眼儿。”这在《上海宝贝》中得到了集中的体现：这里有奢靡的生活、夸张的欲望、错乱的爱情幻象，有爵士乐、大麻、朋克，有沙龙、Partyanimal（派对动物），还有各种品牌的奢侈用品，放荡肆虐的文字，醉生梦死的故事情节。《上海宝贝》整体弥漫着对阳物的崇拜，对色情的大力渲染和各种性解放的口号，以及相对应的自渎和自恋，各种粗俗、露骨的性描写。“性”与“身体”成为该小说内容的聚焦点。

关于人物

卫慧说，她写的是一群“新人类”的生活。“我的本能告诉我，应该写一写世纪末的上海，这座寻欢作乐的城市，它泛起的快乐泡沫，它滋长出来的新人类，还有弥漫在街头巷尾的凡俗、伤感而神秘的情调。”这些“新人类”由“真伪艺术家、外国人、无业游民、大小演艺明星、时髦产业的私营业主、真假另类、新青年”等组成。这些“新人类”似乎都是为个人的欲望而活着，他们没有崇高的理想，没有对家庭和社会应有的责任感，不劳而获、衣食无忧，她们过的是一种感官欲望化的寄生虫生活，追求的是肉体瞬间的欢娱和刺激。小说中的主人公倪可（实则就是作者自己）这个复旦中文系毕业现正从事自由写作的人，崇拜法国女作家杜拉斯（杜有男友N个，结婚N次，她说：“如果我不是作家，我就会是妓女”）。她还把穷而放纵，活了89岁，一共有5个妻子的亨利•米勒视为自己精神上的父亲。所以，我们看见这个“上海宝贝”除了沉迷于各类性体验、除了对自身肉体有着永不衰竭的自恋自娱的疯狂激情外，就没干一件正经事。就连她的写作与众不同，如她所说：“别的人用家破人亡、颠沛流离，来写出一部传世经典之作，而我呢，则是涂着上好的‘鸦片’香水，七天七夜幽闭在Marily Manson毁灭性歌声里自娱着（指‘我的右手还握着笔，左手悄悄地伸到下面，那儿已经湿了……’）冲向我的胜利”。可见，她的写作也是在欲望的冲动和满足中完成的。

倪可的情人“天天”整天又做些什么呢？她为他画出的生活图表是：“对外面的世界本能地抗拒使他有一半的时间在床上度

过，他在床上看书，看影碟，抽烟，思考生与死、灵与肉的问题，打声讯电话，玩电脑游戏或者睡觉，剩下的时间用来画画。陪我散步、吃饭、购物、逛书店或音像店、坐咖啡馆、去银行，需要钱的时候，他去邮局用漂亮的蓝色信封给妈妈寄信”。一个搞艺术的人，其全部才华就体现在内裤和体恤上画动物图案。后来发展到吸毒并为之葬送了自己年轻的生命。

关于评价

卫慧从出现到火爆到被封杀到沉寂，一直就颇受争议，以《上海宝贝》为代表的“美女文学”现象，其影响从中国文化界波及国际传媒。美国《纽约时报》报道说，卫慧和她的《上海宝贝》已经成了一个“全国现象”。她是继“痞子文学”代表作家王朔之后中国又一个引起广泛争议的作者。她和其他一些类似作者的小说使得中国的评论界激烈争论到底什么是“文学”。

《美国新闻与世界报道》称卫慧是中国的“小说雅皮”。在西方人的眼中，这部小说具有社会学的意义，而且为西方世界遐想可能的中国提供了更多重的纬度。2000 年 5 月 10 日《纽约时报》的记者克雷格•史密斯采访卫慧后写道：“这本书触及了很多中国文学里长期禁忌的一些社会问题，从女性手淫到同性恋。它包含了一些生动敏感的性描写。”

德国汉学家顾彬说卫慧作品不是文学是垃圾。

国内有评论家不客气地说：卫慧们“一点点出卖着自己难得

的文学感觉和文学才华，总让我联想起风月场出卖青春的丽人，她们很快就会被新的时尚所抛弃”。甚至有人直接指责卫慧是“堕落、淫荡及外来文化的奴隶”。

但另有人说，卫慧是新生代作家中第一个吃螃蟹的人，“勇敢”地揭示了自由世界下的那些欢愉的、痛苦的、扭曲的人性，在改革开放最前沿的城市里注入一支强心剂，让那个时代的年轻人看到了主流媒体以外的、人性的原始和本质——情欲。

2007年，经历了了文坛风雨的卫慧，发表她的封笔之作《狗爸爸》，结局幸福圆满。卫慧的行文完全褪去了8年前《上海宝贝》的迷离与大胆。今天，卫慧无需穿着“开缝到大腿中部的青丝旗袍，拿着红丝手提袋”，以勇敢的姿态面对外界的舆论，她平静地向记者回答她目前的生活状态：“早睡早起，天天打坐与瑜伽，不吃肉，不癫狂，无畏，更自由，更有力量。生活比写作更重要，而智慧比生活更重要。所以，次序应该是：修智慧—爱生活—写好作。”

曾经成为文坛事件和热点的卫慧以及由她烘蕴的那道美丽的风景线，是否像有人描述的那样：卫慧效应并不因为上海宝贝的封杀而被终止。如今，越来越多的作家，抛开了种种束缚，穿梭在城市每一个街道、里弄。也许，在那个犄角旮旯里就藏着一段鲜为人知的上海小姐与上海先生的爱情故事；也许在那幢已经被翻修过无数次的老式洋房里，曾经就飘着罗宋汤的香味，仔细一闻，那是最正宗的俄式浓汤；还有姣人的旗袍，锈迹斑驳的黄包车，叮叮当当地组成一道道最美丽的风景……

这或许正是卫慧们存在的价值吧。

残酷青春读本：棉棉与《糖》

关于棉棉

棉棉，本名王莘，当代中国新生代作家。1970 年出生于上海。17～25 岁之间生活极其飘荡，去过很多城市，做过各种短暂职业。1995 年因染上海洛因回上海养病，1997 年开始发表作品。其作品畅销法国、美国、德国，被翻译成 15 种文字在世界范围出版，并被选入一些国外大学教科书。主要作品有：《啦啦啦》《糖》《盐酸情人》《社交舞》《我们害怕》《我是个坏男人》《白色在白色之上》《熊猫》《声名狼藉》《于忧郁的明天升上天空》《你的黑夜，我的白天》等。代表作：《糖》《声名狼藉》《于忧郁的明天升上天空》。现在，24 小时网络电台 www.udancecn.com 设有电台节目：不在夜店跳舞。棉棉的小说给人消极灰暗的感觉，内容充满吸毒、酗酒、纵欲、摇滚，当然不乏对身体和性的描写，被视为年轻一代最出色的作家之一，被誉为“新人类的代言人”。

关于《糖》

20世纪和新世纪之交，棉棉的拟自传体长篇小说《糖》发表，让美女文学风波再起。这位小说天地里的行为艺术家，将小说的诸多传统置之一边，自称“用身体检阅男人，用皮肤思考”，小说“是用身体去写的”，其作品掺入了特有的“残酷青春”气息。《糖》里有酒吧、有摇滚、有天才的艺术家们，有可卡因（毒品），还有“糖”似的扭曲变形的身体，有了这些，再加上传媒爆炒“卫慧、棉棉之争”，在“无耻”与“下三滥”的唾沫战中，《上海宝贝》与《糖》销量大增，美女文学风行内地，并逐渐在当地形成一股“棉棉现象”。一个因推销“美女”品牌受宠，一个以“身体写作”扬名。棉棉也与卫慧一道，迅疾成为了“美女作家”浪尖上的巅峰代表。

《糖》这部被称为“残酷青春”的中国前“文坛坏女孩”的书，以“我”与赛宁的肉体与感情为主线，叙述了一个“问题女孩”和她在青春迷途中邂逅的几个同样有“问题”的少男少女的故事。小说的主要人物红（也即“我”）其实只是个单纯却又任性、早熟却又幼稚的女孩。高中同桌玲子的自杀事件，使她迅速滑入“问题少女”的泥潭。因此她退学，当走穴小歌星、商人和赛宁同居……她追求浪漫的爱情，为赛宁释放了一个十几二十岁少女的所有狂热和力量，以为这就是生活的全部。但她深爱的男人赛宁在同居四年后只留下一张纸条就离家出走了。红为此深受伤害，并以堕落的方式消耗自己的生命。她接触毒品、性、同性恋，与心里同样空洞的各种不同的另类男女一起，用身体试验对方，用皮肤品味感觉。当红经历了酗酒、吸毒、戒毒、自杀等动荡生活之后，赛宁又回来了，但他们之间无法进行传统意义上的重修旧好，却又割舍不断，纠纠缠缠长达十年，并为此深受折磨。“全书以 26 个英文字母为顺序，向我们层层揭开一个又一个伤感故事”，构造了一个“问题女孩”对自由与失控，亲情，友情，爱情，爱与被爱，性与爱，性与身体，真理与混乱，理想与欲望等问题的认知过程。残缺的生活，残缺的年少，残缺的感受，残缺的爱，没有甜蜜只有糖，没有认真只有真实。棉棉表现了那些没有未来的一代人的病态的生存方式和青春迷茫的深沉痛苦。因此，有人把棉棉称为“异地的花朵，虽然美丽诱人但却含有毒素”。

关于人物

《糖》中的人物让我们看到了什么叫真正的另类。小说的女主人公——红，是一个不讨人喜欢的女孩，她总是那么奢靡慵懒，她的情人赛宁，这个摇滚乐队的吉他手，也是个瘾君子，和她一样无所追求。棉棉如此为男女主人公画像：“我和赛宁有很多相似之处，我们都酷爱巧克力，我们都来自破碎家庭，我们的童年都极为阴暗，我们的书都念得不好，我们小时候都没什么孩子理我们……”没什么真诚的同伴，父母无暇顾及，长大后便自然形成了孤僻古怪的性格，厌世恶俗，没什么理想，不关心别人，不顾别人的感受，一味追求自由疯狂的随心所欲，强烈渴望爱又恐惧被爱。他们一起生活一起呼吸一起沉沦，不断地分离又在一起。他们毫无顾忌地酗酒，不计后果地吸毒，也不问底细地同居和来者不拒地做爱。在疯狂的随心所欲中，他们不计一切代价地满足自己的物欲食欲色欲等一切愿望。打口碟、收音机头乐队、摇滚生活、流离失所、爱、毒品、性、酗酒、自虐、伤害、恐惧，这是生活的全部，繁乱又空洞，苍白且虚弱。残酷的青春，受伤的爱情，迷茫的痛苦，最身体、最直感、最私密的另类体验，试图将痛苦咀嚼成为糖的棉棉，让我们看到了“一些从未在中国文学作品中出现过的人物，在此书中闪闪发光。”

关于评价

棉棉因《糖》而被称为“美女作家”，尽管她本人并不予以承认。有论者说：“棉棉在花花世界像一朵雪莲花兀自盛开。女孩子可以学棉棉的装扮，学棉棉的狂野，但肯定学不来棉棉内心的痛苦与深沉，这是非凡的经历与天赋造就的。像李娜、吴士宏都不漂亮一样，棉棉同样不是一个美女，但她要比大街上一抓一大把的所谓美女更美——那是一种惊心动魄的美，只能让人目眩神迷。”

棉棉因《糖》而出名，棉棉现象从国内辐射海外。棉棉有一张嘴里叼着烟的照片经常出现在媒体上。小说出版当年，大街上很多人都在模仿《糖》里面的女主角。在英国的街头，经常可以在地铁里看见有人拿着棉棉的新书，封面照片是李亚鹏在为棉棉点烟。2001 年，棉棉的书在欧洲比在中国还走红，法国著名的出版社一版、再版棉棉的《糖》。与此同时，相关热评出现在各国各报刊及网站。美国《远东经济评论》上对棉棉的评价："中国最具震撼力的青年作家之一。""《糖》，比《猜火车》更生猛的作品。"《时代》周刊评价说棉棉"是中国最有前途的青年作家。""棉棉的小说深入探讨新一代中国青年最深刻最内部的经验。"《国际先驱论坛报》："她是最完美的 Diva！这位上海的文化偶像从未停止过她的脚步，活跃于每一个重要的时刻。"法新社："棉棉是 90 年代最独特的声音，她不为自己痛苦的过去而哭泣，她冷静地分析自己以及那些边缘青年的生活。"

棉棉改变了中国青年文化。她总是同时吸引着俱乐部及先锋人群。她的经历、言行及文学作品影响了大量的七八十年代以后出生的中国青年，是中国亚文化中最贴近年轻人内心的文化偶像。棉棉在《糖》里的绝望抒情表达的是这个时代的"流行病"，《糖》的出现，无异于树起了一面意乱情迷的欲望旗帜。从这个意义上来说，《糖》是对这一城市青年群体中人性欲望和丑的一面的煽动和"挖掘"。《糖》代表了整个中国边缘文化无望的现实，提供了黑暗的 20 世纪 90 年代的残酷青春病毒样本，其特有的"残酷青春"的气息和棉棉本人所具有的传奇般的经历，让她拥有了大量的年轻读者，因此她被誉为"新人类的代言人"。

作家王朔说："我比较认同棉棉的态度：都是自然现象，发生了就好好享受，包括疼痛。"

有人建议把棉棉的小说置于张爱玲、萧红、残雪等这样的作家链条上来思考她的文字，因为她的那些芜杂、枝蔓丛生、毫无节制的文字是一个青春期的少年喋喋不休的诉说，这是我们从未倾听过的声音。这声音真实，直逼人心，掩盖了成年人习以为常的世故和俗套，使老派文人和读者坐立不安。我们记住了棉棉，记住的是她"另类"的形象，她不是在"扮酷"，真正的酷是无法扮出来的，而是骨子里的一种潇洒的冷漠。

甚至有人称棉棉是天才，并拿卫慧一比，说那还真不止是一个光年的差距。

但是，得到比卫慧更多认同的棉棉，也招惹了许多的非议，而这些非议大多与卫慧捆绑在一起："卫慧、棉棉等人的作品，不管是艺术形式还是作品的构思，都没有形成新的突破，靠作品本身不可能引发那么大的关注。是因为她们在作品之外的所作所为，为自己的作品制造了卖点。"

文学是"一个神圣的殿堂"，而这些漂亮的女作者"脱离了中国文学丰厚的历史和文化背景，只对玛格丽特•杜拉斯（Marguerite Duras）和亨利•米勒（Henry Miller）略知一二，就胆敢窜上舞台大跳脱衣舞，她们最终会对自己感到羞愧"。"新新人类"抑或是"美女作家"们，拥有扎实的文学功底，拥有聪慧的大脑和敏锐的感觉，为什么不写传统意义上的文学作品而展览姿色呢？难道仅仅是因为“作秀”表演能够获利多而出名快？

“从这些出卖‘身体’、兜售‘隐私’、充斥着黄色细节的垃圾文字里，我们看到的是对社会伦理道德的蔑视，对作家良知和责任的践踏，对文学精神和使命的背叛。”

捧也好，骂也好，棉棉有着自己的淡定。棉棉戒烟戒酒，修习佛经，过返璞归真的生活。

“我只能读而且必须写自己熟悉的生活，这是棉棉的意义。”

“我只能爱必须坚持爱自己热衷的文学，这是我的意义。”

“糖果还是甜的，只要你不是蓄意把它浸泡在苦水里面。”

“我希望看我字的人不再会为爱痛苦、恐惧。前方的路还很长，如果我的字不能给这个世界带来积极的意义，我希望所有的人都把我忘了……”

走过残酷青春的棉棉，告诉我们：“在痛中学会爱，是生命教会给我们每个人的礼物，一辈子也离不开的礼物。”

——“这本书（《糖》），是一些我曾经流不出的眼泪，一些我笑容里的恐惧。这本书，是因为某个黎明，我告诉自己必须把所有的恐惧和垃圾吃下去，必须让所有的恐惧和垃圾在我这里变成糖，因为我知道，这是为什么你们会爱我。”

面对棉棉的礼物，这苦味的《糖》，我们是拒绝还是接受呢？

“妓女”悔罪篇：九丹与《乌鸦》

关于九丹

九丹，原名朱子屏，江苏扬州人。1968年出生于江苏，1990年从中国新闻学院毕业，分配到广西一家报社做记者，后辞职来到北京，成立公司，承包北京电影学院电视片部。1995年留学新加坡，在异域学习和生活5年之后，于2000年回国，在北京一家周刊社做记者，业余时间从事创作。1996年出版长篇小说《爱殇》，主要作品有《漂泊女人》《乌鸦》《新加坡情人》《女人床》《凤凰》《小女人》等。九丹因其写作风格另类，其代表作《乌鸦》大胆触及新加坡留学生的卖淫生活，在世界华语圈引起了广泛关注与激烈的讨论，除了“美女作家”，九丹还被称为“妓女作家”，是当代最具争议的女作家之一。

关于《乌鸦》

因为书的另类和大胆揭丑，九丹以《乌鸦》而噪名于世。小说刚出来时并没有什么反响，书写得粗糙而平淡，整个透着一股俗气。后来九丹向记者透露，说此书所写乃她的亲历，她在新加坡时确如女主人公那样，有过三个男人，其中一个还是国会议员。

消息一经披露，首先在故事背景地新加坡的华人里引起了轩然大波，国内数十家网站引发了一波又一波激烈的争辩；随后，《乌鸦》热浪又波及美国、澳洲及其他地方的留学生界以及中国香港和欧美的华人社会和非华人媒体；人们在网上、报上不断地发表文章批评作者，《亚洲周刊》两次登文介绍“《乌鸦》冲击”，甚至将其作为“亚洲焦点”刊登在封面上。随后《乌鸦》在中国内地、新加坡多次重印，高居新加坡图书排行榜的榜首，从而成为母语小说在新加坡出版发行的一个神话，开创了当时长篇小说发行量的又一高峰。《乌鸦》快速被炒热，在大众的哄抬和热骂中成为一部流行的时尚小说。然而，与此同时，另一个令人称奇的现象是，在《乌鸦》发表后的一段时间，一向以敏锐著称的内地批评界在整体上一直对九丹及她的《乌鸦》在国内外掀起的热潮保持着一种难堪的冷漠姿态，他们对之或不屑一顾，或嗤之以鼻，就是很少有人对其进行客观的分析和论述。对此做出过敏反应的是另一美女作家卫慧，其在《苹果日报》专栏中，不指名地批评九丹俨然有“售肉”经验，才写了本“妓女文学”的书。而这本谴责多于赞赏的长篇小说，却受到了内地作家王朔、李陀等人的肯定。

这本 24 万字的新小说《乌鸦》，副标题是“我的另类留学生活”，描述一群怀着绿卡梦的内地女孩，在新加坡卖淫的另类留学生涯。该书花了九丹 8 个月的时间完成，但是向几家内地著名的出版社投稿，都未引起注意，最后由湖北长江文艺出版社于

2001年1月出版。《乌鸦》是继《上海宝贝》之后又一部引发激烈争论和轩然大波的美女文学。作者以第一人称的手法讲述了一些中国女人在新加坡充满血与泪、肮脏与耻辱的留学生活。小说主要描写了：去新加坡求学谋生的王瑶、芬等一批内地女性为了在异国生存并长期居留，有的混迹于夜总会，有的委身于有钱的老头，有的依附于有势力的帮派。她们不择手段，相互倾轧，无一幸免地堕入卖身求荣的各种不堪遭遇。小说的结局是大海上漂浮的男人的尸体和血色天空上鸣叫飞过的乌鸦。这些充满虚荣心的女人，尽管付出了出卖灵肉、出卖同类的代价，使尽了卑下与肮脏的手段，丢尽了人性的纯洁与善良的本质，但最终还是像天空中躁动的乌鸦一样，除了身心俱疲、伤痕累累之外，仍然是一群孤独无依的“漂泊的女人”。小说通过另类留学生的边缘经历揭示出新加坡明丽时空中被遮蔽的丑恶，揭去了外在的光鲜，以赤裸的真诚向我们展示了一幅“他人即地狱”的沉重画卷。让我们看到：虚伪女人在无奈生存中的丑陋、另类生存环境的逼仄压迫、妓女生存状态的艰辛苦涩等。

关于人物

与其他讲述中国人在异国他乡历尽艰辛而终获成功的类型化小说不同，《乌鸦》中的女人没有自尊，更谈不上自强，他们的奋斗史就是女人在风月场上的争夺战，就是男人与女人在金钱与性上的交易战。如果说柳道、私炎等男人的人生观是“金钱就是一切”的话，那么，海伦、芬等女人的人生观就是“一切为了金钱”。女主人公王瑶（我）外表美貌、气质高雅，但有严重的虚荣心，从她一登上去新加坡的飞机就开始编造谎言，骗得了富婆麦太太的信任和收留，以后她一直生活在谎言中，并像吹肥皂泡一样，谎言越编越大：“我”的父亲一会儿是外贸局的干部，一会儿成为了省委书记，“我”也就成为了一个高干子女；“我”一会儿怀孕，一会儿又要结婚，“我”又变成了一个可怜楚楚的弱女子。尊严为了金钱可以全部出卖。最后谎言编不下去了，就一步步地走向了深渊，出卖肉体、寻找男人靠山也就成了她唯一的出路。其他内地去的女孩子都无一例外地做了同一种选择。而书中的新加坡男人不管是对于大权在握、黑白通杀的老花花公子柳道，还是对于有妻室儿女的李私炎这样的普通新加坡男人，他们都毫无怜悯同情之心，而仗着有钱将那些年轻漂亮的女人玩弄于股掌，将其沦为泄欲工具。王瑶们的生存空间得由男人的钱撑着，否则就会倾塌。除了身体，无论是钱财还是感情，都是这些小龙女（新加坡人对妓女的俗称）们所无法把握的，她们只能在一次次无望的追逐中绝望地落空，她们只能彼此伤害，并被这个世界伤害，在金钱与性的交易战中被厮打得遍体鳞伤、一败涂地。

关于评价

一部充满争议的小说《乌鸦》让“美女作家”九丹变成了名人，不过伴随她成名的却是如潮的质疑与指责。

《乌鸦》首先招来了新加坡华人的一片骂声：《乌鸦》“哗众取宠地将部分阴暗角落的东西，描绘成整个社会”，“一竿子打翻了一船人”，丑化了中国女性的形象；《乌鸦》“将毒汁喷向所有女人，要将所有女人拖下污水”；《乌鸦》对自己的国家和民族“没有起码的一点维护之心，为何书中对中国女子的好处一字不提”。

新加坡的华人留学生谴责说：“九丹之所以受到歧视和白眼，恐怕不是仅仅因为她是中国人，而是因为她不顾国格人格出卖自己还要四处宣扬，污蔑别人，哗众取宠，才被人看不起。不仅是外国人要看轻她，中国人也要看不起她。她不仅伤害了留新的中国女生，也伤害了她们的父母。相信稍稍有点正义感的人都会不齿她的龌龊行为的。”

多数人指责她以偏概全，把在国外的中国女人比做“铺天盖地飞临外国的乌鸦”，损害了中国女性在世界上的形象。有论者指出：“九丹的绝对化造成了整部作品文学感的缺失，其主题选择的失败，也造成了作品的硬伤。书中描写在新加坡留学的女性群体生活的状态，绝对不会是全体女性留学生的生存状态。在现实生活中，出国留学的女性中，有不少成功人士，他们没有悲惨地回家，至今仍在国外或在国内继续为她们自己的事业打拼，难道这不是事实吗？中国人是最勤劳最能吃苦耐劳的人民，他们用汗水甚至血水换来的美好生活，却在别人眼里变得是那么不堪的境地，你能相信吗？这种以偏概全的做法，未免太不地道，太不公允了吧！”“至于九丹声称是用‘身体写作’，只是为了吸引大众的眼球，其本身表现的只是某种人的生活状态，而绝对不是整个群体的生活。”

更有论者尖锐地指出：“《乌鸦》中的女性已经蜕变为大众情人，彻底丧失了羞耻感，人的尊严化为消费化的商品，被出卖，被议价，被整体的物化。”“九丹的性描写是放逐欲望的书写，实际上是将女性的隐私、身体、欲望展示于低俗的男性阅读市场，是一种精神卖淫，人文关怀的意味荡然无存、消失殆尽，女性小说意义的召唤将无从说起。”

内地的文化人和评论家仍不乏理解和支持九丹的观点：“作为对描写留学生活作品的经典的解构，《乌鸦》为我们提供了另一种范例。就其文学范式而言，它属于讽刺类型，即在英雄(成功人士)已逝的舞台上，普通人甚至是卑微的人占据了舞台中心。在目前人人都向往成功而奔腾不息的时代，它破灭了许多人的成功梦，又由于题材的特殊性，自然要受到相当多的人的抵触。”

曾出版《上海宝贝》的文学评论家白烨说：“这是一本独特的小说，读后给人沉重感，久久挥之不去。不能仅仅把它看成是留学文学，它在更广泛的社会层面上给人启示。”

作家王朔撰文高调评价：“九丹在写作方面非常坦诚，一种真正意义上的坦诚，我认为做到这一点很了不起。”

评论家李陀说：“《乌鸦》不同于中国以往任何一位作家写的书籍，它代表了全人类的作为弱势群体的女性向男权社会和金钱社会发出的一声呐喊。这部小说很有可能作为一部经典而存留于中国的文学史中。”

对于以上众口不一的评价，九丹做出了冷静地回应。这一点被许多批评家赞赏为勇敢和大气。九丹说在小说中她想更深一层揭露出的一个穷国对富国的向往，一批在海外追求幸福与理想的女人在展现自己、陷入飞蛾扑火的境地的同时所犯下的错误。在自省与忏悔的小说中，九丹认为自己是“女性自剖的第一人”，正如她在《乌鸦》的扉页上所说：“如果把写作比作脱衣服，那么脱了衣服之后，我不会炫耀自己的乳房有多美，而只是想把我的伤口指给别人看，并且告诉他们，这些伤口首先是我个人的罪恶，其次才是他人的罪恶。”

对于指责她是妓女的人，九丹说：“如果说因为我写了《乌鸦》这本书，全人类的人都把我当作了肮脏的妓女，如果因为你们把我当做妓女看，而使你们真的干净了起来，使得你们的精神有了亮点，使新加坡的女人能够开始分析自己从而对于一些其他的弱者对于一些可怜人表现出真正的同情，那么你们全都把我当做妓女又有什么不好呢，我就当这个妓女了。”

应该说，“《乌鸦》表现女人在异乡生存的挣扎和痛苦，把隐藏在文明背后最劣根性的一面暴露给我们，在表现人物命运的起落里深怀救赎意识和忏悔。作者是沉痛而客观的，作为第一部以留学生活为题材的另类作品，《乌鸦》自有其价值。如果说李陀先生所推崇的，它将进入文学史，现在下结论还为时过早；如果说像有的论者告诫：忘了九丹吧，也忘了这只嗑嘴的《乌鸦》。”“乌鸦”毋宁说是一只起飞的“鸡”，“正在文学市场的上空做一次短暂的飞翔”，对《乌鸦》的价值有所贬损；那另有论者所说的：“就《乌鸦》来讲，它在描写留学生活类作品中的地位是不言而喻的，不论这部作品今后的命运如何，它都将被叙述，即使进了文学史，也不必奇怪。”此言，让人不能不信服。

情色实录日记：木子美与《遗情书》

关于木子美

木子美，原名李丽，网络作家。1978年生于广东梅州，祖籍潮安。毕业于广州中山大学哲学系。曾就职于南方日报集团，先后在《21世纪经济报道》和《城市画报》做采编。2003年1月开始在《城市画报》写性专栏；2003年6月19日因在网上公开自己的性爱日记《遗情书》，以下半身写作而一夜成名；2004年在上海生活并写作，为日本、新加坡、中国香港等地的报刊写专栏，并写私人日记《从良》；2005年就职于博客网，负责播客频道，并建立个人播客“木的工作室”，关注另类生活；

现从事栏目编辑、专栏作家、记者、网站代言人等职业。

关于《遗情书》

从2003年6月19日起，木子美开始在网上公开自己的性爱日记。在日记中，木子美记述了与不同男性之间的性爱经历，并把日记冠名为《遗情书》。木子美在《遗情书》中记录了她与广州某著名摇滚乐手的“一夜情”故事。故事以白描的手法，再现了她与这名乐手做爱时的大量细节。她在日记中直呼该乐手的真实姓名，并对其性技巧和能力进行了描述。《遗情书》在网络连载之后，在网上掀起了轩然大波，使木子美“一炮走红”。事发后，木子美曾迫于压力关闭了一段时间的日记，但重新开放后，访问量更是急剧飙升，网民们发表了大量议论。木子美日记被迅速转贴到各大网站，又在网民间四处流传。在音乐界、传媒界及网络上引起极大反响。木子美的生活态度、“写作”方式所引发的广泛争议和探讨，是当年文坛的一大事件，被网民们称为“木子美现象”。2003年11月，木子美的《遗情书》由江西某出版社正式出版，但刚上市便被禁售。这种正版的《遗情书》包装比较精美，书中有不少木子美的生活照。整本书被分成了5个版块，除了“你‘性’什么的专栏”“性爱日记《遗情书》”之外，木子美创作的诗歌、随笔、小说所占的篇幅在整本书的一半以上。虽然出版社此前表示，出版的书是经过删减的，而且性爱日记的篇幅也不到一半，但是书中对性的描写还是比较明显。随后，即有各种版本的盗版《遗情书》暗中行销。这种盗版书，均直接从网上下载并经过节选，然后进行粗糙印刷装订完成。木子美《遗情书》的出现，将“美女文学”演绎得活色生香，将“身体写作”又推上了一个新的高峰。木子美将自己的一夜情和其他性生活细节和盘托出，并用细节描写的方式公布于网上，与卫慧、棉棉、九丹们的半自传相比，木子美的日记体对自我隐私的曝光就更为赤裸，其写实作风也就更为大胆露骨。

关于人物

因为《遗情书》的作者即书中主角，亦即当事人三位一体的身份，使木子美成为各类媒体竞相追逐的新闻人物。木子美有关性爱的大胆不羁的言论，也不断被披露出来。如关于性，木子美公开标榜:她只是在工作之余“有着非常人性化的爱好——做爱”。同时她还有一个爱好就是将此中经历及细节写出来并公之于众。木子美自称经常为了能冲个舒服的热水澡而在一个男人家过夜，做爱对木子美只是一件司空见惯的事情。关于爱情，她认为，“爱是做出来的，忽然觉得。如果在性交时无比相爱，算不算也是种爱情？比之虚无缥缈，它看得见、摸得着，享受得到……我很陶醉过程中的一切，落下的窗帘和窗外的景色虽然都很平庸，但我却能联想到《情人》那部电影，梁家辉和‘小杜拉斯’也是在下午。我们，真的想做完美的爱，虽然，实质是性交而已，但正因为还没有真正的感情纠葛，使得性交更具纯粹魅力”。关于男女关系，据《遗情书》记载，木子美性放纵的方式多样：不仅频频更换性伴侣，还曾经当着朋友的面与朋友的朋友性交。她甚至直言不讳地表示：“不需要工作时，会看看碟，上上网，或者去一些酒吧，碰到心仪的男人，可能会跟他聊聊天，喝喝酒，然后一夜情……因为不害怕，我轻易就能爱上一个男人，轻易就能跟他上床，轻易就能从他身边离开。也因为我太轻易，男人们轻易就可以把我忘记。男女关系于我而言，就是直接地与一个男人发生性关系。”关于男人，她说：“我重视男人的本来面貌，那不是修身养性养成后的东西，或是可能随他身份变化的东西。所以有时候，我觉得男人脱了衣服都差不多”。谈到自己的生活态度和性行为时，她说：“我的态度是：荒淫无度的性行为尽量控制在物质技术能够发挥作用的层面，这是保证身体完好无缺，让你有机会后悔或继续享乐的前提；然后是心理上单纯地将性行为看成是它本身，它只是跟其他行为一样为人所需而设罢了，这是防止心灵支离破碎的途径。”她声称她在研究男人、她在行为艺术。“我是一个独立的，尊重自我价值、自我存在的女人。我要的是自由，时间，健康，机会。”“我的‘正’表现在引诱男人后，有一个研究者的态度，就像以前研究妓女的人会深入到这个阶层里去……（目前）男人研究女人的书很多，女人研究男人的实际经验太少了，这是值得去做的，希望那些被我研究的男人不要生气”。

关于评价

木子美和她的《遗情书》遭到了社会各个方面不同层次的人的评头论足。《遗情书》后近半数的跟帖都在对木子美展开各种谩骂及攻击。

有的人在看了木子美的照片后，对木子美的长相大加讥讽。网易专门为此做了一个专题调查，在参加调查的 1606 人中，有 1361 人认为木子美的行为是“博出名的噱头”，只有 197 人认为这是“另类生活方式”。还有不少人对木子美的行为表示忧虑：“她老了怎么办？她的下一代怎么办？……”对于习惯于道德审判的人来说，木子美是自甘堕落、不知廉耻的象征。相应的，出于对这种陈腐的道德评判的厌恶，也有人把她捧上了天，把她描画成敢爱敢恨的女权先锋，或者是引领生活时尚的性解放斗士。而介乎这两者之间的，是一些相对冷静的声音，它们来自学者、批评家以及专业医生。他们都用自己擅长的理论工具对“木子美”做了解读。有人从法律层面指出，木子美在互联网上发表的日记已经涉嫌触犯有关“网络色情”的禁止性规定；从民法的角度，她将与她发生过性关系的人的名字在互联网上公布，则侵犯了这些人的隐私权和名誉权。有人对木子美的性观念进行批驳：“我们从她的《遗情书》以及接受记者采访的谈话中其实可以了解木子美偏执的男人观、世界观。呈现在我们眼前的是一个病态的木子美。在她的眼里，男人纯粹是性的动物，脱了衣服都是一样的，他们的眼睛只注意女人胸部以下的部位。这个世界在木子美看来彻头彻尾是一个‘性’，它成为主宰一切、解构一切的力量，什么庄严、真情，在性的面前都可以瓦解掉”。著名社会学家李银河则把木子美看成“性革命”的里程碑，她认为，“木子美现象”标志着“在中国这样一个传统道德根深蒂固的社会中，人们的行为模式发生了剧烈的变迁”，她呼吁人们宽容以待。批评家朱大可认为木子美在做“露阴游戏”；作家张念说木子美是“持不同性见者”；性学专家朱嘉铭怀疑木子美属于“性亢奋”病患者。因为这些声音是所谓的专家意见,所以也在网上流传一时。

更多人从各个不同的角度对“木子美现象”所产生的负面影响表示了忧虑。

“木子美现象并非个体现象，它是中国社会中新兴的缺少社会责任感的群体代表”。中国人民大学社会学教授周孝正指出。与周孝正持有相同想法的人不在少数，“这是缺少责任感的表现，作为一个受过高等教育的女性，应该维护社会的道德体系，而不是用这样的行为去扰乱甚至颠覆它。”一位社会学硕士表示。有论者说：“每个人当然都有自由选择写作姿态的权利，个人的私生活只是个人的事，采用什么形式记录下来也只是个人的私事。但将自己的作品放到网络公共领域时，就得自觉接受道德原则的约束，就应该采取对社会负责的态度。”

多数论者都认为，类似文章在网络上的公开发表，会对青少年造成不良影响。“选择什么样的生活方式是木子美自己的事，但是一旦要把这些东西公开发表，就不能不考虑对青少年造成的不良影响。”“木子美这档子事，往大了说叫做承平日久必生妖孽，往小了说也对一代无知少女构成了严重威胁”。

木子美也很快对各种声音做了不屑的回应，“我被干扰了，卷入了道德是非、价值判断甚至男权女权的讨论中。本来，任何标签对我都是无意义的”。并且质问起那些“专家”，“我想问问他们，到底有几个人看过我的《遗情书》”。的确，几乎没有谁能忍受感官的不适读完这本性日记，因为有很多专家都认为“木子美的日记与文学无关”。“《遗情书》内容本身并不具有太多的分析价值”，有人说，“卫慧、棉棉见了木子美也要自愧弗如了。她的名字还不能和她们并列吧！毕竟前两人还有经营‘小说’的意识，并且还有‘以情动人’之处，可她却是有性无情……木子美的日记顺应了‘隐私文学’的潮流，但毕竟还算不得文学，只不过是借文学来抬自己的品位而已。”

但不管怎么说，木子美的《遗情书》描述的的确是一种生活方式，另类的，非主流的，远离传统的，疏隔道德的。她用逼真的、激情的文字告诉人们，她和她选择的生活方式，在这个文明、宽容、纷扰、多元的社会中存在着。当风波已经平息，当热点也已逐渐冷却，我们对木子美及其《遗情书》的思考，就不仅仅是一味地谴责和批判，而是看它背后出了什么问题。如批评家白烨先生所指出的：“‘木子美现象’所带来的影响主要是消极和负面的影响，而这种影响的被传播和放大，正是失却规范的网络与媒体最终促成的。从这个意义上也可以说，‘木子美现象’所反映的木子美个人的道德叛逆，事实上构成了对中国网络和中国媒体的职业操守的挑战与考验。而在这样的考验面前，我们的网络与媒体交出的是并不合格的答卷，而这正是值得我们认真检省与深入反思的。”

黑马腾空，“80后”异军突起

在新世纪初的文坛上，有一种叫“80后”的新青春文学像腾空的黑马，呼啸而至，所到之处，腾挪翻飞，在出版市场叱咤风云，另类的青春气息在文坛四处弥漫。韩寒、郭敬明、张悦然等一个个年轻的名字让我们眼花缭乱、应接不暇。这支向我们大步走来的文学新军，裹挟着青春天然的锐气与朝气的时尚，个个年轻气盛，笑傲文坛，用独特和自信的姿态向人们诉说他们这一代人独有的成长体验和青春感悟，用斑斓多彩的个性文字叙写他们对人生及生命的探索和思考，展现出一派有别于传统、疏隔主流的文学新气象。这支异军突起的队伍，一开始就受到出版社的青睐，得到媒体的重视，赢得了广大青少年读者的拥戴，他们的作品从登陆文化界就一路飙升，在图书市场和作品行销上与他们的文学前辈们平分秋色。“小小少年人手一把板斧，全面挑战文坛经典叙事，摇撼了传统文学的群山。”十年锦绣路走到今天，“80后”风光不减，魅力依旧，少年军团日益壮大，“低龄化写作”蔚然成风。在今天变化莫测的图书市场，高居各地销售榜首的总有“80年后”作家的作品。社会、媒体对其高密度的关注至今热情不减，与之关联的热点话题持久不衰，“80 后”一词已成为新世纪被人们频繁提及的一个文学关键词和文化流行符号。作为边缘化文学的重要标记的“80 后”写作，无疑是新世纪文学最炫目的一道风景。

叛逆先锋：韩寒与《三重门》

关于韩寒

韩寒，1982 年生于上海，曾就读于上海市松江二中。韩寒从初中开始发表文章，高一时（1999 年），以一篇《杯中窥人》问鼎首届全国新概念作文大赛，但却因期末考试的成绩单高挂七盏红灯而留级，被舆论称为“一个‘高才’留级生”。在 2000 年还是用七门功课红灯照亮前程。出版成名作《三重门》，韩寒一夜红遍大江南北，小说出版后至今销量已逾 190 万多册。以后陆续发表了散文集《零下一度》《通稿 2003》《就这么漂来漂去》《杂的文》和小说《像少年啦飞驰》《长安乱》《一座城池》《光荣日》《他的国》和《1988——我想和这个世界谈谈》等作品。韩寒还涉足音乐创作，2006 年发行个人首张唱片《十八禁》；2010 年，友情参演胡戈的短片《动物世界——宅居动物》和贾樟柯导演的电影《海上传奇》；2011 年为电影《观音山》主题曲《辞》作词；

2011 年韩寒三部小说《他的国》《长安乱》和《光荣日》触电。出于对驾车的热爱，韩寒成为了一名职业车手，并减少了出版活动，通过博客发表了一系列的时评文章，其中不少文章引起了很大的社会关注甚至论战。他的叛逆和另类言词更是吸引了众多的目光，频频引发网络热点和文化事件。最具典型性的事件是在 2007 年，韩寒就著名批评家白烨关于“80 后”问题的诸多看法发难，直截了当地以粗俗的语言风格挑起事端，与后者发生了激烈而尖锐的论战。韩寒现为中国职业拉力赛及场地赛车手、作家、《独唱团》杂志主编及音乐创作人。2010 年 1 月 9 日，当选为“全国中小学生最喜爱的当代作家”，2010 年 4 月入选美国《时代周刊》“全球最具影响力 100 人”，2010 年 12 月 28 日，《三重门》入选“中国十大 80 后文学作品”。因其出道早，名气大，而被视为“80 后”的领军人物，成为无数青少年追逐效仿的作家明星和文化偶像。

关于《三重门》

2000 年，一位自称“一块上海的大金子”的高中生韩寒在作家出版社抛出了他的骇世之作《三重门》。在这本半自传小说里，韩寒以一种偏激的行为、狷狂的方式、放肆的语气、个人的姿态，淋漓尽致地抒发了自己的价值观、人生观，并向绝大多数同龄人或成年人不堪忍受却不得不遵循着的教育和考试制度清楚无误地表达了他的坚决不合作。小说通过主人公林雨翔从初三走向高一的过程以及这一过程的学习和生活，对教育的阴暗面做了放大化揭示，对学生的苦闷、压抑和焦虑做了尽情地宣泄，对“家之门”“学校之门”“社会之门”，这“三重门”给青少年带来的沉重压力，发出了困兽般的怒吼。小说写到了作文获奖的滑稽，补课的无聊，教育者空洞的说教，升学的虚假，规章的无理，学生的幼稚可笑以及同学关系的每况愈下，学生道德的混乱和模糊，早恋的虚狂和戏耍等；用钱钟书式的幽默、王朔式的调侃，对当代教育作了无情的讥讽和嘲笑。韩寒被视作教育界杀出的一匹黑马，他的《三重门》宣告了“80后”的横空出世。其少年叛逆者的姿态，其几百万册的销量奇迹，不仅震动了文学这片热土，也使整个社会在越来越多的低龄儿童纷纷加入了文学、出版大军这样一种态势下失去了平衡。从某种意义上说，《三重门》的社会价值、文化价值远远大于文学价值，它通过韩寒的先锋行为使得这部小说似乎具有了里程碑式的意义。

关于人物

有哲人说：“青春期的主要收获是对自己内心世界的发现”，韩寒就是一个自我内心世界的发掘者和书写者。韩寒对外界说自己是反对现行教育制度的“小混混”，《三重门》中的主人公林雨翔与韩寒一样是一个反传统的叛逆者，一个反现行教育体制的“孽子”。“林雨翔自幼天资聪颖，并受益于从事文学工作的父亲影响，从小就被誉为‘神童’。然而这个极具才气的少年却在初中严重偏科，他逃避学习、害怕父母的管教、暗恋 Susan、与小哥们儿鬼混。升入高中后，因为“逃夜事件”而被学校开除。除了林雨翔，小说还刻画了许多肤浅、好色、贪婪、无能，甚至无耻的书呆子似的教育中人的群相。”韩寒嘲笑所有人，甚至父母都是他戏谑的对象。在其笔下：父亲固执又迂腐，母亲庸俗而空虚，恩师马德保则虚浮可笑，补课老师要么有气无力，要么自视过高，要么老朽冥顽，同学也个个不顺眼，沈溪儿长得平庸却又好吃醋，罗天成嘴尖皮厚腹中空，梁梓君却有一肚子的坏水。市南三中的校长、主任以及同学都在他的无情嘲讽中成为丑角。在韩寒笔下的中学生的世界里，我们看不到以往作家所惯常表现的风华正茂的青春激情，也找不到为生活出路而生出的精神苦闷。作为独生子女，也作为数字化管理的应试一族，这些新世纪青年感受到的是置身于家庭与学校高度一体化教育的文化困境和巨大的升学压力以及由此产生的个体生存焦虑。这种压力和焦虑不自觉地就转换成为一种对现实的质问和对外在力量的反抗，从而最终转化为对教育制度的强烈批判。《三重门》中的主人公林雨翔可以说就是韩寒桀骜狷狂形象的一个缩影，他替韩寒一吐心中之块垒，替韩寒完成了对教育弊端的无情批判和“80 后”的使命担当。林雨翔这一崭新的中学生形象无疑是《三重门》对当代文学的一大贡献。

关于评价

从 1999 年的“韩寒现象”，到由小说《三重门》而引发的对应试教育的“声讨”，再到网上与各路名人唇枪舌剑的论战，韩寒无疑是当代文坛最具知名度的一个作家，也是最具争议的一个作家。

《三重门》得到最多的肯定是对其思想的超越性的认同以及对其才气的欣赏，尤其是对教育的批判。有论者认为：“韩寒以其独到的‘少年本位’眼光审视现实，以其独特的方式批判现实中的诸多问题，又以其独具的朋克精神成为众多‘80后’一代人的现实精神支点。”“正是出现了韩寒这样一位与现行教育体制背道而驰的奇才，并且道出了太多的被制度困压了多年的同学们的心声，这使得韩寒一跃成为了学生们心中的精神领袖。”这也正是韩寒能在一夜之间闻名天下的原因。正如研究“青春文学”的学者焦守红所说：“韩寒的书有一股情绪，就是对生存状况的不满意。正是这种不满意、这种压抑感吸引着买书的学生。韩寒的书是帮他们发泄，发泄对学业过重的不满，对单调生活的不满，对道德说教的不满。”

还有论者把韩寒比作具有鲁迅精神的作家，说他要比中国许多所谓的实力派作家强出许多。说韩寒欲以自己的文字去“拯救人类或社会”，“他的倔强造就了他锋芒毕露的文字。他以自己的理解向中国教育制度叫板，致使国内许多教育家、学者和教书育人的先生们为之汗颜”。尤其是近几年，中国的文学处于“性”时代，男欢女爱已经成为中国文学的领头羊，没有多少作家真正地关注社会、关注现实的生活、哪怕为百姓的生计提笔请命过，主流是一味的捻风弄月，然后来往于金钱交易之中。“把文学与人生关联起来，把小说当做生活的‘教科书’，当做从道德情感和伦理行为方面积极地影响读者的人生哲学”的作家已经寥寥无几了。有，也是风烛残年或接近残年暮景了。韩寒正是为了建构更完善的现行教育制度才写《三重门》的，这正是他能成为“80后”文学领军人物的原因所在。

同为“80后”的作家说：“《三重门》的思想高度是我们同龄作家甚至大多数中国作家无法逾越的，这一点值得肯定。”

韩寒的个性文风也得到了不少论者的认同，有论者指出：“韩寒的锐气和锋芒并没有妨碍他面对问题时的睿智和耐心。他的小说少见其他‘80后’作家易现的模式化，这很大程度上缘于他批判审视问题的全方位立体模式。”“韩寒以其特立独行的思维模式，自由、个性的话语体系，多元、开放的视角和对人生对社会个性化的思考在当时的文坛上独树一帜，”北大教授曹文轩为《三重门》作序说，《三重门》虽由少年写成，但它却以成熟、老练甚至老到见长。有人将《三重门》比喻成《围城》和《儒林外史》的少年版。说韩寒将传统文人小说的智慧、机巧、幽默、讽刺、隐喻、悬念、倒错、借用等十八般武艺运用得驾轻就熟，显示出钱钟书式的文笔、知识和思辨，以及成人作家望尘莫及的老道。

当然，作为“80后”领军人物的韩寒，其作品存在的不足也带有“80后”的通病，不少论者对此提出了善意的批评和提醒。

如有论者指出“80后”新锐作品的通病是：“自恋的文风，

难以抑止的情绪泛滥，沉浸在个人的悲欢和自造的世界中用意飘忽；花俏的语言，强烈的炫技欲望，故作深沉却无力表达，局部精彩而整体贫弱。对于他们而言，对书本的阅读经验的模拟大大超过了对亲身体验的自省，小说成为一个营养不良的孩子。”批评家白烨将其归纳为“格局嫌小”“用意飘忽”和“局部精彩、整体贫弱”的问题。

学者陈听指出，韩寒只是反映了在现行教育体制下感到压抑的一部分中学生的心声，但当他在对一些成人世界的人物事件发表议论时，就暴露出肤浅和阅历有限的特征。

有人说《三重门》写得牵强附会，小说缺乏整体的构思，小说的前半部与后半部有很大的差别。小说在人物刻画上缺乏重心，人物表现力度不够，尤其是 Susan 这一人物，出场浓墨重彩，让人惊鸿一瞥，后面几乎进入隐身状态，缺乏连续性和必要的情节交代，整体给人一种虎头蛇尾的感觉。

还有人说《三重门》的拼贴痕迹很重，其戏谑的叙事文风，有模仿王朔和钱钟书的《围城》之嫌，但其幽默和尖酸，深度和底蕴，怕是不及《围城》的几万分之一。

甚至有人说《三重门》就是一本商业化炒作的作品，毫无文学价值可言。

上海师范大学教授王纪人在分析了韩寒、周佳宁、郭敬明、张佳玮、苏德、蒋锋、小饭等人的作品以后指出：他们耳濡目染的是后现代的大众文化，他们对生活有自己的见解和认知方式。

但是，他们至少目前还没有提供很厚重的作品。上海原有的创作群体已届“知天命”，亟须青年一代的加盟，增添新鲜的血液和文学的原创力。对于新生代作家来说，尚须进一步开阔生活的视域、阅读的视域、创作的视域、艺术探索的视域和想象力的视域；“不赶潮流、不趋时尚、不急功近利，尊重时代，也尊重自己的艺术个性。”此话代表了大多数人对以韩寒为代表的“80 后”的认识和冀望。

今天的韩寒虽早已跳出“三重门”，其名气也早已溢出“80 后”这一单一身份，但他仍然保留着当年特立独行的姿态，敏感、智慧、犀利、幽默，出书、创作、发博客。他的博客点击率近 5 亿，他的连珠妙语仍然满世界飞舞。韩寒用他的勇气和想象力书写着属于年轻的幻想和精彩，他被周围世界影响着，也在影响着周围的世界。“也正是从韩寒开始，少年作家开始四处出击，在出版界百花齐放，并且成为了文学界的一朵奇葩。”不管以后的历史如何评说，从韩寒开始的“80 后”文学都将成为抹不去的记忆中让人们回眸欣赏的文学风景。正如韩寒《三重门》入选“中国十大 80 后文学作品”的点评词所说：“在韩寒的《三重门》中，我们常常感觉到，他以奇特丰富的想象，特立独行的风格，机智幽默的语言，锐不可当的才气，在书写他那独一无二的文学作品。在韩寒的《三重门》中，对青春的描绘是淋漓尽致的，对生活的描绘是一针见血的，对社会的描绘是入木三分的，可谓嬉笑怒骂皆成文章。《三重门》的风行，引导了一场80后写作的风暴。”

忧伤王子：郭敬明与《幻城》

关于郭敬明

郭敬明，1983年出生于四川省自贡市。网名是“第四维”，人称“四维”或“小四”。曾就读于四川省自贡市富顺二中，高中时，连续获得第三届、第四届全国新概念作文大赛一等奖。2002年考入上海大学影视艺术工程专业。2003年发表成名作《幻城》，主要作品有：《爱与痛的边缘》《左手倒影，右手年华》《梦里花落知多少》《悲伤逆流成河》《1995～2005 夏至未至》，音乐小说《迷藏》《剑侠情缘》等，并主编《岛》系列和畅销杂志《最小说》。2004年因与庄羽发生著作权纠纷案被判停止《梦里花落知多少》一书的出版发行，并受到对原告庄羽作经济赔偿和公开赔礼道歉的处罚，是“80后”作家中唯一爆出抄袭丑闻的“名人”。2004年，成立“岛”工作室，2006年成立上海柯艾文化传播有限公司，并亲自担任公司董事长，成为80后作家中的第一位“老板”，郭敬明也因此拥有了商人（或企业家）和作家的双重身份，是“80后”中最具边缘性的人物。从2003

年开始到 2010 年，郭敬明年年荣登“中国福布斯名人榜”“中国作家富豪榜”，成为 80 后作家群中首位登顶榜首的作家。2007 年 11 月，郭敬明加入中国作协，成为中国作家协会最年轻的成员。与韩寒一样，郭敬明还涉足音乐创作并担任电影编剧。如今，行走在文化、商业和文学道上的郭敬明，直接被称为出版社的“印钞机”，与张悦然一道被文坛封为“金童玉女”，被《纽约时报》称为“中国最成功的作家”（指其在商业领域），拥有像当红明星一样的追星族。郭敬明无疑已成为当代中国最走红的“80 后”偶像作家。

关于《幻城》

2003 年，郭敬明的小说《幻城》以 110 万的销售量高居年度畅销书榜第一名，也在新浪网与南方都市报等媒体联合举办的“2003 年度中华文学人物”评选活动中，被提名为“人气最旺的作家”之一，与大家王蒙、海岩排在一起，让不少文学前辈望尘莫及。《幻城》让郭敬明一炮走红。“一段时期，郭敬明的作品在校园几乎人手一册，如果有哪个学生说不知道郭敬明，另一个学生就会说‘不是吧？你连他都不知道，你可以去死了！’”学生们言必称郭敬明，对其作品如数家珍，校园流行郭敬明成一时髦。

《幻城》是一本奇特的书，与韩寒黑色幽默式的辛辣不同，郭敬明用忧伤凄美、轻灵浪漫的语言书写虚幻世界的爱恨情仇和生离死别。小说讲述的是一个关于亲情的魔幻故事。一边是火族，一边是冰族；一边是火焰之城，一边是幻雪帝国。有爱、有奉献、有付出、有忠诚、有自由、有暴力、有血腥、有死亡。雪花飘飞，血流成河。惨烈的圣战，凄美的爱情，王朝更替，侠肝义胆，阴谋残杀，仁爱宽容。《幻城》由幻城、雪国、樱花祭三部分组成："幻城"写崇尚自由的卡索成为幻雪帝国的皇子，深爱哥哥的樱空释想获得皇位，释放哥哥得到自由，后来竟被哥哥亲手杀死；"雪国"写卡索为了使那些死去的爱他的人复活，奋不顾身地与其他魔法高强的人一起踏上了寻找隐莲的艰辛之路；"樱花祭"写转世后的弟弟成为火族最强的领袖，并攻打卡索的冰族，结局是卡索用冰刃刺胸倒在弟弟的怀中幸福死去。奇幻的开端，伤痛的结局，爱恨交织刻骨铭心，风、雪、冰、星星、樱树、蜂蝶、宫殿，奇幻瑰丽的色彩，美轮美奂的画面场景，郭敬明用雪的颜色描绘出了火的热情，用雪的冰冷渲染出火的温暖。幸福一瞬，孤独一生。忧伤中透着温馨，压抑中展现自由，死亡中铭刻永生。兄弟情，君臣义，情人爱，超越了时空，凝结成永恒的星座，化为命运的精魂。小说虽为一种凄惘、幻灭、绝望的情绪所笼罩，但所有的忧伤和悲剧都因对爱的执著而美丽起来。

关于人物

《幻城》中的人物既是空中的神灵，又是现实中"80后"的代表。忠义、勇迈、孤独、忧伤，乃至反叛。一个一生崇尚自由的"我"卡索，一个一生为完成哥哥自由生活而不惜牺牲了自己的一切的兄弟樱空释；卡索崇尚自由，可是却不得不当国王，樱空释则为了哥哥的自由，要自己当国王，然后用他至高无上的权利给予卡索以自由和幸福；正派、善良、软弱的卡索与桀骜、残忍、执著的樱空释形成鲜明对比，冰与火的世界里，一对注定无法互爱的兄弟，却为了实现爱与自由，共同承受孤独和忧伤、绝望和死亡。《幻城》自始至终都贯穿着对自由的追求，卡索的最大理想就是来世成为幻雪帝国的皇子，这样他就可以拥有他想要的自由；深爱着卡索的弟弟樱空释，为了使哥哥得到真正的自由，不惜牺牲了自己的一切；挚爱卡索的人都希望他自由地飞翔，并为之无怨无悔地奉献一切；但自由得到又失去，永远可望而不可即。《幻城》中的每个人都是孤独的，没有人能够相依相偎地携手到白头，每个人都是其他人生命里的匆匆过客，每个人都在不断经历着离别、死亡和猜忌等所带来的孤独。“我成了历史上最寂寞的一个王”，卡索在对释的思念和自责中度过一生，释在生离死别中完成自己的生命誓愿。《幻城》中的每个人都是爱的天使，卡索为了自己挚爱的兄弟可以出生入死；为了心爱的女人、为了追随自己的爱情，甘愿经受内心的孤独，甚至舍弃自己的生命也在所不惜；释用殉道者般的毁灭来为他爱戴的哥哥奉献一切；梨落、岚裳和婆婆，她们都为了对卡索的那份爱而义无反顾地献出了自己的生命；卡索与樱空释的兄弟情，星旧与星轨、迟墨与蝶澈的兄妹情，月神与月照的姐妹情……无一不是彰显着至尊至纯至爱的人之亲情。手足情、骨肉爱是如此的强烈和决绝，因为爱太强大，所以不惜任何代价的保护、给予，甚至为之死亡，也许只有死亡才能证明爱的纯粹。卡索死了，释死了，巫师泫墇因为释的秘密死了，辽濺和熵裂在寻找幻雪神山的路上死了，更多的人在冰火两族毫无意义的战争中死了，最后所有的人一同死去了，只留下释的呼唤在“幻城”上空萦绕：“哥，有我在的地方，你永远都不会寒冷。请你，自由地，歌唱……”一对注定无法互爱的兄弟却用生命来完成了自己一生的爱的宿命。

关于评价

作为“80 后”中最具明星效应的郭敬明，自然受到更多人的瞩目，关于他的个人才华和郭氏风格成为各方争论不休的焦点。

持肯定态度的论者认为：“《幻城》具有唯美、高贵的格调，是‘东方的唯美与西方的华丽’的融合体。他的语言，自成一格，诡异而华美，驾驭起来得心应手，令人望尘莫及。”“作者采取了西方童话式的结构安排手法，以莎士比亚式宏大深广的场面开篇并贯穿全书，给广大读者情感和心灵上的双重冲击。一切无不充满传奇，富有神秘。读罢《幻城》你不得不为那丰富的想象和新奇的意境深深赞叹。”

“《幻城》好的是它天马行空的想象，还有如同空中楼阁般华丽空灵的文字，以及推理小说的环环相扣，在那个想象匮乏的年代会禁不住的地令人耳目一新。”

曹文轩教授曾在《幻城》序言中直言赞赏该书：“叙事宏大，

有莎士比亚式的大腔圣调”,“滔滔不绝、左右逢源”,“意象新颖,对话有古典话剧之对白一样的讲究,长短句相得益彰”,“小小年纪,对语言何以有如此出色的悟性和如此轻松的驾驭能力?”“《幻城》用的是一种高贵、郑重的腔调,绝无半点油腔滑调”。“能写出这篇作品的作者,竟然是一个岁数不大的小人儿。”“读到《幻城》终于有了一种安慰。”

评论家季红真评价说:“《幻城》更是以奇幻的方式放纵自己的想象力,并且达到对精神价值的神性发现:‘一个人就是失去了所有,却不会失去生命中的精魂,而正是这种精魂让一个人成为不灭神。’”

陶东风教授列举《幻城》开篇段落后指出:“郭敬明在小说的开头使用的这样一系列的充满感伤情绪与如漫画剪影般具有形象性的语言,无疑有着极强的想象力和感染力。”

复旦大学中文系教授王宏图甚至认为:“《幻城》不失为一部天才之作。”

而《幻城》那特有的温和而忧伤的叙述基调、浪漫而唯美的艺术品格,更成为不少读者和评论家追捧的一大亮点。有人说:如果说,韩寒的《三重门》为少年打开了一扇通往外面世界的新门,那么,郭敬明的作品则为青少年打造了一个内心世界的港湾;在他的作品中,已经看不到韩寒小说中对外界生活和未来的迷茫,取而代之的是对浪漫唯美的无限追求,对内心世界的无限关照。这种美好浪漫的情感,感动了一大群正处于青春躁动期,渴望真情实感的青年学生。有论者说："郭敬明的作品中往往运用一种华美而哀怨的叙事风格，这种带有所谓的'郭氏忧郁'的叙述风格很容易使阅读者产生共鸣，甚至出现某位读者所说的'看一页我要哭五次'的效果。"以至于郭敬明后，"80 后"的作品大多充满仰望星空、泪流满面的忧伤。有论者就此指出："自郭敬明第一部小说《幻城》成功至今，'青春文学'已成'日常美文、伤感日志、华丽现象、虚无记录'的代名词"。《幻城》影响之大，也由此可见一斑。

《幻城》给郭敬明带来名气也引来无数的批评和指责，针对其抄袭与拼贴的问题，不少论者言辞激烈，有论者指出："有人说《幻城》充满了作者的才气与非凡的想象力，说作者营造了一个充满想象的未知世界。我认为这绝对是一种善意的误读，起码这些人没有接触过'80 后'的生活世界。他们消极的特性便应是：肤浅、浮泛的青春生命体验；怀疑一切的相对主义；对知识的抄袭与拼贴；生命经验的匮乏以及思想资源的缺失。""《幻城》中所谓的想象力不过是来自漫画、卡通片与电脑游戏的基本元素。幻雪帝国、占星师、幻术师、人鱼、巫师这些被某些评论家所津津乐道的幻想质素，根本不用什么想象力去设置，因为'80 后'身边的漫画、卡通片或电脑游戏早已将其制作出来，什么圣战、护法更是电脑游戏中熟得不能再熟的幌子。郭敬明所做的工作便是利用这些道具去编织少男少女在其中的恋爱故事。所以，《幻城》的成功，只能说明小郭综合了一切青少年所喜爱的动漫、游戏元素，从本质上讲它不过是作者炒出的一盘没有想象力的大杂烩。”

很多人认为《幻城》是对日本“CLAMP”创作组创作的漫画集和《圣传》的图解和抄袭。更大的质疑声音之一是《幻城》其中一段更是完全抄袭了古龙《陆小凤之银钩赌坊》。

同为“80后”的论者针对《幻城》存在的模仿问题指出：阅读文本后可以发现郭敬明和韩寒明显不是出自一路，“韩寒的武功家数带有明显单纯的钱氏风格，而郭敬明则选择杂糅——开头便以日本漫画作为炫目的起手势杀入了文坛，而他略带透明忧伤的语言质地却又明显有网络写手安妮宝贝的影子。”“在某种意义上，即使他并未选用大师作为模仿对象，他甚至也从来没有能够超越过他模仿的任何一种流行文本，无论是安妮宝贝式细致的哀伤，或庄羽骨子里散发的颓唐；而郭敬明的竭力靠近的姿态，因为缺少真实丰厚生活的积淀，也就终于沦为一场虽令人目眩神迷却了无意义的模仿大秀。”

郭敬明因一部《幻城》一夜成名，又因抄袭风波名声大噪。我们不能否认，文化与商业的强强联手，将《幻城》打造成了一本畅销书，将郭敬明打造成了一个偶像明星。郭敬明的才情折服了无数的读者，郭敬明的《幻城》让众多青少年心动情迷。在青少年对时尚文化和畅销书趋之若鹜的今天，对于被称为“出版社的印钞机”的郭敬明来说，出书已非难事，学生中也不乏大批郭迷粉丝，但要超越自我，写出真正的精品，而不致沦为书商赚钱的工具和垃圾文化的制造者，摆在郭敬明面前的那些难题，也是“80后”普遍面临的发展瓶颈。即如专家们指出的：如何消除拼贴的印痕，如何避免重复的套路，如何打破格局的窄小，如何改变整体的虚弱，如何淡化失真的老气横秋，如何在生活和写作于一个越来越商业化和媒体化的社会文化环境里，保持对市场化和对时尚化的警惕，耐住寂寞，抵住诱惑，让自己的文学理想在相对纯净的天地徜徉，这也许是郭敬明们更应深长思之的问题；否则，郭敬明就仅仅是一个与流行时尚相连的文化符号而非与文学命运相关的作家。

冰清玉女：张悦然与《樱桃之远》

关于张悦然

张悦然，1982年出生于山东济南。2001年毕业于山东省实验中学，后考入山东大学英语、法律双学位班，于新加坡国立大学计算机专业本科毕业，中国传媒大学新闻专业研究生毕业。已出版作品有：短篇小说集《葵花走失在1890》《十爱》，长篇小说《樱桃之远》《水仙已乘鲤鱼去》、誓鸟》，图文小说集《红鞋》，主编主题书《鲤》系列等。张悦然从14岁开始涉足文学，先后在《青年思想家》

《收获》《人民文学》《芙蓉》《花城》《小说界》《上海文学》等重要文学期刊发表作品。其作《陶之陨》《黑猫不睡》等作品在《萌芽》杂志发表后，在青少年文坛引起巨大反响，并被《新华文摘》等多家报刊转载。2001 年获第三届“新概念作文大赛”一等奖。2002 年被萌芽网站评为“最富才情的女作家”“最受欢迎女作家”。2003 年在新加坡获得第五届“新加坡大专文学奖”第二名，同年获得《上海文学》“文学新人大奖赛”二等奖。2004 年获第三届“华语传媒大奖”最具潜力新人奖。2005 年获得春天文学奖。长篇小说《誓鸟》被评选为“2006 年中国小说排行榜”最佳长篇小说。2007 年 11 月，张悦然成为中国作协正式会员。2008 年，《月圆之夜及其他》获得 2008 年度“茅台杯”人民文学奖优秀散文奖。张悦然与韩寒、郭敬明一道被视作“80 后”劲旅中的领军人物，是中国最具影响力的青年作家之一。

关于《樱桃之远》

2004 年 1 月，春风文艺出版社以“金牌畅销书”的规格推出张悦然的长篇小说处女作《樱桃之远》，继“金童”郭敬明之后张悦然正式被授予“玉女作家”的桂冠。据当年资料显示，春风社于北京订货会期间举行的“媒体、经销商、作者见面会”上，《樱桃之远》一亮相就引起满堂彩，经销商踊跃订货，订数突破 20 万册，而《樱桃之远》首印只有 10 万册，一时供不应求。樱桃之远》迅速走俏市场，并一跃登上畅销书榜。

《樱桃之远》以两个小女孩的成长经历作为布局谋篇的线索，讲述了一对没有血缘关系但却心灵相通的姐妹——杜宛宛和段小沐，从小到大由敌为友，面对友谊、爱情、生存和死亡的心路历程，通过她们和纪言、小杰子、唐晓、管道工等人的爱恨情仇，强调了人与人之间的爱，人与自然万物的和谐。从小身世可怜的段小沐6岁时与杜宛宛相遇，两个生活在完全不同的地方的女孩，却奇怪地心灵相通，触感相同。她们能够感受到彼此的心灵和疼痛，甚至耳边还会听到对方的呻吟或是言语声。这种心灵感应跨越时空，哪怕相隔万里，也能感觉得到。段小沐的先天性心脏病让童年的杜宛宛无端地感到疼痛，这让杜宛宛对段小沐恨之入骨。为了摆脱纠缠，宛宛策划了一起“谋杀”事件，引诱有心脏病的小沐坐上了高飞的秋千，随后把段小沐从秋千上推了下去，使段小沐成了瘸子。在以后的岁月中，两个女孩经过无数的波折，在经历了各种猜忌和误会，伤害和痛苦，纠缠与逃避，背叛与反抗后最终冰释前嫌。而就在杜宛宛终于接纳了和自己有着独特心灵感应的段小沐的时候，一直缠绕两人的心脏病又恶化了，曾经在两个人生命中出现的人全部都来到了小沐的身边，情同手足的好姐妹将再次面临生命、友情与爱情的选择。最后小沐死了，小杰子傻了，纪言伤心而去，而宛宛也失去了听力和记忆……小说以悲剧告终。张悦然在书的最后写道：“我亲爱的傻瓜，那所有，都是虚空，都是捕风。”此言道出了该书的主旨：“那片樱桃树就如一直追逐的美好，它们在梦中很近，在现实中却遥不可及，梦想和现实被距离所阻隔，幸福是生生不息，却难以触及的远；而当你把握现在，驱走心魔，多一些宽容，多一些理解，你会发现，其实樱桃树并不遥远。”《樱桃之远》在对人性的开掘中抒写友情和爱情的纠结与排斥，融合与错位。情节动人，语言雅丽，具有震颤人心的力量。小说配有十多幅精美彩插，非常别致，不同流俗，老少皆爱，雅俗共赏，它能畅销走俏与其艺术品质不无关系。

关于人物

《樱桃之远》里的人物是极端对立的两类人：一类恩慈给予，“为了爱人自虐般地奉献一切”；一类颓败伤害，“在无知无觉的状态里冷漠自私地享受着一切奉献。”“如圣女般善良的小沐”，既是苦难的化身，又是善良的天使，宽容、大度，无私、乐观、坚韧；她对恶意摔断自己双腿的杜宛宛没有一点抱怨和憎恨，对利用自己、欺骗自己并以怨报德的恶棍小杰子忠贞不贰，无怨无悔；她的身上几乎凝聚了女性所有的美德，没有谁不对她心生爱怜。“如狮子般暴戾的杜宛宛”虽与小沐心灵相通、呼吸与共，但却是人格对立的另一类人，她美丽聪慧，却自私、冷酷、孤傲、叛逆；她对苦难的小沐没有同情心，对给小沐带来的伤害毫无内疚感，但后来因爱而让心灵得到救赎，她是一个让人爱恨交加的人。“如绵羊般温顺的纪言”执著如义士，坦诚如君子；他是童年惨剧的见证人，又是宛宛与小沐的友情使者；他用真诚救赎友情，用爱拯救灵魂；他是女孩子心中的白马王子。“如魔鬼般邪恶的小杰子”集无赖、邪恶于一身，他不仅践踏了小沐的花季，他还揉碎了小沐的梦想，诱骗小沐的真情，甚至毁灭了小沐的生命。他是一个人见人恨的恶棍。然而心脏在不同躯体同样跳动，截然不同的两类人却在命运的捉弄下被纠结在一起，天使小沐却对恶魔小杰一往情深；正直、单纯的纪言却深爱着冷酷的魔女杜宛宛，友情和爱情在伤害中深入，在误解中纠缠，在叛逃中推进；他们如此成长，如此接受洗礼，如此收获爱和友情的果实，即使连接友情的生命链条最终断裂，即使爱情如樱桃林虚幻如梦，我们仍然能从每个人物身上，体悟那成长的喜悦与忧伤，咀嚼那曾有的酸甜苦辣，对生命便有了无穷的回味。

关于评价

在这个同时被评论界冠以“80后”标签的写作群中，张悦然似乎是首先被主流文学圈接受的幸运儿。批评家白烨就极为欣赏张悦然“素养之好、起点之高”“感觉之微妙”“语言之灵动”的“天赋异秉”。他在自己的《“80后”的现状与未来》一文中明确表示：“‘80后’作家群中我比较看好张悦然，她自身很聪慧，又受到了良好的影响，父亲是搞文学研究的，把她带大的姥姥（或者奶奶）信基督教，对她产生了很大的影响，所以她与‘80后’其他写手不一样，作品中有一种悲天悯人的意识……她也表现出了对于悲剧题旨的较好的处理能力……她会是很有前途的一个。”

著名作家莫言在其序言《她的姿态，她的方式》文中对张悦然的创作予以了高度评价。他认为：张悦然的小说中，“没有了大多数少年作家作品中那种已经变成了时髦套路的愤世嫉俗，没有了那种贫嘴饶舌和不着边际的喧嚣浮躁，没有了那种仅仅在字面的意义上玩弄文字的小技巧——那其实还是一种学生腔调，而这一切，是与她思想的深度分不开的。她的思考，总是让我感到超出了她的年龄，涉及了人类生存的许多基本问题，而这些问题，尽管先贤圣哲也不可能给出一个标准答案，但思想的触角，只要是伸展到这个层次，文学，也就贴近了本质。”“在小说语言上，她有流行歌曲的贴近和煽情，诗歌的意境和简洁，电影经典对白的悠长意蕴和广阔的心灵空间。这代青少年所接触的所有有关的文化形式，基本被她照单全收，成为她的庞杂的资源，然后在这共享性的资源上，经过个性禀赋的熔炉，熔铸出闪烁着个性光彩的艺术特征。”

人们交口称赞她的才气和语言魅力：

“张悦然小说的价值在于：记录了敏感而忧伤的少年们的心理成长轨迹，透射出与这个年龄的心理极为相称的真实。他们喜欢什么、厌恶什么、向往什么、抵制什么，这些都能在她的小说中找到答案。”

“被认为‘新概念作家’最杰出的代表人物之一的张悦然，是一个有着丰富表现力的作家，极擅长捕捉生活，把握悲剧。她的作品迷恋内心世界的复杂传奇，勾勒精神世界的哀伤迷惘。所以，她的文字虽没有韩寒的犀利，没有郭敬明的绚烂，没有春树的另类，却能用她独有的柔情、细腻、凄美、焕然轻拍读者的内心。而这一拍，恰如四两拨千斤，如剪纸、似刺绣，一刀刀、一针针的回味感觉更震慑人心。”

她那细致入微的细节、丰富新奇的意象以及凄婉动人的文笔，都无愧于“最富才情女作家”的称号。

《樱桃之远》选择的是一个永远不会断裂，永远不会褪色的主题：成长与真情。小说用第一人称的手法，向人们诉说的是一个女孩不同寻常的成长经历。整部作品节奏从容、耐人寻味。作者的叙述仿佛把我们带进了魅力和哀伤并存的、激动和伤感同在的、同情与憎恨俱存的情境中。这种共同的情绪源于《樱桃之远》的纯洁和完美。

理科背景的她写作风格独特，用丝丝入扣的笔触把握青少年成长过程中的思想情感变化，困惑、孤独、忧伤和无助是充斥在文章中的主要氛围，这种强烈的冲击力和震撼力使得她的作品在青少年中有着不错的口碑。

张悦然最出色的是她的空灵文字，飞扬而又忧伤，有着无法抗拒的美丽。其文字中淡然流淌的敏感、阴郁与孤独的气质成为吸引读者的最大的亮点。

与韩寒、郭敬明相比，对张悦然的争议几乎算得上风平浪静，即使有批评也较温和委婉，充满期待：她着实还是涉世未深，还没有历练到生活中淡定沉稳的智慧，所以文字更多地沉浸在技巧之中，希望她从个人化的情怀中渐渐走出，走向文化思考，走向大境界。

“和‘80后’很多写手一样，好看的文字也许同样是她最值得称道的地方。她的语言相当精致，字词之间的组合也让人觉得耳目一新。此外，她的想象力和情节亦有拼贴的华丽斑斓，但是这种种卖座讨巧的因素加在一起，却仍然不能弥补思想层面的阙无和叙事能力的薄弱。语言的别致和辞藻的铺张，即使在一定程度上弥补了情节的苍白平庸，终究无力回天。她仿佛乐于一再重复自己细小世界的狭窄经验，不厌其烦地描述同一种单调的疼。‘一沙一世界’，愿意将一丝感动放到无限之大，将一点哀伤无数次泡开再泡开，如此漫无节制的夸张终究伤害了文本本身的魅力。看多了她的文字，会发现通篇都是相似的阴郁情绪，以及她不断强调的圣女一般的绝对‘纯洁’。这些字眼几乎是文本里的‘十面埋伏’，几篇尚可，看多了终于让人油然而生不耐。尤其是长篇《樱桃之远》，拖沓的开头几乎成为进入文本的障碍，情节的单调隐藏在华丽背后，有可读性却经不起反复推敲，读完后亦让人缺乏回味。而最后要指出的是，张悦然许多文本里，对时尚物质符号的迷恋，最终消解了她梦想世界的最后一点纯粹冥想的意味：仍然是物质。”

较尖刻的批评是黄浩、马政主编的《十少年作家批判书》中指出的：张悦然“无谓的忧伤是种病”。

今天，我们还记得当年在打出“玉女”称号的同时，春风社的负责人对“玉女”的解释：“玉非等闲之物，世间少有。张悦然的美有目共睹，但是‘玉女’不简单等同于‘美女’，纯净的心灵、超人的才华才是‘玉女’的真实含义。‘玉女’靠实力说话，用作品征服读者”。张悦然确实不辱此名，她以才情折服读者，以实力征服市场，她对青春的焦灼和锐痛的抒写，意绪丰满，语言雅丽，其冰清玉洁、空灵飘逸的“忧伤玉女”形象既为她争得了纯文学的一席之地，也为她赢得了流行文学的自由空间。无论是外貌还是作品，张悦然都得到了较多层面的读者的认同。她虽然被称做“玉女作家”，“但她用诗意的语言描写、灵动的思想火花、阅读的美感坚持着纯文学的写作。读她的作品，能让我们感到作者心中所体悟的人与人之间时激烈、时冷淡、实温暖的真情。”莫言当年在其《樱桃之远》的序言中说，“张悦然已经有了一个很好的开始，我相信她会沿着自己的道路走下去，似乎也没有必要提醒她什么。每一代人都有自己的姿态和方式，每一个人也都有自己的姿态和方式，而能够用自己的姿态和方式打动别人的，就自然地成为时代的骄子和宠儿”。用自己的姿态和方式打动别人，张悦然做到了，在流行文化横扫“80后”一代的时候，她仍然恪守着自己的一方天地。她告诉我们：“我坚持写作，是因为写作给了我最大的自由度。而生活的自由度决定了一个人幸福与否。所以，对我而言，写作是最能让我感到接近幸福的一件事情。所以我一直在做。我暂时没有做别的事情，是因为我不太喜欢广种博收，更喜欢把一条狭窄的小路踩得满是自己的脚印。"这就是张悦然的姿态——不喧哗、不愤激、不戏谑、不颓丧，忧伤、明丽、浪漫而温暖，淡淡的挥之不去的爱的气韵，带给我们心灵的抚慰和真情的感动。

"少年沈从文"：李傻傻与《红×》

关于李傻傻

李傻傻，原名蒲荔子，1981 年生，湖南隆回人。2004 年毕业于西北大学中文系，现供职于南方日报社。曾在《芙蓉》《散文》《作品》《上海文学》等纯文学刊物上发表大量作品，新浪、网易、天涯三大网站几乎同时推出他的作品专题。出版有《红×》《被当作鬼的人》《李傻傻三年》等。2004 年 3 月，在一场关于"偶像派"、"实力派"[①]，谁是"80 后"文学代表的大争论中，李傻傻脱颖

① 源自 2004 年张佳玮在《中华图书商报·书评周刊》发表的《"80 后"写作：你认为什么是文学？》一文。他在文章中提出，以韩寒、郭敬明、春树为代表的所谓"80 后"只是商业包装的假象，而有一批真正富有创造性的写作者被遮蔽，如李傻傻、胡坚、小饭、张佳玮、蒋峰等；与此相对应，他们把在市场上和媒体上走红的韩寒、春树、郭敬明、张悦然、孙睿等人称为"偶像派写作"。

② 2004 年，由东方出版中心出版、著名作家马原作序的《重金属——80 后

而出，由此暴得"'80 后'五虎将"之称谓。其后，著名作家马原在其主编的《重金属——"80 后"实力派五虎将精品集》[①]中将李傻傻推崇为"80 后实力派 5 虎将之首"，《上海文学》为此制作了五虎将作品的讨论专辑。李傻傻引起文坛的强烈关注，其风头一举盖过韩寒、郭敬明及张悦然等"80 后"资深作家，跃居"80 后"作家人气排行榜的首位。2005 年 6 月，美国《时代》周刊"中国的崛起"专题评价李傻傻为："中国新文学力量的代言人；当代最炙手可热的青春符号！""苦涩的记忆成就李傻傻，他是中国最年轻的畅销书作家，其书反映了现代中国的种种矛盾冲突。"2007 年李傻傻与 9 位"80 后"作家一起被吸收为中国作协的正式会员。从名人故乡走到古城西安的李傻傻身上散发着湘西和陕北的混合气息，作品充斥着性与暴力的两大元素，被媒体推荐为"80 后"第一位纯文学作家，其作品还获得了贾平凹、马原、周国平等文学名家的肯定，拥有"小余华""少年沈从文"等称谓。

关于《红×》

2004 年 7 月，老牌文学杂志《花城》以首印量 20 万册出版发行了文学新人李傻傻的长篇处女作《红×》的同时，在其所属的《花城》杂志上还刊发了这部长篇小说约 12 万字的删改本。这是《花城》杂志第一次发表网络上流传的长篇小说，也是"80 后"作家第一次在最高级别的文学杂志上发表长篇小说。李傻傻因《红

实力派五虎将精品集》一书正式打上了"80 后"的旗号，书中收录了被称为"80 后""五虎将"李傻傻、胡坚、小饭、张佳玮、蒋峰的作品。

×》一下大红大紫。

《红×》描写的是一个青春成长的悲情故事。不满 18 岁的少年沈生铁，因为旷课、不交作业、和老师作对、打架、偷东西，甚至用玻璃刀划破教室的玻璃，终日无所事事，最终被学校开除，而后过起了边缘化的流浪生活。为了维持生计，他欺骗父母，以获得学费的资助；他同时与两个女孩周旋，从对方身上获得物质与肉体的双重所需；他与店铺老板娘虚与委蛇，以偷盗的方式来维持生计。他梦想靠自己的发明一举致富，但很快就遭到了现实的无情打击。梦想破灭后，他又不得不做苦力谋生。他后来去分发传单，靠着小聪明挣了点钱，但很快因为城市施工、公司关门而失去工作。最后在孤苦无助、自尊受伤、爱人受辱，并连连受到所爱的人的误解和奚落，以致失去所爱的情况下，挥刀杀人，逃亡天涯。在这本小说中，充满了打架、无聊、偷窃，与多角甚至母女同时产生爱恋的畸形情感的展示，以及大量性描写的穿插和暴力的混合。与其他“80 后”写尽都市浮华和青春感伤不同，李傻傻的《红×》虽然也写到了青春的叛逆和伤痛，表现的也是相似的求学生活，但却更加“另类”，更加欲望化，更加具有人生挫折感，青春的痛苦更加强烈。因而小说格外与众不同。

关于人物

主人公沈生铁性格叛逆并与现实格格不入，他曾向往美好的生活，心中充满无限的渴望，虽然他的向往是那样的不现实。他也曾拥有过火热的激情或朦胧的爱情，但虚假、僵化的教育模式使他感到厌倦，弥漫于社会的“假模假式”的浮华文化使他压抑和沮丧。他是如此的离经叛道：不遵守公德，破坏公物，早恋，打架，撒谎，甚至偷窃杀人，一个不折不扣的“问题少年”；他又是如此孤独和凄惶：没有学校，没有家，没有经济，没有自尊，甚至没有真正的爱情，一个家庭、学校和社会的弃儿。和沈生铁亲密无间的两位少女——高三同学杨晓，高二女生李小蓝，一个娴静腼腆、多愁善感；一个神采飞扬、野性未脱。虽然她们都对主人公不嫌弃、不放弃，无怨无悔、无私地带给他“最可回忆和留恋的温暖”，但她们又与主人公一样，过早的少年老成还有过早地对这个社会的失望和厌倦，包括对爱情；对出生的不满，对周围环境的不满，讨厌家庭，不愿循规蹈矩；自由散漫、放荡不羁；对感情，既一往情深，又风流放纵；既想保持独立自尊，又如此轻易地付出自己宝贵的青春。花季少年们的成长是如此艰难而扭曲，他们反抗着主流，希望消解主流，可一旦被主流遗弃，他们却不知如何选择。三个同龄人，在躁动和迷茫的情绪中，在纷乱和无常的人世间，遍尝生活的酸甜苦辣；在生存的焦虑中挣扎彷徨，沉溺在内心的情欲和暴力中不能自拔。透过他们的孤独和叛逆、不甘和抗争，我们看到的是一颗颗青春躁动的心——有孤独和压抑、有邪恶和张狂，也有爱有恨、有真诚和自尊。“红×，老师批改作业时常用的符号。其实它何尝不是人在少年成长时期社会给予他的惩罚和警戒，何尝不是某种心灵的伤痛印记。这部小说是在用极端的手法，寓言性地表达出一代人成长的烦恼和不能忍受之痛。”由人物，我们真切地感受到了那种不是无病呻吟和戏谑调侃的青春的沉痛。

关于评价

《红×》被称为“2004 文学新名词”。作为“80 后”第一位受到广泛关注的纯文学创作者，李傻傻那成熟而自信的态度令许多人激赏。其中动作最为明显的是作家马原，当年先锋派的骁将拍马出阵，亲自操刀主编了名为《重金属——80 后实力派五虎将精品集》一书，在该书的序言中，马原高调评价以李傻傻为首的五位少年作家：“他们的作品已经完全超越了青春文学的范围，与那些偶像派的时尚化写作是完全不同的。他们的写作已经呈现出和 80 年代那批先锋作家一样的势头，一样的扎实、沉重，甚至还有他们所不具备的东西。”马原认为李傻傻在《红×》中对故事高潮的处理“显示了他的自信”，并“就此窥到了这个年轻小说家的无穷潜力”。

该书对李傻傻的推荐充满溢美之词：“李傻傻的成熟和自信建立在更为经典的阅读之上。他是在更严肃的状态下写作。不论题材的选择还是讲述的方法，他的故事都超越了他的年龄。这一点难能可贵。他的故事具有鲜明的个人特色，充斥着张力、迷惑和玄机。故事从始至终在他的掌控之下，生生不息绵延不绝，情节在涌动的节奏中生成变幻展开最终消解。他的文字充满弹性，永远带着暗示意味。读者对于‘一切有条不紊地进行着的情节’带有强烈的预感，带有莫名的期待。也许这才是李傻傻小说的独特之处，也是魅力所在”。

《红×》的责任编辑《花城》杂志社的林宋榆以三大看点来肯定这部作品：首先，《红×》的主人公虽然是一个问题少年，但作者的叙述并不是猎奇式的故作叛逆，而是采用一种平视的视角，叙述口吻自然、诚恳；其次，这部小说的故事虽然惨烈，但是叙述底色却不阴暗，而是充满了青春的爱和活力，以及对青春期尊严的追寻；最后，这部小说在语言上更与当下青春流行读物彻底拉开了距离，网络语言与民间语言熔为一炉，相当奇特，具有很强的冲击力。

《南方都市报》也曾经用“是金子，终究要发光的”这句被人们用滥了的话来形容李傻傻所具备的独特才华。的确，李傻傻的作品细腻沉稳，文本中蕴含着作者内心行云流水般的情感和思考，散发出一股才气。

《北京晚报》发表署名文章称李傻傻在《红×》中表现出了余华在写作《在细雨中呼喊》时的文学姿态。“在八零后的一代作家中，李傻傻以他罕见的成熟与细腻描述了孩子与成人世界里诸多不和谐因素与场景，并将这种青春期寻找尊严的行为以残忍的方式叙述出来，其间渗透进了他自己独特的美学意蕴。李傻傻以自己敏锐的观察力和独特的视角，形象地再现了所有美好的事物被伤害的过程，将沉重的底色埋入了整部小说中。现在可以这样说，《红×》是目前严肃文学里一部不可多得的描写少年人成长的小说，它的优秀不仅是因为作者的年轻，更是因为作者洞察世界的良苦用心与非同凡响的叙事能力。”

李傻傻的天赋才情和高超写作还赢得了同时代人的喜爱和称赞。春树说他的文字“很朴实，又很灵”，甚至说“李傻傻简直就是我的偶像”。胡坚认为：“在李傻傻的文字中间，岁月的流淌停止了，没有老成，没有稚气。无增无减，不动不变，色像坏时，还归虚空。这，就是我们的文学，我们的根，长期以来，它一直排在了青春的后面。但当青春挥手辞去的时候，它却能留下”。而被称为“80后”第一位批评家的AT则表示：形容真正的经典作品的“‘恬然安卧’——表现在李傻傻身上尤其如此”。

被称为纯文学的《红×》，在备受推崇的同时也招致了许多的非议，针对人物的道德评价、借鉴与模仿、纯文学与商业化等问题，不少论者表达了他们的不满和失望。

对“80后”颇有研究的学者江冰在论及“80后”存在的商业与“纯粹”之间摇摆的问题时指出：“《红×》即可视作李傻傻正式进入文坛之初，在商业与‘纯粹’之间摇摆的产物。”江冰说他抱着较高的期望值读《红×》，结果“颇感失望。一个乡村少年到城市求学的生活写得虽然真切，但从全篇阅读效果上看缺乏一种‘对立面’的对抗，整体感觉琐碎、平庸，少了生命的紧张和焦虑。作者写得比较细致的是主人公与自己的性欲对抗，但由于心理揭示上缺乏深度，很难由此展开‘人之困境’。作者同时书写了乡村经验，触及‘饥饿’主题，但在社会化和个人化的深度上都无法与莫言、阎连科等走出乡村的当代作家相比。他的‘城乡结合部’经验也没有超出当代文学已有的经验范围，很难有新奇感和震撼力。倒是性欲对象涉及母女二人的情节与心理，或有一点新意，但由于缺乏深度，容易与性欲、偷窃、打架、流浪等一同流于供读者消遣的‘畅销因素’，从而走向作品精神的平面化与娱乐化”。

有论者说：《红×》细致地描写主人公沈生铁的行窃过程，但我们却无法看到一丝不安或悔过之心，人物内心也没有丝毫挣扎，而且，小说最终还让沈生铁重新回到生活的正途，而不必为他曾经的偷盗和杀人行为负责，并能够逃脱法律的约束和惩罚。这其实正透露出“80后”写作对历史了解的缺乏，对历史负责的缺乏，他们更多的是关注当下，享受现在。在《红×》中，李傻傻还描写了乱伦关系，沈生铁同时爱上了杨晓和杨繁母女俩，并能分别获得她们的爱情。对这种破坏家庭伦理的行为，作者是这样解释的：“我喜欢他（指沈生铁）身上自由的一面，自然的自由，听从心，而不是逻辑规范。比如对杨晓、杨繁母女的爱恋，他自始至终都没有想过这个问题：我可不可以爱她们。他只是想如何去爱。又比如偷窃，他关注的是，想，还是不想，而不是对或不对。”这种表述显然带有了狡辩的成分。

即便被看成实力派，李傻傻的《红×》也难避模仿之嫌，因而受到质疑。有论者认为：读这部小说，给人最直接的印象就是，不管是男主人公的个性还是整个故事情节，都很像两部著名小说的混合体：《麦田里的守望者》与《挪威森林》。

拿自诩为“我比沈从文写得好”的“80后”领军人物李傻傻来说，其成名作《红×》不仅被指控为模仿了宁肯的《蒙面之城》，而且被质疑与塞林格的《麦田里的守望者》“有着惊人的相似之处”。人们在将其与塞林格的小说进行优劣对比后，不无遗憾地发现前者作为一部长篇小说在结构上存在的致命缺憾：“《红×》里线索太多，枝蔓横生。许多枝节没有伸展进小说的主干之中，反而丛生在字里行间，使小说显得混乱、庞杂，几乎流于散文，也使人物命运、故事发展往往不了了之。在写作技法上，人称转换的频繁，都在章节里留下了不太自然的痕迹，甚至，还可以在一些小段落里读到王朔的味道，而叙述的语气忽强忽弱，不能一以贯之，造成了句子的铺陈转换之间，时有断气撕裂之感”。这种嘴上强硬，实际又甘落人后，躬腰仿制，落得个画虎不成的尴尬结局，不正是“80后”写手们心理错位的真实写照吗？

拒绝媒体和批评界给予的“少年沈从文”的封号并宣告“我不是乡村的代言人……”的李傻傻，不是标签、不是符号、不是偶像，但如果没有李傻傻的出现，在公众视野中，中国农村的“80后一代”是不存在的，他们的青春在文学中是暗哑的。“乡村出身”“湘西背景”“先锋姿态”“名家激赏”，成就了李傻傻的名气，也宣告了李傻傻存在的价值。这一切都是只属于李傻傻的：在声势凌人的青春写作偶像中，只有李傻傻是唯一农村出身的“80后”写作者；在相似的情感取向和价值观念使得文本特色空前一致的范式中，唯有李傻傻以一个农村写作者的身份闯入了城市写手占据话语权的校园写作，并为今日中国的青年读者群重启了通往乡村记忆的大门；“比起那些美化农村经验、将人生苦难加以诗意美化的作家，李傻傻更为真实”；他的成长背景、他的思维方式、他的表述方式、他的出场，使得有读者称为“几乎令所有的‘80后’写手黯然失色”。他对“80后”文学的改写，这一历史贡献当然是谁也不能改写的。他说：“我们这代人需要学习的东西太多了，是有人写出了点东西，但做人、作文都还差得远。”有这样的自省意识，相信李傻傻还会走得更远。

“早熟的苹果”：蒋方舟与《正在发育》

关于蒋方舟

蒋方舟，1989年生，湖北襄樊人。7岁开始写作，9岁出版第一本书《打开天窗》，以后相继出版了成名作《正在发育》，以及《青春前期》《都往我这儿看》《我是动物》《邪童正史》《舌头的战争》《骑彩虹者》《第一女生》《谣言的特点》等10余部作品。其中《打开天窗》被湖南省教委列为中小学生素质教育读本并改编为漫画书。《正在发育》在台湾出版。《青春前期》在《当代》发表，并在由《人民文学》杂志社主办的第七届人民文学奖评奖中获得散文奖。《邪童正史》《舌头的战争》分别获第五届、第六届“少年作家杯”一等奖。《我是动物》获话剧改编剧本奖。从12岁起，在《南方都市报》《新京报》《海峡都市报》《三秦都市报》《青年文学》等十多家报刊担任专栏作家。2005年10月1日当选为中国少年作家学会主席，其成长故事选入中宣部对外宣传系列片《中国孩子成长的故事》，在国外媒体播放。2008年9月，蒋方舟破格进入清华新闻与传播学院学习。2010年5月，以作品《审判童年》与张承志5位作家、学者的作品共获首届“朱自清散文奖”。自诩“早熟的苹果好卖”的蒋方舟，“80后”的最后一个代表人物，一个曾令教育者和众多成年人大跌眼镜的小女孩，小小年龄，说着最成熟的话。她的出现一度卷起“少年作家热”的狂潮，低龄化写作大行其道，青春文学风景蔚为壮观。

关于《正在发育》

“这是一位12岁的未成年作家写给成年或未成年的所有读者的书，它因为搞笑而在网上蔓延，但它又绝不是搞笑那么简单——”2001年广西师范大学出版社出版的《正在发育》一书的封面词如是说。小说没有故事情节却由一个个单纯可爱、幽默有趣的小事件串接成篇。蒋方舟以迥异于同龄人的成熟大胆和出奇坦率直白的文字，向我们讲述了自己的心理和身体的双重发育过程，给我们描写了一个别样的儿童世界。作为一个十一二岁的小姑娘，她异常成熟地、平静地谈论着恋爱、月经、性，甚至伟哥，诸如“你发育了吗”“比胸脯”“泡妞秘籍”“鱼水缠绵”“停车×爱枫林晚”“更年期”……放胆大谈性话题而丝毫没有大惊小怪。这部涉及早恋、同性恋、婚外恋、网恋以及性和做爱等敏感话题的作品，却让大人们惊诧莫名。全书充满与年龄不搭界的老气横秋和并未亲历的人生感悟以及无话不调侃的成人腔。虽然她也坦白地写出了孩子间的钩心斗角，同学对老师的巴结和彼此的出卖，以及对出名、对升官（当班干部）发财的看法，抨击了成人的虚伪和学校教育的某些假象。但更多的却是对包括自己在内的整个世界的调侃、戏谑、挖苦和反讽。书中最出格的文字是一个十一岁女孩对男女关系和爱情婚姻的见解：“我发现了，一男一女在一起，如果尽说些过去的事，那就是刚结婚；如果尽说些将来的事，那就是要结婚；如果尽说些别人的事，那就是结婚多年了。”“人一结婚，不出 5 年，男的就不大敢仔细地完整地看自己老婆了，即使看了，也不会仔细看第二遍。然而，我找男朋友，是大大地有标准的。要富贵如比哥（比尔·盖茨），潇洒如马哥（周润发），浪漫如李哥（李奥纳多），健壮如伟哥（这个我就不解释了）”（蒋方舟被引用得最多的一段话）。她对男女关系的解读、对爱情婚姻的价值判断是如此沧桑和老道，很难与一个十一二岁的少女挂上号。此书一经出版，立刻就成为了卓越网上的热门推荐书。一本并非真正意义的小说，却成为了当年的走俏作品，小读者读得津津乐道，成人们则看得大惊失色。蒋方舟以老辣的文笔和超前的早熟为她赚得了名气。她在书的封底自信满满地说："虽然不少人称赞我风格老练，但我觉得跟大人写的完全不一样。大人根本不了解我们小孩的生活，把我们想象得太天真太简单啦。我们的生活，是他们绝对想象不到的。不信你就看看吧。"蒋方舟的童年经历，不是"80后"哥哥姐姐们的忧伤和残酷，而是在笑声中成长。《正在发育》的确是一本十分有趣又让人惊讶不已的书。

关于人物

蒋方舟笔下的人物几乎扮演的都是喜剧角色，不管作者对他（她）是褒是贬都可笑至极。主角方舟聪明好学、大胆开放，一方面她超早熟，她不仅在幼儿园时期就有心仪的"初恋情人"，小小年纪就懂得关注女人乳房的大小，目睹父母"鱼水缠绵"而毫无羞涩之感，讲起爱情经、婚姻经，真是一套一套的，不是情场老手而胜似情场老手。因此，有论者称其为"一位风情万种，令人想入非非的旷世才女"。另一方面，她又与同龄孩子一样，积极向上、友爱同学、单纯好玩、喜欢游戏和恶作剧、好虚荣、爱听表扬、渴望朋友，是一个有个性、有独立性、少压抑的好学生。其他人物，无论是亲人还是老师同学，蒋方舟一一开涮：在她眼里的父母 "一个是老得泡不动妞的，一个是老得没人泡的妞"；父亲唯一的突出之处是椎间骨（椎间骨盆增生），母亲则既长得不好看，又特别媚俗。其他在书中露面的各色人等也都只获得了展示负面形象的机会：龙超妈有暴力行为（对龙超施与龙家祖传“八卦屁股掌”），蓝鹃漂亮的母亲是辣妈，龙超呆笨，宇文宇透着流氓气，范都都是奇才（每次考试都考最后，从不例外）。她的老师，除了“唐老鸭”（一个姓唐的男教师）还具有暗恋价值外，几乎个个都滑稽，人人可笑。有跳舞踩着裙子的（笨），有胖如猪肉包子的（丑），有夸张型（或哭或笑或激昂或愤怒）的，有找不到方法（或讲故事或奖饼干或奖糖）的。但就是这些让蒋方舟取笑的亲人、老师和同学，却伴随蒋方舟的发育成长，花儿少女在笑声中长大，在快乐中变成熟、变漂亮。

关于评价

从蒋方舟登陆文坛，就没离开过媒体及评论对她的关注。她所具有的代表性、她的早熟、她的才气、她的叛逆和调侃，以及她的作家母亲和她的破格进清华，都是人们热议的焦点。

说到早熟，著名作家陈村如此点评《正在发育》：这本书的出现，没什么可让人吃惊的。千万别小看现在的孩子，如果他们什么都懂，也是很正常的。对于文坛少年作家当道的说法，我不赞同。首先，没觉得少年作家在当道；其次，与其让大人辛辛苦苦体验生活去写孩子的世界，还不如让孩子写自己的世界。

中央党校教授李书磊表示：蒋方舟用一种让成人感到意外的方式表现了童年的情趣，让人觉得电视时代也有真的童心童年。

网络作家俞白眉打了一个形象的比方：方舟喜欢用幽默和嘲笑的技巧，她的人生观没有那么复杂。《正在发育》不过是她对我们做的一个鬼脸罢了。

北京大学著名学者钱理群教授十分认同这一比方，他说："应该说，十二岁的小方舟写着这一切的时候，并不含有自觉的批判意识——这是她与成年人，以及高年级的学生的反讽写作不同的地方。她只是以一种近乎游戏的心态写下了她和她的小伙伴的真实的观察与感受，或者如座谈会上的一位朋友所说：她向我们成年人的世界做了一个鬼脸。"

北京大学教授、作家张颐武从教育视角指出：年轻人对语言的敏感是在网络交流的高速反应中练就的，12 岁的蒋方舟用这种高速反应的语言对周围的小世界进行了 MTV 式的反映，给我们上了一课。

说到才情，批评家白烨说："蒋方舟以灵动的语言表达活跃的思绪，那种激扬的文字、朴茂的情思以及臧否一切、指点江山的势头，让你怀疑这怎么可能会是一个生于 1989 年的女孩。"

有论者说，张爱玲的小说多为对男女关系的刻画，小方舟的文章中也不乏敏感话题，比如早恋、比如同性恋，比如女生正在发育的胸部，比如男生根据课后练习题炮制出的"泡妞秘籍"。其视角颇具反讽，其幽默让人捧腹，而其洞察力更令人惊讶。

与以上的认同意见相比，对蒋方舟及其作品的质疑和否定之声似乎更为强大：

“蒋方舟书中的成年人形象表征了她对世界的真实感受，对这些形象的夸张化处理乃是她心理宣泄的需要。她在这样做时已经丧失了童真，这是比所有报复都可怕的报复。”

“你看她那锋芒逼人的文字！那指点江山的意气！早熟得哪像少年！老到得何似学生！我总觉得无论就成长而言，还是就写作而言，这种省略了当小孩的过程的飞跃式成长，不仅有令人惊喜的收获，也似乎有某种令人遗憾的缺失。”

“最年轻的‘80后’写手之一蒋方舟，她的‘正在发育’系列文章作为《南方都市报》的特约专栏一两年，轻松有趣，叫好叫座，然而篇篇面目雷同，看得多了也就觉得厌烦；好端端的文字，被调侃得烂熟滑溜起来，该戏谑时戏谑，该正经的时候却也不免滑不留丢地在嬉笑中放过，除此之外别无他物。”

“看了蒋方舟的《正在发育》，也拿给许多朋友看。我真的不是很喜欢，挑半天也没挑出个漂亮的句子。12岁的孩子应该干什么？应该爬树，大口吃西瓜，或深或浅地受八股作文的影响，而不是像她这样为了写作去写作，在应该盛开、应该怒放的年龄，显得过于苍老了。诚然，由于当今社会的开放，孩子很小就接触到同性恋或婚外恋等话题，但这并不值得让成人大惊小怪——每一代人都有权去选择自己的成长方式，问题在于，方舟是否真正明白她笔下的已经被简化了的感情生活？过多地运用反讽手段会不会让她以为生活仅仅是一个儿戏，最后终于变得庸俗，像很多人一样浮躁地哗众取宠？”

“这15万字的文章是小说吗？我越读越觉得不像是小说，小说的三要素（人物、情节、环境）它有吗？人物呢？似乎是有的，就是蒋方舟和她的那帮同学们；环境呢？只有在校园里，勉强算吧；情节呢？我看是只有故事，没有情节的。我认为这本书不是很严格的小说（如果还可以称为小说的话），与其说是小说还不如说是和读者在‘侃’更准确一些，侃着一群喳喳呼呼的小学生们的嬉笑打闹。”

“这是一个万物都被注射了激素的年代，具有商业价值的事物都被迫加速发育，提前成熟，尽可能快地将自己奉献给市场。我们吃着早熟的水果、蔬菜、粮食，看着早熟的明星的表演，阅读着早熟的作者写下的文字，祝愿自己的下一代在早熟者的行列里名列前茅。也许再过若干年，人世间的万物都将不再拥有童年，童年概念将在人们心中消失，儿童这个词所指的将不过是年龄较小的成年人而已。”

尽管她的文字充满了喜剧性，但我在阅读它们时还是感到沉重，因为我在字里行间看到了急功近利的时代逻辑对于儿童心灵的扭曲。12岁本来应该是像花朵般自然开放的生命季节，却仅仅由于“早熟的苹果好卖”，蒋方舟就被迫在刚刚开放时结出果实，沦为文化快餐业的童工。这个事件无论如何都不会让真正清醒的人感到快乐。

蒋方舟，垂髫之年即享大名的文苑新蕾，成长的道路上被赋予了太多的关注。面对诸多质疑，蒋方舟公开承认自己的早熟，而且是“百分之一百二十地早熟”，她说：“早熟的苹果好卖。”面对少年成名，蒋方舟淡定地说：“现在我觉得名气、荣誉跟所谓文坛认定都不存在。有人说清华为什么录取你？你又没得任何奖。我觉得很可笑。”至于是否受作家母亲尚爱兰的影响，甚而操刀代笔的质疑，蒋方舟更为自傲地说：“我是被我妈妈开发出来而不是影响出来的，我很少看我妈的作品，也不太愿意大家把我们联系在一起，那样太委屈我了，长江后浪推前浪嘛。”我们说，蒋方舟是真成熟还是假老练，是童言无忌还是为写作而写作的夸张，是背靠大树好乘凉还是天赋才情的自然开发。任他人如何评说，蒋方舟就是蒋方舟。发育的列车依然在“轰隆隆”地往前开着，有“天真狂野的理想，想看更多的书，了解更多作家的生平，学习更多的东西。”“特立独行”。我们用一个“80 后”论者的心声来表达对蒋方舟的祝愿：“我只是希望，已经站到这个队伍里的和尚未正式站出来的，能够一洗浮躁跳脱之气，尽可能远离市场，一天天沉静下来，厚重起来，思考着并承担着，坚实地一步步走下去；只有那样，有朝一日写出真正能流传后世的文字，才不仅仅是一个虚缈的梦想，终将变成一种切实逼近的可能。”

二编

诗海观潮

自20世纪80年代中期朦胧诗歌的退场，当代诗歌已辉煌不再。进入新世纪，诗坛虽然焕然一新，呈现出一派复杂纷繁的文学景观：诗歌活动此起彼伏地进行，诗歌流派此消彼长地绽放，诗歌作者繁星般地闪耀，诗歌的传播体系变得空前地繁荣与庞大，网络诗歌更是如火如荼地突飞猛进，一幕幕热闹的“诗歌嘉年华”在诗坛上演，但表面的荣华喧嚣却难掩其思想的苍白和艺术的枯竭。诗人艾青说，诗歌是“给思想以翅膀，给情感以衣裳，给声音以彩色，给颜色以声音！”诗应是灵魂之声，是人性和人格的完美呈现。古人云：“诗言志，歌咏言”。诗应该是以具有乐感的语言，借助意象抒写情思和美的艺术。但在当今市场经济大潮的推涌下，诗歌，这艺术瑰宝中的明珠已不再璀璨夺目。诗歌不仅丢掉了灵魂，也丢掉了美丽精致的语言外衣。在时代的风暴中，诗歌不再是感应时代的神经和与民族共命运的脉动，不再引起我们内心的激动和共鸣，诗歌已经失语。在大众文化的诱惑下，诗歌已经异化为喋喋不休的唠叨和夸张作秀的群体事件；已经异化为诗人哗众取宠的调侃游戏和插科打诨；异化为对生活的戏谑和对艺术的亵渎；异化为一种远离大众、远离现实、远离生活的无根浮萍。诗歌走出诗歌，从文学的前沿走向边缘。“垃圾诗派”“低诗歌”运动、口水诗、下半身诗、梨花诗，如赤潮汹涌。远眺其景，似乎激扬澎湃、灿然可观；走近凝视却是一潭庸俗不堪的死水，但见沉渣，不见清流。而随着五彩泡沫的消失，那些引发争议热点和模仿热潮的诗歌也离我们远去。

灵肉分离，“下半身写作”独领风骚

沈浩波与“下半身诗歌”

关于沈浩波

沈浩波，1976 年出生于江苏泰兴，1998 年北京师范大学中文系毕业。读大学期间，已是备受关注的先锋派诗人。22 岁时，曾以一篇《谁在拿九十年代开涮》引起了诗坛的关注。这篇文章后来成为引发 1999 年中国先锋诗界民间立场和知识分子写作大论争的重要导火索。后成为“民间写作”的代表人物之一。2000 年 7 月发起创办《下半身》同人诗刊，并发表了“下半身美学”的起点和标志性文章《下半身写作及反对上半身》，在文中高调发表“下半身”诗歌的诗艺主张，宣称“只有肉体本身，只有下半身，才能给予诗歌乃至所有艺术以第一次的推动”。该文在国内文化界引起了地震般的反响，彻底改变了中国先锋诗歌的走向。在对“下半身”诗歌理论的践行中，沈浩波创作了大量与肉身相关的颇受质疑的情色诗歌，被中国诗歌界称为“心藏大恶”的诗人，“流氓诗人”。有代表诗集《心藏大恶》《一把好乳》等。沈浩波曾获得2000年《作家》杂志年度诗歌奖。2006年沈浩波与“80后”作家韩寒网上开战，韩寒骂其为“流氓诗人”，沈浩波则大骂韩寒：“他就是装处男！”沈浩波除了因“下半身”诗歌名噪一时，他还是一个成功的出版商人，对图书策划包装充满想象力。2007年创建北京磨铁图书有限公司，先后担任总策划、联合总裁、总裁。“青春文学”春树的《北京娃娃》、孙睿的《草样年华》、李傻傻的《红×》，“奇幻武侠”小说《诛仙》，盗墓文学《盗墓笔记》，通俗历史小说《明朝那些事儿》等都是沈浩波的出版杰作。一半是文人，一半是商人的沈浩波直言：“文化，商道，一个都不能少”。面对沈浩波，似乎很难找到一个恰当的称谓：诗人？批评家？文化战士？出版商人？才子？

关于“下半身诗歌”

2000年7月，中国诗坛爆发了一件震惊诗界的“大事”：诗歌民刊《下半身》丛刊创刊。虽然中国新千年文坛的“开场白”的关键词就是“身体”（在2000年这一年，“身体写作”风行一时，各种关于身体的书籍出版），但是这个同人诗歌刊物打出的名称及其“宣言”在其叛逆性方面远远超过了与身体写作相关的所谓“私人化写作”“美女作家写作”乃至于名噪一时的木子美。“忽然”

涌冒出的这一股以“下半身”为首的肉体诗写作潮流，一时间成了网络媒体的热门货。“它以异端的姿态、极端的理论主张、惊世骇俗的作品创作而引起了很大的关注和反响。沈浩波、朵渔、南人、尹丽川、李红旗、巫昂、盛兴、李师江、朱剑等一批诗人‘横空出世’‘一夜成名’”。这些自称“最先锋”的诗人群理直气壮地宣布：“下半身写作”就是要清除诗歌写作中包括知识、文化、传统、诗意、抒情等一切上半身因素；“下半身写作”是一种诗歌写作的贴肉状态，是身体本身与知识和文化进行的对决。沈浩波在为该刊写的发刊词《下半身写作及反对上半身》中声言“所谓下半身写作，追求的是一种肉体的在场感。注意，甚至是肉体而不是身体，是下半身而不是整个身体。因为我们的身体在很大程度上已经被传统、文化、知识等外在之物异化了，污染了，已经不纯粹了。太多的人，他们没有肉体，只有一具绵软的文化躯体，他们没有作为动物性存在的下半身，只有一具可怜的叫做‘人’的东西的上半身。而回到肉体，追求肉体的在场感，意味着让我们的体验返回到本质的、原初的、动物性的肉体体验中去。我们是一具具在场的肉体，肉体在进行，所以诗歌在进行，肉体在场，所以诗歌在场。仅此而已。”“只有肉体本身，只有下半身，才能给予诗歌乃至所有艺术以第一次的推动。这种推动是唯一的、最后的、永远崭新的、不会重复和陈旧的。因为它干脆回到了本质。”沈浩波的“这篇张扬凌厉的‘宣言’凸显了一种特异的自我形象，颇具‘革命’意味。另一位诗人朵渔则如此解释‘下半身’：‘下半身写作，首先要取消被知识、律令、传统等异化了的上半身的管制，回到一种原始的、动物性的冲动状态；下半身写作，是一种肉身写作，而非文化写作，是一种摒弃了诗意、学识、传统的无遮拦的本质表达，从肉体开始，到肉体结束’。”从以上“下半身”写作的理论主张可以看出，“‘下半身’写作首先是作为一种对于‘文化化’了的‘上半身’的反抗存在的。”“它针对着知识分子写作，即下半身反对上半身。由此产生了很多消解性的写作，调侃反讽等。另一方面主张从身体出发，写真实的感受，肉感，由此可能看到大量的性主题。”“性是‘下半身’诗人最为津津乐道的话题，也是其诗歌最为引发争议和为人诟病的部分。对性爱心理、性交过程、潜意识层面的性心理的书写构成了许多诗作的主要内容。”沈浩波的《掏出来的勇气》《一把好乳》，南人的《压死在床上》《伟哥准入中国市场》，轩辕轼轲的《我与人群的暧昧关系》，尹丽川的《奸情败露》《为什么不舒服一些》，以及满眼性标题的《为什么把我弄醒》《干和搞》《性生活专家马晓年与特邀主持人孙岩》《把爱做干》等。“在这种题旨挥发下，自然聚集了牛逼、操、干、搞、弄、鸟人、洞、玩具鸡之类的语汇，继而让人联想躯体或直抵那些遮隐部位、羞涩器官及其专有名词：原欲、冲动、力比多、荷尔蒙、内分泌、肾上腺素、情色、造爱、手淫”等等。“极度敏感的诗人以风气之先的艺术敏感，从人的私密处的亮相揭开了一切伪诗歌与假抒情的面罩。”这就造就了沈浩波等人“鲜活的诗歌品质，让沉静了多时的诗歌，拓展了崭新的表现领域——中国诗歌从‘禁欲’转向了狂欢化的‘纵欲’，人性的放纵成为‘下半身’诗歌的文本风貌”。在总共两期的《下半身》诗歌刊物中，确如朵渔所说，“‘下半身’的‘成功’之处是对‘身体’的强调，其最大的‘卖点’是‘性’”。“下半身”诗歌对于性的津津乐道一方面是一种无遮掩的、本真的抒发与认同，但更重要的是作为一种“反抗”和“吸引眼球”的手段。虽然其中有的确实体现了活力、祛魅、真实，让人有耳目一新之感，但有的作品为性而性，近乎黄段子，不堪入目，丑陋、肮脏、毫无意味；有的甚至有突破道德与人伦底线之嫌，这些都很难称得上是艺术作品。

关于评价

“‘下半身’诗歌在2000年的‘横空出世’引起了我们时代极大的震动和道德恐慌，虽然支持者也有之，但招致更多的是压倒性的排斥、批判和挞伐。”《下半身》集束推出的“下半身”诗人那些“大逆不道”的诗歌，其大胆赤裸的情色描写引起了相当的社会争议。其中，火力集中的是对“下半身”诗歌性话语的泛滥和恶意挑战伦理道德底线给社会带来的负面影响的讨伐。

“‘下半身写作’为了迎合一些读者的猎奇心理，在有的诗作中大肆渲染赤裸裸的色情、性变态、性乱交等令人恶心的细节，极大地违背了诗艺的原则。”

有良知的文人怎能只追求快意的宣泄，而忽略了沉沦的思想在无辜的人们心中种下恶果？多元不等于可以为所欲为，宽容也不等于丧失底线。在人与人构成的社会生活中，一些共同的价值取向怎容扭曲？

“但须警戒，如果在感性联播中，过度推崇动物性、神化肉体、灭绝文化，摒弃必要的‘思’与智，即摒弃必要的精神元素，无视肉身化诗意创造，止于肉体感官优游，最终还是会夭折的。”

不经节制的肉身化有可能最终陷入“红灯区”，因为泛滥中的快感，总是性展览和脱衣舞演出厅的门票；而放弃必要的伦理量度，将使诗歌失去应有的尊严而流为恶俗小调。像《我们为什么要追逐少女》：“是因为她们的乳房/即将流奶/我们坚决要去吮吸/一口接一口饱满的虚无和腥热/我们最能得到女孩生烟的双目/痒/下体茁长的体毛”。这样的诗句怎不让人感到恶心和反感。

“秽语可以是文化爆破的炸药，却终究不是文化建构的水泥。”将太过肮脏的语言投向大众，将泛滥而赤裸裸的性快感刺激大众，必将产生另一种副作用，使一些阅读者片面地将社会与人心看得一片黑暗，忘记了光明与希望仍是社会和人心中的主导信念。如果肉体写作毫不顾忌地放任那些粗鄙、下流、肮脏的语言所指对于社会意义与人生感受的伤害，这样的写作就是不负责任的。

针对“下半身”诗歌写作中的“反道德化”趋向，有诗评家语重心长地说：“我要说的是，诗歌可以、也应该‘非道德化’，但是犯不着死认准了‘反道德’为写作的土皋。诗歌没有禁区，故不要将道德视为新的禁区。如果一个诗人始终持‘反道德’立场，那他就摆脱不了对道德的寄生或倚赖，往好里说这是画地为牢和哗众取宠，往坏里说就是愚昧和欺骗……我批评的目的是要提醒在诗歌写作中，不要在粉碎旧的教条主义、独断论之后，代之以新的教条主义、独断论。”

有诗歌论者指出下半身反对上半身的理论主张与其书写策略之中的悖论所在：肉体、身体本身并不能真正、完全地脱离所谓“传统、文化、知识等外在之物”，恰相反，肉体本身便是“传统、文化、知识”的产物，诗歌本身便是文化的产物，如何可能彻底的“反文化”、站到“文化的反面”？甚至，诗歌作为一种语言成果，语言本身也是文化的产物，反文化反到最后，岂不是自身也在打倒之列？

从“下半身”诗作中最为震撼人心、最有价值的部分“我们可以看到‘下半身’诗歌理论与其创作之间的不对称、不平衡现象：他们最优秀的诗歌恰恰疏离、背离了其宣言，而体现其宣言主张的反而是没有多少艺术价值的低劣之作甚至赝品。这种现象不能不说与‘下半身’诗歌理论宣言上的先天不足有关，它自身构成了对自身的颠覆和反讽。”

陶东风教授认为“‘下半身’写作实际上是诗歌界内部争夺话语权的一种策略与工具。‘下半身’被它的倡导者赋予了相当重要的争夺话语霸权的使命，把反文化的身体当做争夺话语权的工具，没有了公共领域的文化革命意义，本质上是小圈子内的宗派之争。这种文化误区很大程度上归因于发起者人为的市场炒作与作秀，也表现出中国文化在处理身体、欲望方面存在的问题。今天中国文学界、文化界的‘下半身’崇拜，未尝不可以理解为中国传统文化和极左时代的禁欲主义文化不正常的身体观念在新的历史条件下的颠倒的、恶性的表现。”

“下半身”写作的贴肉状态靠近了人生存的原始状态，打破了某些禁忌，但他们突出的个性宣言、创造的诗歌肉体乌托邦，在很多时候，都对身体美学进行了粗鲁的简化，到最后，身体被简化成性和欲望的代名词，所谓的身体写作也成了性和欲望的宣泄渠道。身体不仅是肉体，它更有灵魂、伦理和尊严，如果看不到这一点，而专注于“生理性的自我”，会给人一个错觉：许多诗人，都在使用同一具肉体化的身体。“下半身”对所反抗的秩序和目标的攻击是猛烈、明确的，但对所欲建构的新秩序则是乏力的。

反对者呼吁当置身在一个道德缺席、价值观颠倒、审美丧失的年代里，诗人应该坚守自己的艺术立场与良知，坚决打击“下半身写作”的“向下崇低”“从性到屎”和“卖身求荣”的无耻行径。

在一片叫骂声中，仍然有专家、学者对“下半身”诗歌给予了较有说服力的正面评价。他们指出：肉身化写作是“一种有感觉的写作，活的写作，有生殖能力的写作”，是对“从思想到思想，从纸到纸，从文到互文”“可复制”的技术性写作的一种本质校正。“尽管下半身诗人群的理论有很多偏激之处，甚至有很多漏洞，然而在知识分子写作的一部分已经走到尽头的时刻，大量矫揉造作的虚伪作品泛滥的时候，他们不也是为了诗歌发展寻求一条新的道路才如此的吗？”

有论者对“下半身”写作利弊解构剖析后将“下半身”诗歌写作的正面性归结为：一是诗歌表现领域的扩展；二是自由思想话语的变革；三是打假、审丑和揭恶的风格。

下半身诗人主张写真实的感受，而写瞬间的感受最能代表真实。总体说：沈浩波的诗歌是具象的，言之有物的。他从“性”入手，开掘了汉语诗歌的可能性。自波特莱尔开始，聪慧的歌者们便发现一条达往新话语的秘密吟唱途径，这途径便是将粗野的唱词作为武器，借此打击黑暗社会、审视丑陋现象和揭示恶劣行径，确立自己的先锋地位。艺术的自觉是唯一的，如果不谈“先锋”，你就是彻底放弃了艺术的自觉，那就不要跟我谈论诗歌——沈浩波曾说的这句话，表明了他把握先锋精神的明锐性，代表了一股新兴的中国诗歌于网络时代肆无忌惮的力量。

一些诗歌评论者对“下半身”诗歌给诗歌发展带来的积极影响给予承认，诗歌研究者王士强认为“‘下半身’以冷静、漠然的态度观察生活，可观地将生活冷峻、严酷的一面表现出来，这类诗往往既有‘生活’的指向和容量，又有‘诗歌’的美感和力度，是‘下半身’诗作中最为震撼人心、最有价值的部分”。王士强还强调指出：“下半身”诗歌的意义更在于，它无意识中启动和加速世纪初以来诗歌中身体观念的变革，这种变革某种意义上或许可以被称之为“身体转型”或“身体转向”。“下半身”诗歌作为这种转向的一个标志性事件，起到了助推器、导火索的作用。

关于这种“身体转向”，我们首先看到的应该是其积极、值得肯定的一面，因为它往往被淹没在了道德主义的抵制和谩骂当中，“当代文学的‘身体转向’，不管其文学质量的好与坏，在一定程度上，依然是对文学权威的一种挑衅，是对‘禁止发疯’的文化秩序提出的抗议。虽然大部分的身体写作还停留在‘自恋’的层面，掉进了表演和展示的漩涡，但至少让我们的身体事实得到承认，这是既往的当代作品中缺失的经验”。

诗歌评论家张清华则指出：“‘70后’诗歌写作和在其中孕育的‘下身美学’，的确已经构成了近期诗界最重要的现象，这一现象无疑将影响到未来中国诗歌的发展进程，当代中国的诗歌写作也已经由于这些新因素的加入，而增加了世俗性的活力，这一点无须避讳。”

《下半身》民刊及“下半身”诗歌在2000年夏天的出现可谓惊世骇俗，它犹如一枚重磅炸弹扔进了平静的池塘，形成了巨大的冲击波，“下半身”诗人以整体性的姿态站到了时代的风口浪尖，他们勇迈宣言，将传统的身体观、道德观击得粉碎；他们大胆实践，将诗歌文本快感化、本能化、欲望化，使“身体的诸多特性得到了重新认识，个人的身体得到了充分的尊重和关怀”，使受虐的、隐身的、失语的身体获得了解放。“下半身”诗歌无疑已成为新世纪诗歌身体变革的一个预兆和开端，动摇了、左右了当代诗歌的发展进程，很难否认它给诗歌发展带来了影响，并且是震撼性的影响。正如诗论者王士强所评价:“与其具体诗歌文本所显示的成就相比较，‘下半身’诗歌的‘影响’是大于‘本体’的，它的价值更在于其所彰显的文化策略的意义和开风气之先的‘弄潮者’角色。固然其出场和存在不无‘作秀’的成分，但其影响确是不可谓不大的，自此而后，诗歌的面貌和诗坛的格局发生着结构性的变化，以粗鄙化、狂欢化为主要特征的‘下半身’诗歌美学在诗歌民刊，尤其是网络诗歌中蓬勃生长、大行其道，某种意义上‘下半身’的诗歌革命是‘成功’的。”当然，如果“下半身”诗歌在“革命”成功后，能够继续开创诗歌的建设之路，如有论者期望的“肉身化性写作，必须注重必要的‘思与智’——在吸取传统精髓的基础上，重视精神元素的渗透，开拓性地进行性写作的诗意创作”“表现自然的，健康的肉感和肉欲”。作为“下半身”诗派的诗人需要力图突破小圈子，让诗歌根植于更广泛的民众基础、为获得更多受众认可而做出不懈的努力。也许，这样就不是“下半身”诗歌留给文学史的遗憾，而是功绩了。

泥沙俱下，诗坛惊现“垃圾诗”

徐乡愁与“垃圾诗派”

关于徐乡愁

徐乡愁，生于20世纪60年代，四川涪陵人。在《诗刊》《星星诗刊》《诗歌月刊》《诗选刊》《诗家园》《四川文学》《河南工人日报》《武汉网络文学》《重庆教育信息报》《重庆诗歌年鉴2003卷》等公开刊物和《天地人》《诗参考》《新内地》《现代诗报》《伯乐》《太阳》《知了》《彝良文学》《新视野》《平民》等民间刊物上发表过大量作品。有诗集《每况愈下》（2007年，中国文联出版社）。主要诗论文章有《垃圾派宣言》《只有体制诗人才给诗歌订公约》《地震诗潮使中国新诗遭受重创》等。主编诗歌民刊《垃圾派》。发表《垃圾派宣言》并高唱着“垃圾之歌”的徐乡愁，一副“我们屎都不怕，还怕你泼脏水？”的反高雅姿态。在其《我的垃圾人生》中，公开宣称："我的理想就是考不上大学/即使考上了也拿不到毕业证/即使拿到了也找不到工作/即使找到了也会得罪领导/我的理想就是被单位开除/我的理想就是到街上去流浪/且不洗脸不刷牙不理发/精神猥琐目光呆滞/招干的来了不去应聘/招兵的来了不去应征/我一无所有家徒四壁/过了而立还讨不上老婆/我的理想就是不给祖国繁衍后代/我的理想就是把自己的腿整瘸/一颠一拐地走过时代广场/我的理想就是天生一副对眼/看问题总向鼻梁的中央集中/我的理想就是能患上癫痫/你们把我送去救护/我却向你们口吐泡沫"。"企图以自我亵渎的极端方式来反讽这个世界的伟大和崇高"，徐乡愁以拒绝主流的崇低姿势践行他的"垃圾写作"，他说他要"做一个屎人"，他的诗被称为"屎诗"。徐乡愁也已成为垃圾派的代名词，被一致认为是"垃圾派"领军人物和集大成者。

关于"垃圾诗派"与"垃圾诗"

2003 年 3 月，网络上出现了"垃圾诗派"。2004 年 6 月，从"垃圾诗派"分化出来的"垃圾运动"在《垃圾运动》创刊号上标举出了所谓的"垃圾写作"的核心理念：崇低、解构、另类和贱民思想。与此同时，2004 年 3 月，一个与"垃圾诗派"有着相近诗学价值诉求但却更加讲究话语策略的"低诗歌"运动由为数众多的"体制外"诗人和诗评家共同发起。"低诗歌"运动提出了"引体向下""审丑""反饰""话语革命"等系列写作原则，在相当程度上昭示着新世纪诗歌的低贱化走势。“垃圾诗派”创始人为皮旦、徐乡愁等。垃圾写作也可以叫做“为排泄的写作”或“宣泄者的写作”，如徐乡愁、杨春光的屎尿屁写作。他们的诗被称为“垃圾诗”或“低诗”。“这是一批不怕脏不怕臭不怕丑不怕恶的思想同道或艺术同道者，他们敢以污秽不堪的裤衩为旗，向‘这个装逼的世界’（徐乡愁语）示威!”“东方黑，太阳坏，中国出了个垃圾派”是他们的夫子自道。垃圾派认为：一切思想的、主义的、官方的、体制的、传统的、文化的、知识的、道德的、伦理的、抒情的、象征的、下半身的、垮而不掉的东西或多或少都有些伪装的成分，只有垃圾才是世界的真实！为了让世界还原成它的本来面目，他们不惜把自己变成动物、变成猪、变成垃圾、变成屎。他们说：“我们不但要反传统、反文化、反艺术、反权威，甚至要反人类、反语言、反技巧、反诗歌，宁愿跟大众文化流俗在一起，以彻底向下的精神拒绝高雅，并把‘后现代’推向一种极致。”他们疯狂地叫嚣：“我们就是要损坏公物打人骂人，就是要好吃懒做胸无大志。”徐乡愁有诗云：“黑夜给了我黑色的眼睛/我才懒得去寻找光明/不如把自己的眼睛戳瞎/我越瞎/世界就越光明”。 他们中不少人就是这样自己糟蹋自己，自己作弄自己，自己毁灭自己。“活着就是人类的帮凶，我们将抱着这个优美的世界一起跳入粪坑。崇高有多高，溅起来的粪花就有多高。我们用肛门呼吸。”“在这个装逼的世界，堕落真好，崇高真累，我们宁愿去拣那掉在地上的脏兮兮的垃圾，宁愿蹲下身来甚至贴在地面上思考人生和世界。这个世界本来就是一个垃圾场，你想掩盖是掩盖不了的。我们就是要大搞诗坛的‘脏’‘乱’‘差’，我们就是要把丑陋暴露在众目睽睽之下，我们就是要把你身上的屎尿屁（包括我们自己的）抠出来挤出来曝一曝光。”受这种崇下思想的支配，垃圾派写作将写屎、写尿、写屁甚至写脓的“屎尿写作”奉为创作的圭臬。而由低向上，则是“垃圾派写作”对社会现实对生活现场采取的基本审视角度。“你们崇高，我们崇低，你们审美，我们审丑，你们高大，我们猥琐，你们建构，我们解构，你们欲盖弥彰，我们上房揭瓦，你们繁文缛节，我们人文简化。所以在你们的眼里，我们衣冠不整，行为怪异，内心龌龊，精神颓废。可你们在我们的眼里，连狗屎都不如。”随着低诗写作的因势而起，人们看到，中国诗歌从“禁欲”转向了“纵欲”，人性的放纵成为低诗的文本风貌。“他们以各种粗俗、肮脏、下流、嚣张的骂语，激情四射、近似疯狂地投入各个网络论坛的熊熊篝火中，用粗俗的语气、粗流的语调、粗糙的语法、粗鄙的语词等等抒写着发自内心的快感”（摘自寒山石《网络诗人的精神缺陷》一文）。其中，以徐乡愁的“屎系列”和“人渣系列”，特别是他的《人是造粪的机器》《屎的奉献》《我的垃圾人生》《你们把我干掉算了》《菜园小记》等诗最具代表性。垃圾派出世不到3年时间，就成了中国当代诗歌新的关键词，也成了众矢之的。一时间，网络论坛被搅得乱花迷眼，诗坛更是硝烟弥漫、乌烟瘴气。

关于评价

“垃圾诗派”以反主流的异端姿态出现，将崇高的诗歌推进了屎尿堆里，把自我彰显变成了自我作践。这样极端而又极具颠覆性的创作，引发争议就在所难免，而对“垃圾诗”所产生的负面影响，更为人们所诟病和严责。

著名网评人寒山石著文指出垃圾诗是吞噬生命绿洲的“沙尘暴”：“这是一个创造奇迹也制造垃圾的时代。当下的诗歌创作在很大程度上已经丧失了它的精神导向力、感染力、凝聚力和驱动力，甚至使诗堕落到了自言自语、胡言乱语、污言秽语、疯言疯语的境地。面对物欲横流和日益功利化的社会生活，心态浮躁、生活浮华、精神浮漂已经成为吞噬国人生命绿洲的‘沙尘暴’”。“特别是在大众狂欢的网络舞池，以博客和论坛为‘车间’进行的随意化、个人化、圈子化诗歌‘制作’竞相出笼，致使网络文学妍媸纷呈，一大批精神垃圾由此产生。”

有论者言辞激烈地谴责说：“我们为小说界、诗歌界出现卫慧、棉棉、赵丽华、沈浩波、徐乡愁这样的败类而感到羞耻。他们不仅丧失了一个文学青年的基本修养，甚至连五千年来中华民族的传统道德观念都丧失了，即使他们因此而获得金钱，过上纸醉金迷的所谓‘上等人’的生活，也不会因此而逃脱时代对他们灵魂的审判，也不会在诗歌史、文学史上留下丝毫好评，即使留下姓名，也永远是骂名、臭名昭著！”

“垃圾诗派”自我标榜的“一场诗歌精神的革命”并不被多数人认同，有论者就此指出：“我觉得他们是在故意的恶搞我们的诗坛，肆意玷污我们圣洁的诗歌！他们的心里想的不是怎样去发展诗歌，去繁荣诗坛，而是一味地去考虑怎么样我才能出名，怎么样我才能一夜蹿红。既然我不能流芳千古，那么我就遗臭万年吧！为达目的，不择手段，甚至不惜挥舞着自己的大便，不惜让经血污染自己的裙裾，不惜在人们的唾沫星子里游泳，不惜把自己堕落成一个婊子一般！”

“诚然，文学应该提倡百花齐放，诗歌应当鼓励多元化探索。但是，市场化时代，诗潮滚滚，难免泥沙俱下，也有为迎合社会逆性心理，以低俗变态内容，穿上诗的外套，吸引读者眼球，达到炒红自己的目的。这些‘流派’，似乎来者不善，‘祸诗祸民’。”“如果这些也叫诗歌”（指徐乡愁的“垃圾诗”代表作《拉》《屎的奉献》及沈浩波“下半身写作”的淫秽代表作），“让这些‘名作’引领潮流，那么，中国诗歌意味着要走进什么时代？呜呼！”

这些另类或裸露式的下作文章，见诸于极端杂志，引领时代诗歌潮流，这对中国诗歌的未来，无疑是种颓废，一种悲哀。“垃圾派的诸多诗歌，确实如其名字，就是把一大堆角落里的垃圾赤裸裸地翻晒在大庭广众之下。我们普通之人当然捂着鼻子，避而远之。而他们却可能还为自己的‘不疾恶臭’而伟大。”

“垃圾诗是典型的对诗的一种误解，这不是在写诗，这是在摧毁中国的文化。把一个概念不断地延伸扩大，居然有好多专家为其叫好，实在是可悲。照这样去写，中国所有的汉字都可以乱写。”

更有论者旗帜鲜明地呼吁：“希望我们所有的诗人们，还有所有热爱诗歌的人们都站出来，学学国外的人抵制盗版的精神，学学国内的民众抵制日货的气节，不给垃圾诗现眼的机会，不给垃圾诗人们生存的空间，那样的话，我们诗坛的天该多蓝啊！”

而对“垃圾派”诗歌抱以宽容和欣赏态度的论者则认为：“垃圾派”诗歌有精华也有糟粕，其中对下层人民生存现状的关注和对社会弊病的抨击值得肯定。采用极端自嘲，反讽和幽默的手法，语言浅白易懂，易为大众接受。但缺点也是明显的，一些肮脏的语言损害了诗歌。从诗歌艺术本身而言，“垃圾派”诗歌也有明显缺陷：诗歌有点表面化，比较注重外在现象的描述，缺乏深度和想象力，这降低了它的艺术性，也是“垃圾派”诗歌难以走远的根本原因。

有论者对“垃圾派”的自由精神表示认同：“垃圾派”诗人处在这个物质欲望极具膨胀和人性压抑的时代，通过写诗努力去达到一种真实从而再现他们内心感受中的真实，勇敢地表现出一种自由精神或者说是流浪汉精神；这种精神邋遢，快乐，无拘无束无法无天，这种独一无二的个性和性情，表现在具体的诗歌创作上没有任何框框，天马行空，我行我素，自由写作。

有赞赏者认为垃圾派诗歌有其较高的含金量，其价值贵在大众化的语言，贵在直面现实的态度，贵在视觉的冲击力，贵在思路的放浪不羁。中国的大多数人没有垃圾的思想，却都过着垃圾一样的人生。垃圾派是叛逆的，有思想，有勇气。

有论者称赞“垃圾派”诗歌是“难得的使人眼睛一亮的好诗”。

说当我们在读这些诗歌的时候不要总盯着那些“垃圾”不放，写垃圾仅仅是种手段，其内核是对媚俗与虚伪的反讽，并表达一种不妥协的立场，它的生命力应该在于针砭时弊、关注民生，其向下的理念是这一切的基石。“垃圾诗派”的作品在满目的垃圾意象中闪烁出了思想的光芒。“徐乡愁的好多诗歌，就像一把把锐利的手术刀，一刀刀是如此精准地切中这个社会的要害，很难再有像它们这样给人带来心灵震撼的诗歌了。从这一点出发，垃圾派写作远比那些一味沉浸在风花雪月、咀嚼着那些前人早已咀嚼千遍的传统写作强！”“在垃圾诗面前，其他流派的诗全都是垃圾。”

有人将徐乡愁的诗歌比喻为崔健手中的吉他，既像刀子一样锐利地插在中国这片土地上！也像一把刀子斩钉截铁地对虚伪的东西进行了毫不留情的解构！徐乡愁以一种非常个性化的独特方式把极具中国特色的话语解构并且转化为陌生化语言，即新颖性。在中国当下诗坛上，徐乡愁的逆向思维卓然一帜，打上了鲜明的“徐氏”印记。其风格是独特的“这一个”。

甚至有人称徐乡愁是中国最杰出的先锋诗人之一。称徐乡愁不仅是垃圾派的标志性诗人，也是21世纪初网络怂恿的为数不多的几个汉语诗歌英雄之一。把徐乡愁的《拉屎是一种享受》认定为中国当代诗坛最好的诗。说他的诗不仅是对体制化诗美学的挑战，也是对正人君子的道德感和意义系统的挑战。他的诗具有粗粝、直接、断裂、细节、腐烂、荒诞、真实等风格和语言特点。他书写着自己的生命的躁动不安，有时甚至达到歇斯底里的地步，但是诗中气息充沛，具有杀伤力。

被人类遗弃并避之唯恐不及的“垃圾”，在“垃圾派”诗人的笔下却诗花绽放，绚烂多彩，是审美神经麻痹得美丑不分、香臭难辨，还是“不如多扔些破铜烂铁，爽性泼你的剩菜残羹”的以毒攻毒。“垃圾派”诗歌独出机杼的选材视角，粗粝、俗白的语言构造，对于一切粉饰、伪饰、装饰的彻底摒弃，传达最真实的世界感受，最本质的心灵感应，让诗歌别开生面，让读者耳目一新。它警示我们不应忽略那些让人厌恶却又不可回避的真实存在——有人类就有垃圾，有垃圾就有垃圾诗。虽然，它的存在就是一种罪恶、就是一种丑陋、就是一种危险，但是，应该如何处理？是让它堆积如山，散发腐臭，污染空气，损害人的生命；还是净化清场，变废为宝，让资源再生；这需要诗人和读者双方的努力。垃圾派诗人以自毁形象的方式（其实也是一种牺牲），触目惊心地揭示社会的丑陋和肮脏，从这方面来说，“垃圾派”诗歌功不可没。然而对于“垃圾”诗人来说，这世界有垃圾，却非仅仅是垃圾；真空的世界没有，但诗歌污染并非必然；揭丑的目的应是还原健康，即使我们不能达到海德格尔所说的“人诗意地栖居”之境，但期望看到垃圾诗里不仅仅有垃圾，不仅仅只有垃圾，此应该是底线要求吧。如果这一点都不能做到，“垃圾”诗歌的存在价值岂不值得怀疑。

恶搞来袭，“梨花诗”火热绽放

赵丽华与“梨花体”

关于赵丽华

赵丽华，1964年出生于河北霸州市，中国作家协会会员，国家一级作家。曾在《人民文学》《诗选刊》等各大报刊发表大量作品，在《南方周末》《中国民航》《晶报》《东方新报》《都市女报》《兰州晚报》等报刊开辟随笔专栏；在新浪、腾讯、网易、搜狐等多家网站开有博客，是网络颇有影响力的文化学者、公共知识分子和意见领袖；曾经荣获河北省文艺振兴奖、河北省作家协会奖、中国诗歌学会奖、“诗神杯”全国新诗大赛金奖等。2001 年先后担任全国文学最高奖“鲁迅文学奖”诗歌奖、全国“柔刚诗歌奖”、《诗歌月刊》全国“爱情诗”大奖赛及全国“探索诗”大奖赛评委。出版个人诗专集《赵丽华诗选》《我将侧身走过》，合集《九人诗选》

《中国实力女诗人六人集》等，主编《中国诗选》《中国女诗人合集》等。2006 年 9 月，一场关于诗歌的恶搞事件席卷了几乎整个现代诗坛，赵丽华前几年的一些“诗歌”作品被“好事者”放到了网上，被无数网友嘲笑，并引发了表示讥讽和轻蔑的模仿热潮——进而形成了一个名曰“梨花教”的“诗歌流派”，最终使得赵丽华红遍天涯，红上新浪，并且进入寻常百姓家。赵丽华被封为“梨花教母”，在互联网拥有大批拥戴者、反对者和效仿者。这位曾担任过“鲁迅文学奖”诗歌奖评委、获奖无数的“著名女诗人”在网上一夜成名，被戏称为“诗坛芙蓉姐姐”。

关于赵丽华诗歌事件与“梨花体”诗歌

赵丽华诗歌事件发端于 2006 年 9 月，新华网山东频道出现一篇名为《哇！近年来最具实力影响力诗人写的诗》的帖子，摘录了女诗人赵丽华 2002 年之前的一些短诗作品，包括《一个人来到田纳西》《傻瓜灯——我坚决不能容忍》等，还有些掐头去尾或打乱分行的作品，比如《张无忌》《我终于在一棵树下发现》等，还炮制了一些伪诗，如《黄瓜诗》《谁动了我的花内裤》等。随后，该帖子中的多首诗歌被国内各站论坛转载。从 2006 年 9 月 13 日开始，一个叫“梨花教”的 ID，在天涯社区的娱乐八卦论坛，发出一个题为“在教主赵丽华的英明领导下，‘梨花教’隆重成立”的主帖。在 8 天之内，这个 ID 一共发出 28 个与赵丽华有关的主帖。由于帖子中标明了“赵丽华曾在《人民文学》《诗刊》等报刊发表作品，出版多部个人诗集，现任《诗选刊》编辑部主任，曾担任全国文学最高奖‘鲁迅文学奖’诗歌奖的评委等，还获得很多诗歌奖项。”响亮的名号立即吸引众多网友蜂拥跟帖，有关回复不计其数，不过三四天时间，就制造出了“万人齐写梨花体”的壮观场面。一夜间谩骂、仿写和恶搞狂潮迭起，由此而形成了“赵丽华诗歌事件”。9 月 16 日，学者王珂在网易论坛发帖，认为这是参与者最多的一次“诗歌事件”，是诗人与读者上演的“狂欢闹剧”，并认为“恶搞，对诗人赵丽华是不公正的”。

当时，几乎所有的网络媒体、纸制媒体、广电媒体都参与进来，争相报道，有些网站还推出了仿制赵丽华诗歌的“做诗软件”。一时间，各式各样的“软件诗歌”几天时间竟达到几十万首！“梨花诗”，在互联网各个角落火热绽放，该术语被收入《中国语言生活状况报告（2006）》。

2006 年 9 月 18 日，赵丽华在新浪开博。她在第一篇博文《我要说的话》中表态:“恶搞是社会意识形态发展到一定阶段的产物。是当今时代的一种正常现象。而网络又给这种恶搞提供了自由的平台和迅速传播的可能”，各种恶搞现象都无可厚非。对恶搞自己诗歌报宽容态度的赵丽华认为“如果把这个事件中对我个人尊严和声誉的损害忽略不计的话，对中国现代诗歌从小圈子写作走向大众视野可能算是一个契机。”

9 月 26 日至 9 月 30 日，“80 后”作家韩寒接连发表《现代诗歌和现代诗人怎么还存在》等博文，对当代诗人与诗歌进行冷嘲热讽，其中有“现代诗歌和诗人都没有存在的必要，现代诗这种体裁也是没有意义”，“现代诗人所唯一要掌握的技能就是回车”，“诗人本身就有点神经质，再玩下去就要变成神经病了”的话，在文坛上掀起渲染大波。而以球评文字著称的李成鹏、董路等，纷纷出来给韩寒助阵。

随之，一些先锋诗人开始站出来力挺赵丽华。80后作家兼诗人孙智正的博文《赵丽华的诗歌很牛比，跟贴的网友很傻比》及“70后”作家兼诗人芦哲峰的博文《赵丽华的诗是一面照妖镜》，立刻被新浪网推为博首。之后，支持赵丽华，认真评价赵丽华诗歌的文章相继在各个网站出现。乐趣园专门对赵丽华诗歌进行了大讨论，天涯网的天涯诗会“斑竹”公开打出“赵丽华的诗歌就是天涯诗会优秀诗歌评判的标准！你们去恶搞吧！”这样的标题。伊沙、沈浩波、东篱、山上石、尹丽川、孙智正等上百篇犀利文章围攻韩寒，《韩寒灭诗，死得难看》等檄文火药味十足。一时间杀得血雨腥风，昏天黑地。张颐武等文化学者以及一些先锋画家、摄影家、时评家、导演、音乐人、网络作家也纷纷出来表态，表示支持现代诗，支持赵丽华。

一波未平，一波又起。2006年9月30号，由废话派代表诗人杨黎、荒诞派代表诗人牧野组织，各个流派的代表诗人齐聚北京朝阳区第三局书屋，举办以“支持赵丽华，保卫诗歌”为标题的朗诵会，赵丽华因故未出席，活动吸引了大批媒体记者。接近尾声时，“物主义”代表诗人苏非舒，竟出人意料地以“脱衣秀”

方式阐释了他的诗歌理念，他当场一层层地脱去了身上的16层衣服，直至全裸。此举一时成为轰动性新闻。

2006年9月发端于网络的“赵丽华诗歌事件”是当年最具标志性的网络事件之一。该事件由于波及之广、影响之大、持续时间之长，被媒体称为自1916年胡适、郭沫若新诗运动以来的最大的诗歌事件和文化事件。

“梨花体”是对赵丽华诗歌风格和仿制赵丽华诗歌风格的诗歌的统称。“梨花”是“丽华”的谐音，“梨花”诗是赵丽华2002年刚“触网”时的即兴之作，并不涵盖她所有诗歌。在内容上，这些“即兴之作”是诗人瞬间感受和想法的直白记录，没有审美意味；在形式上，只是一个长句子被随意分为若干小节，没有遵循诗歌规律，短小直白，语言平淡得就像平时说的口水话。以流传最广的《一个人来到田纳西》为例，全诗就像一段话断成四行：“毫无疑问 / 我做的馅饼 / 是全天下 / 最好吃的”。而《摘桃子》（“诗人们相约去北京西郊摘桃子/问我去不去/我说要是研讨我就不去了”）《张无忌》等作品也纯属“大白话”。这些诗歌的特点是，通过日常语言的碎片化，获取“陌生化”效果。故“梨花诗”又被称为“口水诗”“回车键诗”。由于赵丽华是“国家级”诗人，“似是而非”的“梨花诗”一出现就吸引了人们的眼球。于是，基于对“权威”的逆反、嘲讽心理，网络上掀起了一股“仿写”狂潮，在不断“恶搞”中，梨花诗在网络上迅速流传开。

关于评价

既然“梨花体”诗因网络恶搞而演变成文化事件，对其评价，就不仅限于诗歌范畴，对诗人、对作品、对读者、对网民、对恶搞，各种激赏和推崇，各种谩骂和炮轰，各种辩解和反击，不一而足。网民、诗歌界、文化名流、学界等各方人士也借助各种方式表达对此事件的看法。

针对赵丽华的诗歌被恶意模仿，赵丽华所在的廊坊市作家协会主席张立勤与另一位作家李宏志称赞赵丽华是诗歌“圣坛”上的一个圣斗士，认为她在“以一己之力与无知愚昧作战”。

北京大学中文系教授张颐武在博客中称:“赵丽华被变成了诗歌界的某种象征性的人物，被拉下了诗坛，变成了违背‘常识’的象征，变成了高高在上的‘诗人’糟糕的标志。”

“20 年前朦胧诗走红的速度，跟赵丽华相比差远了。”面对这起来势凶猛的诗歌论争，一位资深诗歌爱好者如此感叹。同时，他对争议的娱乐化表示不满和痛心:“很多名流的加入，实际上让论争成为了口水战与人身攻击，根本不是在讨论诗歌问题，令人失望。”

就“梨花体”诗歌算不算诗的问题，“诗坛泰斗、当时已 75 岁高龄的四川诗人流沙河在接受媒体采访时表示，赵丽华的这些口语诗歌“不能算是诗”。“这些文字，有的是警句，有的是慧句。但是在我看来它们还不能算是诗。”

诗评家李少君则认为，作为一个诗人的练笔之作而非正式发表的成熟作品，不管是《一个人来到田纳西》还是《我终于在一棵树下发现》，都可以理解为是诗人的瞬间感受和想法的直白记录，无可厚非。“我常常也会写这样的东西，包里放一个本子，突然想到什么就写几句下来，只不过没有发表。”李少君说，任何诗人都写过烂诗，讨论一个人的诗应该拿她最好的作品出来讨论，而不应只选最差的。

诗人杨克表示，在网络时代，这种口语化的诗歌探索本身是无可厚非的，但仍然应该控制在某种诗歌的意味里面，“我不否认这类诗当中也会有好的作品，但我怀疑这种过分口水化的倾向是错误的”。

首都师范大学诗歌研究专业的博士陈亮说，其实在诗歌圈内，这种“口水诗”的探索写作不仅仅是赵丽华，经常关注诗歌论坛的人就会知道，从四川非非主义开始，到网络兴起后，这种写作一直是一个潮流，诗歌界内部也一直有争论，而赵丽华在其中并不突出。陈亮认为，长久以来诗歌圈都有各种各样的写作探索和尝试，但在大众心目中的，可能还是只有徐志摩、戴望舒的抒情诗才是诗，“的确很难向诗歌圈外的普通读者解释”。

“梨花诗”很难得到专业人士的认同，口诛笔伐几乎形成了一边倒的态势，各种批评席卷而至：

“诗坛有所谓‘口语诗’之说，但如果真是朗朗上口、感动人心的‘口语’倒也罢了，问题是这种‘口水诗’根本就谈不上什么诗的凝练和简约，更谈不上诗的节奏、美感和韵律，不过是毫无诗意的大白话甚至‘懒婆娘的臭裹脚’而已。”

“‘口水诗’如此自曝其丑，自取其辱，也连累了诗歌的清名，所以也是对诗歌艺术和诗歌道德的侮辱。'口水诗'缺乏的是诗歌最基本的要素，那就是对语言的敏感，驾驭语言的能力，感受和思想的独特性和深刻性。也许正是某些所谓诗人自觉到自己的这种先天不足，而后天不补居然是他们自己的选择，所谓不愿意走正常的路子，喜欢剑走偏锋、另辟蹊径，无非是在诗歌常识面前的自绝姿态。"

"大众为什么愤怒了？那是因为大众受不了，胃口已经被天才诗人败坏到了极点。若是诗人们自己弄点口水自己喝也就罢了，但非要强迫大众捏着鼻子一块儿喝，还得说那是玉液琼瑶，说我写的诗，是天下最好的诗！大众能受得了吗？能不愤怒吗？真正的诗歌不是为大众承认而创作的，否则就是媚俗，而大众不承认，非逼着大众承认叫暴力。""打开网络，看看诗人们说的话写的诗，除了口水谩骂恶搞，有几人是在讨论诗歌本身？又有几人是在静心写诗？"

"口水诗的理论基础是要让诗与生活平行，人在生活中怎么样说话，就在诗中怎么样写。这取消了诗歌与生活的界限，实际上也就取消了诗歌存在的依据和意义——居然诗歌与生活一样，那我们老老实实生活就行了，何必要诗歌？所以，口水诗、生活诗和大众诗等种种提法，都会使诗歌自取灭亡。"

"口水诗被唾骂表明了口水诗的溃败，也表明了庶民趣味的胜利，这是庶民趣味扇向口水诗人的一记响亮的耳光，而昏聩的口水诗人居然还以为这是诗歌走向大众的契机，真叫自作多情、恬不知耻啊。如果诗人不以此事件做出反思和调整，那么口水诗有朝一日终将成为'屎尿诗'。而今诗坛，真的令人担忧和悲哀，有徐乡愁的‘口水诗’，代表作《拉》《屎的奉献》；有下半身写作诗人沈浩波，流氓代表作《一把好乳》；有梨花体诗人赵丽华，代表作《一只蚂蚁》《一个人来到田纳西》等。呜呼哀哉，这个时代，是谁强奸了诗歌？”

诗歌研究者王士成著文对“梨花体”诗歌事件的整体性评价发表看法：“很显然的道理是，‘废话’并不是诗，否则处处皆诗也便处处无诗了，“白话”可以入诗，但必须具有诗意内涵，必须经过诗性转化，这样的一些诗歌的‘底线’被当今的许多诗人肆意践踏、随意僭越了。正是由于当今诗歌的‘圭臬之死’、价值失范导致了当今诗歌愈益庸俗化和粗鄙化。”“说到恶搞，实际上是诗人们恶搞诗歌在前，网友恶搞诗人在后，后者倒是有某种‘拨乱反正’的意味。网友的恶搞是出于对更为健康与合理的诗歌状况的呼唤和诉求，显示了一定的反抗性。”“至于‘裸体朗诵’事件，则又是诗人恶搞诗歌的例子，依靠脱衣服、裸露身体来‘保卫诗歌’显然是比较搞怪、搞笑的，正是由于这样的恶搞，2006年的诗歌进入了大众的视野，诗歌成为了怪异可笑的小丑，在欲望时代进行着一场夸张、滑稽而又贫乏、空洞的马戏表演。”“原本与诗歌无涉，鄙俗不堪、空洞无物的东西被乔装打扮，以诗歌的面目出现，并构造成最为引人注目的‘文化’事件，但如此的‘文化’事件却实在是没有多少文化内涵的，而这样的‘诗歌’事件也是与诗歌实际上并不搭界的。这样的行径不能不说就是无良、无德甚至无耻的恶俗。”“这样的娱乐奇观对诗歌造成了巨大伤害，这样的亵渎、盘剥、消费诗歌的行为越少越好。”

无意卷入事件漩涡的赵丽华，无论是事件前、事件中还是事件后，作为“梨花事件”的当事人，在这场口水大战中，她一直保持着局外人的清醒与理智。事件前，她的想法是“卸掉诗歌众多的承载、担负、所指、教义，让它变成完全凭直感的、有弹性的、随意的、轻盈的东西”；事件中，面对炮轰的唇枪舌剑，她说：“如果把这个事件中对我个人尊严和声誉的损害忽略不计的话，对中国现代诗歌从小圈子写作走向大众视野可能算是一个契机。国内好的诗人很多，建议大家去多读读他们的作品……”“我感谢每一位给过我影响的诗人，是他们让我知道了诗歌有多少种方向和可能！是他们让我知道了诗歌是多么美妙的一门艺术！”；事件后，赵丽华并未脱胎为一个文化名人，她继续行走在诗歌的路上，反观自己的作品，她自我评价说：“我对自己的作品本身有信心，我确信它们不仅能够经受住暂时的风雨，更能够经受住时间的考验和漫长岁月的洗磨。我确信它们不是泡沫！”之后，她写了小诗《廊坊下雪了》，组诗《海伦》《月亮》《春风与春雨并不是孪生兄弟》《让世界充满蠢货》《细节决定爱情成败》《风筝》《天堂没有伞》等，虽然轰动依旧，淡定依旧，但却让人们认识了“口水诗”人的另一面，灵动的想象，洁雅的语言凸显女诗人的品质，由此，她赢得了更多人的接受和赞赏。

2006 年的“梨花诗事件”，对于赵丽华来说是悲是喜，对于民众来说是好是坏，对于中国诗歌来说是挫折还是新生，也许，“把诗歌的还给诗歌，把娱乐的还给娱乐”（王士成语），没有恶搞、没有戏仿、没有作秀，摆脱边缘的徘徊和窒抑，诗歌那由远而近的迷离和朦胧；那奇异灿烂的奢望和想象；那缤纷绚丽的万千姿态；那自由浪漫的腾跃飘飞，这才是我们期待看到的诗歌兴盛景象吧。

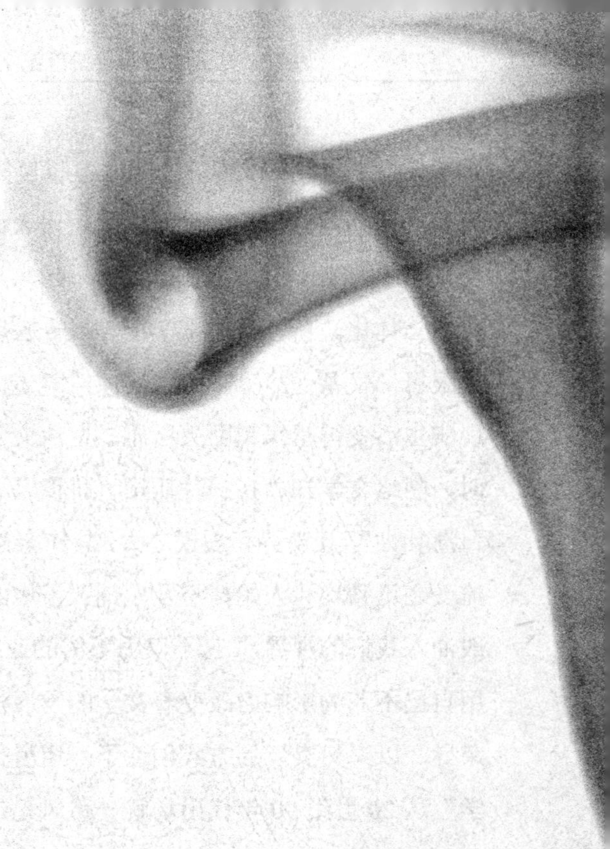

三编

文苑览胜

俯瞰新世纪的文坛，全球化步履匆匆，时代社会的急剧变化、思想文化的突破与颠覆已经远远超出人们的想象力和心理防线。受其影响，文学越来越变幻无穷，越来越丰富奇妙，越来越多样化、立体化。新世纪的文学已难以一言以蔽之，既繁花似锦，炫人眼目，又备受冷落，处境凄凉；既走向式微，又特有活力。当现实生活变得越来越匪夷所思，主流文学被放逐、被边缘化的同时，网络文学却“在一片质疑、争议乃至是鄙夷声中一路行进并日渐壮大”，其声势和规模之大，其作家作品之众，其样式之新异、流变之迅猛均让人始料不及。铺天盖地的网络“经典”如同潮水般涌入我们的视界，“它不仅用不俗的业绩证明了自己的存在，还用自己不菲的影响力改变着文学的发展格局，分享着时代的文学荣辱，以‘另类’的方式创造了一道另类的文化风景。”“官场文学”从20世纪90年代出场就一路风光走来，因其特殊身份而赢得众目青睐。进入新世纪“官场小说”渐成喧嚣之势，现实中不断曝光的反腐大案以及大众对贪官的憎恶、对官场内幕的好奇，媒体的强势报道、市场的巧妙包装、影视改编热播使揭露官场黑暗腐败的“反腐小说”或“官场小说”在与现实的互动中持续升温，不仅官场中人对它趋之若鹜、视其为职场宝典，普通百姓也无不青睐有加、爱不释手。似乎已经久违了的文学轰动效应又在“官场文学”中得到再现。趁势而起的“官场文学”，已经成为新世纪一种不容忽视的文学力量，推动着文学的前进与兴盛，由它构成的盛事图景更是风光无限，风景这边独好！

众声喧哗，“网络文学”风生水起

从1999年蔡智恒的网络长篇小说《第一次亲密接触》红遍全国，“网络文学”风生水起，大浪滔滔，在10余年的网络江湖中闯荡，“桃李春风一杯酒，江湖夜雨十年灯”，从当年的痞子蔡、安妮宝贝、宁财神、李寻欢等少数人独领风骚各几年，到现在的写手云集星光灿烂；从当年《告别薇安》几部作品的小打小闹，星星点火，到今天大量作品潮水般的泛滥火焰冲天；从当年主流文学和网络文学，互不相识、分道扬镳，到今天的转角相遇、握手言欢；从备受争议到被人普遍接受；网络从写手娱乐交流发泄之地，成为了文学出版市场巨大的掘金场和作者一夜成名的快速通道。数以千计的网络写手和每年数以万计的网络作品喷涌而出，宣告着网络文学时代的到来和势不可挡。

关于网络作家

自20世纪90年代互联网开始进入民间社会以来，网络以其自由、快速、开放的优势和强大的传播能力造就了一大批网络作者。由于发表文章的门槛低，网络上的作者被人称为是“写手”，这些写手大多有着千奇百怪的名字，他们多为理工科出身，出自心底对文学的热爱，“他们没有受到正规的文学训练，但这也使他们思维上很少带有正统文学的写作框框”。他们在网络上驰骋他们的遐思，发挥他们的才智，直抒胸臆，畅所欲言，由此构成了网络文学众声喧哗的话语空间。他们的创作风格与传统作家的区别非常明显。时至今日，这些“写手”已经走过了十余年的写作道路。“他们的命运也经历了几起几伏，网络上刮过了几代人的身影。长江后浪推前浪，前浪倒在沙滩上；江山代有才人出，各领风骚两三年。”“他们是中国当今文学舞台上的一支生力军，他们的队伍还在源源不断地扩大”，他们支撑着网络文学的大旗，推动着网络文学的车轮轧轧而行。

此处评述主要依照网络文学研究专家周志雄教授根据出场的年代和总体上的创作特色对中国网络文学的作者群体的划分（为了保持时间的连贯性，网络文学的第一批作者虽成名于上个世纪末，鉴于陈述需要，在此一并列举）：①

“第一批网络文学作者成名于海外网络之中，大致时间是在1995年前后，他们包括方舟子、少君、图雅、滴多、马兰、祥子、曾晓文等人。”“这一代作者大多有文学才华，曾经作为文学青年喜好文学。他们大多是学理工科出身的。”“《新语丝》领头人方舟

①.周志雄文《论网络文学的创作群体》，北方论丛，2009年第5期，第55～56页。

子是生物学博士，少君大学本科学的是物理专业，后陆续获得经济学硕士、博士学位。”“理工科专业出身给了他们严谨的思维训练，他们的文字简练、生动，有知识底蕴也有文学情趣。”“小说作品大多篇幅不长。他们主要的文学阵地是《华夏文摘》和《新语丝》。在方舟子的努力下，《新语丝》一直办到现在，在国内外华语圈内产生了很大的影响。”

“第二批网络文学作者成名于 1999 年前后，”主要包括被称为“网络小说第一写手”的“蔡智恒和内地的‘五匹黑马’及‘四大杀手’等。‘五匹黑马’是指李寻欢、俞白眉、安妮宝贝、邢育森、宁财神五人。李寻欢、宁财神、邢育森三人也被人称为是网络文学‘三驾马车’。‘四大杀手’是指王小山(黑心杀手)、猛小蛇(灰心杀手)、王佩(红心杀手)、李寻欢(花心杀手)四人。这一代网络文学作者的作品以杂文、小段子居多，虚构类长篇作品相对较少。他们的才华主要体现在以一种幽默的文风写嬉笑怒骂的短文，他们出没于各大文学论坛，他们最集中的舞台是‘榕树下’。2000 年前后，安妮宝贝、李寻欢、宁财神、黑可可等被‘榕树下’收编成为网站的组织经营者，这个时期也是国内网络文学出现的第一次高潮时期，‘榕树下’那时被称作是全球最大的中文文学网站。”

孤独灵魂的歌者：安妮宝贝

安妮宝贝，原名励婕，1974 年出生，浙江宁波人。自称为一名在网络上四处飘荡的人。从 1998 年 10 月开始在网络上写作和发表作品，1999 年以一部《告别薇安》成名江湖，红遍了网络，是当年国内风头最旺的网络文学作者。安妮宝贝职业经历丰富，从事过金融、编辑、广告、专栏作者、杂志主编等职业，现居北京。1998 年起发表小说，题材多围绕城市中游离者的边缘生活、男女爱情，探索人的内心与自身及外界的关系。至今已出版长篇小说、短篇小说集、摄影图文集、随笔集《告别薇安》《八月未央》《彼岸花》《蔷薇岛屿》《清醒纪》《莲花》《素年锦时》等多部著作。这位具有驾驭精美文字的娴熟功力的女作者，文体自省疏离，风格清冽，其独有的魅力使无数读者尤其是小资白领青睐有加，作品均持续进入全国各类畅销书排行榜，更被引介到越南、韩国、日本、德国、英国等国家和中国香港及台湾省，深受海内外读者的爱戴。有论者称其为“当代中国内地第一位言情小说‘品牌’作家”。2007 年，安妮宝贝以 350 万元的版税收入，荣登第二届中国作家富豪榜第 15 位，引发广泛关注。网上成名的安妮宝贝现已正式加入中国作协，脱离网络成为传统作家。

改写神话的创造者：今何在

今何在，原名曾雨，1977年出生，江西南昌人。身份多重：作家、编剧、杂志主编、游戏策划师。1999年厦门大学毕业后，曾就职于电脑游戏公司任游戏策划，并为游戏写背景小说《帝国时代》，担任王家卫和刘镇伟的剧本《天下无双》的编剧及该剧主题曲歌词作者。主要作品有《悟空传》《若星汉天空》《今何在：羽传说》《九州》电影小说《天下无双》。现为九州公司的副总经理，定居上海。从小被称为“神童”，据说幼儿园时就开始改编《西游记》。10年前，今何在以一部《悟空传》一夜之间红遍整个网络，正式揭开内地网络文学创作大幕，嬉笑怒骂的话风成为影响众多新生代知名作家与读者的语言范式。该书出版10年，畅销加印高达47次。10年后今何在全新修订并添加众多新故事，推出完美纪念版，再度掀起畅销狂潮，其文字魅力经久不衰。称自己“一半是海水，一半是火焰”的今何在最大的写作乐趣就是想写什么就写什么。天马行空的他被诸多粉丝昵称为“猴子”，愤怒叛逆、顽皮生动，戴着金箍仍保有自己的空间，仍然能走自己的路。

混迹网络的侃爷：宁财神

宁财神，原名陈万宁，1975年出生，上海人。1991年，15岁的宁财神考入华东理工大学金融系。19岁毕业后跟随朋友来到北京，曾从事与专业相关的工作，做过期货生意，破产，后转行设计和写作。现担任SMG尚世影业创意总监。早期在网络上写鬼故事出名，2005年以电视连续剧《武林外传》的总编剧身份一炮走红，其恶搞、讽喻的话语方式被剧迷津津乐道。编剧宁财神变得万人瞩目，许多媒体蜂拥而上，最火的时候，几十家电视台同时播出，还改编成了网络游戏、话剧。网络释放了连他自己都从来没有意识到的写作才华，并且改变了他的人生轨迹。在写《武林外传》之前，宁财神已写出《健康快车》《都市男女》等系列情景喜剧，并拿过飞天奖。代表作品：剧本《武林外传》，小说《缘分的天空》《假装纯情》《无数次亲密接触》，影视剧集《网虫日记》《欢乐青春》《海洋馆的约会》《精舞门》等。宁财神曾担任过天涯虚拟社区影视评论版主，著名文学网站“榕树下”的编辑，并创作个性“鬼文化”网站，曾作为可与蔡智恒匹敌的内地网络写手参加了电视台脱口秀节目，与李寻允、邢育森并称为“网络三驾马车”，与安妮宝贝、痞子蔡成为20世纪末最引人注目的网络作家，被视为中国第一代网络写手的领军人物。王朔称他是“混过天南地北的一颗人丹”，有论者称其为混迹网络的侃爷。

“第三批作者成名于2002年前后，主要包括宁肯、慕容雪村、雷立刚等，这些作者现都是专业作者。宁肯在网上走红之前已写作多年，是‘新散文’的代表作家之一，现已成为北京市作协的签约作者。雷立刚在《天涯》《作家》等主流文学刊物上发表了很多的作品，他已加入了四川作协，是四川巴金文学院的签约作者。这些作者的出现代表了网络文学的一个层面，即他们本身有较好的文学修养，网络不过是他们成名的一个途径而已，也是他们提升了网络文学的层次。”

都市言情小说的领跑者：慕容雪村

慕容雪村，“70后”网络作家。学过法律，毕业于中国政法大学。喜欢诗人海子。2002年凭借小说《成都，今夜请将我遗忘》在广大网民中引起强烈反响，并迅速走红，被推举为“网络四大写手”之一（其他三人为李寻欢、安妮宝贝、今何在）。以后，他又创作了《成都，今夜请将我遗忘》的姊妹篇——小说《天堂向左，深圳往右》以及《伊甸樱桃》（又名《多数人死于贪婪》和“青春残酷系列”的第三部《原谅我红尘颠倒》（被称为一部关于堕落与救赎的江湖秘史）等作品。2003年获中国新锐版年度网络风云人物。慕容雪村的作品具有典型的都市文学风格。作者擅长表现都市中小人物的生活经历与命运遭际，描写他们在生活的重压、欲望的诱惑下所产生的心灵钝化，人性异变等现象。其细腻的笔触，深刻的人性挖掘，“恣行无忌”的文风在当代都市言情小说领域独树一帜、领风气之先。2009年底，慕容雪村卧底进入传销集团，上演一出真实版“无间道”。并根据这一亲身经历，写作揭露传销的纪实作品《中国，少了一味药》。“如果问我想在小说中表达什么，我想写对人性、对生活的质疑。”这是慕容雪村的创作主旨。不喜欢抛头露面、不知真名、不留照片、远离媒体的慕容雪村成名后辞去了公司高管的职业，成为专业作者，继续淡定从容地写书、上网。

第四批网络风云人物成名于2004～2006年，部分作者成名的时间稍早。他们是网络文学的中坚力量和流行大潮的弄潮儿。这批作者包括江南、今何在、孙睿、蔡骏、萧鼎、郭妮、明晓溪、天下霸唱、当年明月、何员外、沧月、步非烟、小椴、罗森、萧潜、玄雨、李歆、桐华、金子、犬犬、血红、烟雨江南、酒徒、大爆炸、我吃西红柿、猫腻、跳舞等。“这一批作者大多是在网上‘写着玩’成名，成名时大多数是在校的大学生，所写的故事并没有深刻的人生体验，而是以虚构、幻想为主，他们大多模仿借鉴了某些通俗文学作家的套路，以写类型小说出名。”如蔡骏的心理悬疑小说，江南、今何在、萧鼎、玄雨的玄幻小说，何员外、孙睿的青春小说，郭妮、明晓溪的青春言情小说，沧月、步非烟的武侠玄幻小说，天下霸唱的盗墓小说，当年明月的白话历史小说，李歆、桐华、金子、犬犬的穿越小说，血红、烟雨江南的历史玄幻小说，酒徒、大爆炸的历史架空小说等。正是这一批作者掀起了中国网络文学的通俗化热潮。如今，有影响的文学网站大多设有青春、言情、悬疑、武侠、玄幻、穿越、校园、都市、历史、军事等文学板块。

心灵历史的开创者：当年明月

当年明月，原名石悦，1979 年生于武汉，被称为心灵历史的开创者。强调写史即写人、写人即写心。原是顺德海关公务员，以《明朝那些事儿》成名于互联网。2006 年 3 月他撰写的网络历史小说《明朝那些事儿》在博客上连载，三个月点击已超过百万，他的趣说历史受到网友的热烈追捧，众粉丝自称“明矾”。2006～2009 年该书陆续出版五部，销量过千万册。2010 年当年明月以 1000 万的版税收入荣登 2009 中国作家富豪榜。

一部令许多史学界教授都瞠目结舌的网络小说，一个非专业研究历史（法律专业）的公务员，用通俗浅显甚至娱乐化的手法重述、重写历史，引发出一场“感染”者高烧不退的“读史热”，已经成为近几年国内文化界的一大奇观，也引起了不少争议。2009 年当年明月加入中国作家协会。成名后借调北京任海关总署下属杂志《金钥匙》编辑，并担任国内多家电视台文史类节目主持人。

从来不在博客上谈及个人隐私或生活细节，执著地发表《明朝的那些事儿》的长篇连载，全部是新作品连载，并以每天2000字的速度更新，这可以说是独一无二。当年明月和他的《明朝那些事》无疑都破了历史记录。

“新一代悬疑小说旗手”：蔡骏

蔡骏，1978年生于上海，中国作家协会会员。2000年起发表作品，同年获“贝塔斯曼·人民文学”新人奖。2001年长篇惊悚小说《病毒》横空出世，至今已出版《地狱的第19层》（获2005新浪年度图书奖）《荒村公寓》《旋转门》等15部长篇小说。作者以其超人的才情、天马行空般的想象力、严密紧凑的逻辑思维，以及贯通中西的浓郁人文气息，在历史与现实、爱情与惊悚、悬念与推理之间展开精彩故事，致力打造属于中国人自己的心理悬疑小说，大有直追斯蒂芬金、希区柯克诸大师之势。其“蔡骏心理悬疑小说”已申请注册商标保护。截至2010年6月，蔡骏作品在中国内地累积发行销售达650万册。连续五年保持中国悬疑小说畅销冠军记录。作品已被翻译为多国语言，多部作品被改编为影视剧。蔡骏由此获得“中国第一悬疑作家”“新一代悬疑小说旗手”“中国最具有全球畅销潜力的作家”等殊荣。评论家认为其作品有一种罂粟一样的吸引力。目前已正式吸收为中国作家协会会员。

关于网络文学

网络文学，简言之就是“一种用电脑创作、在互联网上传播、供网络用户浏览或参与的文学”①（本专题主要论述网络小说）。它具有原创性、即时性、互动性的特征，主要体裁以玄幻和言情居多。随着网络写手们创作热情的高涨，网络小说的阅读人群也随着使用网络的人数直线上升。而各种文学网站或是大学校园网站的文学版，这些网络文学阵营，几乎都在网站设立之后，网络文学版也就随之而来。就在作家马原不无伤感的声言“小说的死亡”的同时，网络文学已经在中国文坛开辟了一个新的领域。网络小说的创作源源不绝，在这里可以看到爱情、历史、武侠、恐怖、魔幻、侦探、悬疑、纪实等各种题材，网络小说作家的知名度开始超过了许多久已成名的著名作家，而且由网络小说引起的网络影视与网络文化、网络语言更以超强的吸引力和影响力在颠覆传统文学的同时，也极大地改变了人们的日常生活和审美习俗。

新世纪的网络文学不能绕开它的起点和源头。通常人们把1998年作为网络文学的发端年。蔡智恒与他的《第一次亲密接触》成为网络文学起点的标志。由它开启了新世纪网络文学繁花似锦的春天。

①. 该定义摘自欧阳友权的《网络文学的学科形态建设》一文。见《当代文学研究资料与信息》，2004年第5期第18页。

网络文学的起点标志：蔡智恒的《第一次亲密接触》

《第一次亲密接触》为蔡智恒（痞子蔡）的成名作品。1998年3月，台湾网络写手蔡智恒以“痞子蔡”为名，在大学布告栏(BBS)网站上发表了第一部长篇作品《第一次亲密接触》，这部虚拟的伤感凄迷的网恋小说在网络上一再被转载，使得痞子蔡的知名度像一股热浪在网络上延烧开来，达到无国界之境。痞子蔡与轻舞飞扬已成为网络史上最发烧的网络情人。蔡智恒一举成名，也使汉语网络文学转入公开状态，为全球华人所关注。此后，该作还破网而出，被印刷成册，且以实体书的形式畅销海峡两岸，推动了网络文学的蓬勃发展。一时间，蔡智恒的名字为人们所熟知并且在大学生中有广泛影响。小说中提到的地点如成功大学旁边的麦当劳，竟成为学生们的朝圣之地。自从《第一次亲密接触》走红之后，网络上就有了第二次、第三次、第N次亲密接触。国人强大的模仿能力，使得亲密接触四个字，迅速成为了一个特定的爱情术语，而校园爱情路线也就成了网络小说的一大主题。

这一切为蔡智恒赢得了“网络小说第一写手”的称号。普通人的观念之中也第一次接受了“网络小说”这个新名词。蔡智恒成为第一个不靠正规传统媒体而仅借网络之势而一炮而红的作家。流行作家的新时代由此开始。

1999年~2000年，网络文学迎来了第一个高潮期。五匹黑马——邢育森的《活的像个人样》、宁财神的《缘分的天空》、俞白眉的剧本、李寻欢的《迷失在网络和现实之间的爱情》、安妮宝贝的《告别薇安》与今何在的《悟空传》网上流行。

返俗归真的经典再造：今何在的《悟空传》

2000年，今何在的小说《悟空传》获榕树下“第二届网络原创文学作品奖”，被誉为“最佳网络文学”，并被《南方都市报》专版连续刊载，成为年度最火爆的网络小说之一。受《大话西游》的启发，《悟空传》对《西游记》进行了颠覆性的改写。该书讲述了悲剧英雄孙悟空对命运的抗争，并对仙佛等一切伪善进行了毫不留情地嘲讽和批判。作者以现代人的角度重新解读《西游记》的某些情节，以现代观念重塑了唐僧师徒的形象，给了他们作为普通人的痛苦和思维，以及生活中的平凡细节，让他们不再是被命定摆布的傀儡。由此，作品嘲弄了一切神圣的天庭秩序，王母、玉帝、佛祖都被喜剧性嘲弄，玄奘从一个虔诚的佛教徒变成一个冲破佛法规约的思考者。在语言上也深受“大话”之风的影响，唐僧师徒之间，互相刻薄地讽刺、打趣，各自打着小算盘，还原了他们作为俗人的形象。小说中的一段话“我要这天，再遮不住我眼，要这地，再埋不了我心，要这众生，都明白我意，要那诸佛，都烟消云散！”已奉为网络语言经典，并广为蔓延。《悟空传》成了网上西游题材的佼佼者和领跑者，跟风之作蜂拥而至。这部脱神还俗的新版英雄传，不但得到了众多青年读者的认同和喜爱，而且出版商和电影公司也都纷纷找上门来。10年后，今何在全新修订并添加众多新故事，推出完美纪念版，再度掀起畅销狂潮。

《悟空传》作为另类的玄幻经典被读者推崇至今，也为今何在赢得了“今帅”的美名。

“甘美与脆弱”的灵魂抚慰：安妮宝贝的《告别薇安》

安妮宝贝的《告别薇安》缔造了网上美女作家的神话。这部被称为安妮宝贝网络文学中的巅峰之作以细腻敏感的笔触、精致优雅的语言描写了一个“关于青春、激情和消逝的故事。一个颓废的、阴郁的，里面有暴力、有死亡、有离别、有伤害，充满感伤和绝望的故事。”小说写尽了都市世纪末的颓靡绮丽的破碎，写尽了新生代人类精神的浮躁与贫乏、灵魂的寂寞与焦灼、爱的狂野与绝望。小说网上发表以后，其另类别样的文字立刻引发了一场轩然大波，整个文坛一片震荡。小说出版后一路攀升各大书店的畅销书榜首，潮水般的争议和评论覆盖于各文学网络频道，媒体杂志一片哗然。有人斥责其文字是毒药，颓废、沉沦、绝望；有人颂其文字新锐、优美、简洁、直抵灵魂。“安妮宝贝”是第一个深入欲望都市情感腹地写尽孤独与爱的灵魂的歌者。从此，黑色主题——爱情和死亡，告别和流浪，弥漫网络。其作品中所流露出的现代都市人的孤独、寂寞、迷茫、绝望的情绪，基本上构成了网络文学的主基调，“薇安”成为继“痞子蔡”之后的另一个众人使用的网名。

2001～2002 年虽然是网络文学发展的低潮期，众多文学网站纷纷倒闭，网络文学总体上门庭冷落，但依然出现了几部影响颇大的作品，如宁肯的长篇小说《蒙面之城》，慕容雪村的《成都，今夜请将我遗忘》，醉鱼的《我的北京》等。

另类的“流浪汉小说”：宁肯的《蒙面之城》

宁肯的长篇小说《蒙面之城》是这个时期最风光的小说之一。作品中有迷雾般的现实生活，有北京、秦岭、西藏、深圳等截然不同的地域生活，又有原始艺术、诗歌、地下音乐，被称为“一部前所未有的网上另类长篇小说”。作品以类似音乐的四个声部描述了一个叫做马格的年轻人七年的“蒙面之旅”，“他从北向南，经过中国最美丽的省区西藏 ，最荒凉的山脉秦岭，最繁华的都市深圳——一切都无可留恋。”这是一段漫长而沉思的生命之旅，“是一次伟大的历险，是对于后者悠远而扑朔迷离的过程的答案，带着那些错误、成功、道和罪恶的标志。”几乎所有读过这部小说的人都不无钦佩地认为：作者宁肯以其出色的才华创建了一座属于自己的无所不包的“城市”。小说登录新浪网仅仅几天，就在故事与精神层面赢得了读者，点击量一路飙升。国内权威的《收获》与《当代》的负责人打破常规，以最快速度阅读了作品后，并同时决定在刊物上发表。《收获》执行副主编李小林如此评价该小说：“这些年打动我的小说不多，这是激动人心一部书，我真的是被打动了。”而《当代》常务副主编常振家则说：“这是我们处理长篇稿件最快的一次，一个星期就定了。”人民文学出版社与作家出版社也差不多同时决定出版此书，并为此一度相持不下，其中一方为了出版此书甚至“退而求其次”，提出两家出版社联袂出版。多家报纸以其时效优势抢先把网上的连载搬到了纸质媒体上，并以《<蒙面之城>超越“痞子蔡”》为题大做宣传，传统文学媒体如此热烈拥抱网络、互动一部长篇小说，成为世纪初文坛一个引人注目的文学现象。

2002 年，宁肯的网络长篇小说《蒙面之城》和传统文学作家张洁的长篇小说《无字》并列第一，获得了传统文学奖项中的“第二届老舍文学奖”，这是传统文学给予网络文学的最高褒奖。宁肯因《蒙面之城》而声名远扬。

“反爱情”的生活写真：慕容雪村的《成都，今夜请将我遗忘》

2002 年 4 月，慕容雪村的《成都，今夜请将我遗忘》在天涯社区首发，并被大量网站转载，总点击量超过 10 亿，人气指数一路上飙。2003 年 12 月，由小说改编的话剧《今夜请将我遗忘》在上海演出 30 余场，成为当年小剧场票房纪录。2007 年，由小说改编的电影《请将我遗忘》全国上映，由小说改编的电视剧《今夜请将我遗忘》（后改名为《都是爱情惹的祸》）在全国各大电视台陆续播出。同类模仿作品随之迅速面世，《黑夜，在广州的霓虹中沉沉醉去》《昆明，夜色温柔》《成都，爱情只有八个月》《婷缘路——成都、绵阳爱情故事》《武汉爱情往事》等数十部直接冠上当地地名的小说成为一种潮流，小说的影响从网络向社会辐射。

《成都，今夜请将我遗忘》被认为是一部“反爱情”的生活写真！当身体在物欲横流的城市深深陷落，爱情，在这里成为无处容身的流浪汉，漂移、陷落，无所归宿，除了日复一日的性冲动，剩下的只有破碎的青春记忆。小说以成都为舞台，以几个大学生毕业后奋斗的心路历程和他们对待生活和爱情的态度，描写他们在生活的重压和欲望的诱惑下所产生的心灵钝化，昭示了人性在当今社会的堕落和我们整个社会的沉沦走向及人性异变等现象，通过对人物的堕落、虚伪、无耻、毒辣、阴险等入木三分的灵魂写照，进而展现生存的残酷、现实的灰暗以及人性的痼疾等问题。作品透露出明显的残忍的特色。慕容雪村就曾说他写作《成都，今夜请将我遗忘》意在写出一代人共有的困惑：现实和理想的落差，传统价值观与新伦理的冲突，物质世界对道德观的拷问，等等。意在刻绘灰色的城市天空下放纵委琐的人生与灵魂。小说情节曲折起伏，诡异多变，行文“恣行无忌”，态度决绝。人物形象血肉丰满，对话幽默风趣，方言、口语穿插其间。“生命不过是一场坟地里的盛宴，饮罢唱罢，死亡就微笑着翩翩飞临。当青春的容颜在镜中老去，还有谁会想起那些最初的温柔和疼痛？”这样的语句让人心痛哀叹，咀嚼回味。《成都，今夜请将我遗忘》作为都市言情小说的经典流行至今，人们仍未能将其遗忘。

2003～2005 年，网络文学再度掀起高潮，网络创作真正进入了“类型小说”时期。青春网络小说勃然喷发，“玄幻小说”[①]狂

[①]. “玄幻文学”的两个关键词分别是“玄”和“幻”。“玄”为不可思议、超

潮迭起，由此媒体把2004年称为“青春文学年”，把2005年称为“玄幻”年，青春、玄幻类型小说缤纷涌现。像“2003年中文网络最火爆的同人小说”ZT的《理工大风流往事》，2004年大学校园最热门帖子，被评为是“国内第一部长篇独白体小说，开创青春记忆文学的先河”的《一个大三学子的自白》，“青春校园小说的压轴之作”《草样年华：北×大的故事》（孙睿）等，都掀起了不同程度的青春风潮。“玄幻文学”在此期间狂飙突起，超人气作品大量涌现。有被称为“网络三大奇书”的玄幻武侠小说《诛仙》（萧鼎）、《小兵传奇》（玄雨）、《飘邈之旅》（萧潜），被誉为女性武侠掌门人沧月的《雪薇》《七夜雪》，历史奇幻的当家之作《新宋》（阿越），被网络定位为“中国的《伊利亚特》”的奇幻长篇《紫川》（老猪），堪称网络小说史上里程碑式的存在的《亵渎》（烟雨江南）以及蓝晶的《魔法学徒》，说不得的《佣兵天下》，李思远的《忆往昔莽荒岁月》、撒冷的《yy之王》等。这些作品，有的以其丰富的想象力吸引着众多的读者；有的杂糅动漫、悬疑，并加入天马行空的想象力虚构而赢得读者的青睐；它们出一篇火爆一篇，一次次成为出版市场的宠儿，印数多在5～20万册（套）间。它们代表了类型化小说的新盛和发达。奇幻+武侠此后构成

越常规、匪夷所思，“幻”为虚幻、神奇、不真实。“玄”和“幻”都突出了和现实世界的差异。人们常常把玄幻文学所建构的世界称之为与现实完全不同的“架空世界”，在这个世界，没有不可能发生的事情。玄幻文学不但不受自然世界物理定律、社会世界理性法则和日常生活常识规则的制约，而且恰好完全颠倒了这些规范（摘自陶东风《玄幻文学：时代的犬儒主义》一文。

了网络文学持续不衰的主题。这期间在网上流传的较有影响的还有青春言情类的：《瑞典火柴》（小雨康桥）、《毕业那天我们一起失恋》《何乐不为》（何员外）、《像狗尾巴一样晃悠的青春》（谢天）、《一本女大学生的日记》（一人）、《哈哈，大学》（李臻）、《青春泪流满面》（上官潇潇）、《梦里花落知多少》（郭敬明）、《北大校花》（钟昊沁）、《熊猫馆日-102-》（林小堂）、《一头大妞在北京》(大妞)、《香初上舞》(藤萍)等；武侠仙侠类的：凤歌的《昆仑》、孙晓的《英雄志》等，都市言情类的：周行文的《重生传说》、血红的《我就是流氓》等；历史军事类的：流浪的军刀的《终身制职业》、酒徒的《明》、中华杨的《中华再起》等；游戏竞技类的：大秦柄柄的《校园篮球风云》、林海听涛的《我踢球你介意吗》等；科幻灵异类的：可蕊的《可蕊的妖怪窝》、勿用的《血夜凤凰》等。

“校园文学第一奇书”：孙睿的《草样年华》

孙睿的《草样年华》在 2003 年的“青春小说之年”里大放异彩，它不仅在新浪网上连续 8 周排名点击量第一，并且在 10 月份的法兰克福图书博览会上被 33 个国家购买了版权，到 2004 年的北京图书博览会上《草样年华》正式出版，首印 15 万册。孙睿由此跻身“5 大偶像”的行列。接着该书被引进到近 40 个国家和地区，为“80 后”走出国门立下汗马功劳。该书被台湾书商称为“华语 10 大青春小说”，被网友称为“校园文学第一奇书”，被业内人士称作是“青春校园小说的压轴之作”。该书是一部描写大学生活的长篇爱情小说，但色调灰黯，精神另类，愤世嫉俗。小说通过对一群不务正业的“坏”学生的塑造，如写他们如何逃课、办缓考、替考、考前突击、偷书、偷自行车、醉酒、追女孩等，为读者展开了一幅并非亮丽却活灵活现的大学生活众生相。由于精神上与大学教育的极端对立，使得这部小说成为一部分叛逆大学生生活的见证。很多人从这部小说中找到了自己的情感共鸣。加之出生北京的孙睿其鲜活生动的文笔，幽默诙谐的文风，深得京味文学的精髓。常常使人在怅然若失之余又忍俊不禁。有论者赞其“小说有着王朔式的幽默，却没有王朔的油滑；有着王小波式的睿智，却没有王小波的炫耀；有着石康式的浑不懔，却不像石康那样一味地颓靡。”孙睿被媒体称作是“青春小说的最后一个酷哥”。

中国风骨的奇幻精品：萧鼎的《诛仙》

萧鼎的长篇系列小说《诛仙》是玄幻武侠类代表作，被称为网络文学里程碑式的作品。小说出版后销量一再创新高。在中国台湾一经出版，即飙升至港台畅销书冠军榜。至今《诛仙》累计销量已经超过200万册。故事从三大名门正派之一的“青云门”开始，讲述了少年张小凡历尽艰辛战胜魔道的曲折经历——正道与魔道的道德对立、强烈的悬疑色彩和魔法氛围、千奇百怪的武功、似是而非的传统文化，夹杂着动人心弦的爱情故事。小说以其天马行空的想象、雄健恢宏的叙事迅速成为华语奇幻文学巅峰之作，扬名海内外。整部小说，爱情、亲情、友情与波澜壮阔的正邪搏斗、命运交战汇集在一起，情节跌宕起伏，气势恢宏，人物性格鲜明，以独具魅力的东方仙侠传奇架空世界，把中国古典文化和新兴的魔幻潮流结合起来，文笔优美，故事生动，令人击节长叹，不忍释卷，写情尤称一绝。为无数网友所推崇，尤其受清华、交大为首的各大高校及海外学子所追捧，是逾 3 亿点击数的超人气大作。以致一个流行的说法是"从 2003 年以来，凡是喜欢在网上读小说的，没有人不知道《诛仙》；凡是奇幻小说的书迷，没有不知道《诛仙》的；凡是武侠小说的书迷，更是无人不在说《诛仙》。"这部与《飘邈之旅》《小兵传奇》并称为"网络三大奇书"中唯一的一本武侠小说，在网上，早已被视为和金庸、古龙、还珠楼主的作品同样等级的经典小说。在天津书市上，甚至一位女中学生指着书对同伴说，"一生只为《诛仙》活"，可见该书的魅力。新浪网在首页将其称为："后金庸时代武侠圣典。"被誉为可媲美还珠楼主《蜀山剑侠传》的国内新一代有浓郁中国风骨的奇幻精品巨著。

"经典制造"的玄幻异书：烟雨江南的《亵渎》

烟雨江南的玄幻类小说代表作《亵渎》，被称为网络小说史上里程碑式的存在，无论是情节设计、语言风格、世界观构架、讲故事的方法、埋伏笔的深度，都达到了极高的境界。作品两百万字，历时三年完成，实可称之为三年磨一剑、厚积薄发的典范。

从此书发布到完本，已达到1200多万点击，550多万推荐，高居推荐榜榜首，收藏更是高达13万之多，无数的书评如雨后春笋般不断出现，充斥论坛，几乎形成了一种小范围的文化现象，盛况之空前可见一斑。在网络小说日益浮躁和商业化的时代，《亵渎》可谓是一个异数，用一个不折不扣的卑鄙的坏蛋当做主人公，为奇幻文学添加了更多新鲜的血液，也为后来者提供了借鉴的范本。小说以西方的文化为背景，讲述一个带有浓郁的东方哲学的故事。故事发生在一个动荡的时代，身为破落贵族的儿子，罗格阴险、好色、贪婪且行事不择手段。表面上卑鄙无耻，其实却不停歇地追求进步。在误打误撞之下，他继承了最强大的死灵法师罗德里格斯的灵魂与最纯净的灵魂能量：神之本源，并以神之本源创造了独一无二的法师宠物，一个会装死的骷髅：风月。凭着天生对金钱与权势的嗅觉，他一手创立了“战神之锤”这个专为贵族打造的魔法装备店。成功收复塞勒斯堡则使他如愿以偿的攀附上了巴伐利亚大公的独子，真正的英雄“黄金狮子”奥菲罗克。然而他随即发现自己已经无可奈何地被绑上了公国这辆战车。在各大势力的乱流中，为求活命，罗格不得不使尽全部手段。虽然寻求力量的道路还很漫长，但罗格无畏也无悔。罗格最初的理想是“睡觉睡到自然醒，数钱数到手抽筋”，到了后来，却又变成了一个不用睡觉的怪物，也再没有出现过聚富敛财的情节，他从一个懵懂的混蛋变成了不畏强权的英雄。罗格是坏人，因为那是一个罪恶的时代；罗格是英雄，乱世之中，英雄辈出！《亵渎》从外在的虚幻里影射出来的是一个人类永恒的主题：人存在的意义。《亵渎》讲得就是那些或拥有强大力量或拥有权力的人在一个黑暗的时代他们会做什么，他们或欺人或被人欺的现实这才是成就亵渎为奇幻经典的原因。烟雨江南对于情节的控制巧妙而扣人心弦，文风流畅自如，情节一波三折，构架高屋建瓴，恢宏大气，气势磅礴。真正做到了“对小说家而言，能始终抓住那极具魔力的兴奋感就是最大的奖励”。《亵渎》被视为经典制造也是实至名归。

2006年，网络文学按照自己的模式继续平稳地发展。该年度出现了几部创点击率“神话”的作品：赵赶驴的《赵赶驴电梯奇遇记》、天下霸唱的《鬼吹灯》、南派三叔的《盗墓笔记》、当年明月的《明朝那些事儿》，销量过500万册，为30年来最畅销之史学读本。以及穿越小说的发轫之作《梦回大清》。此外，较有名的作品还有《冤鬼路》、《和校花同居的日子》（嬷嬷茶）、《重庆空姐》（木鱼）、《独步天下》（李歆）、《闪婚:北京情事》（莲静竹衣）等。2006年的网络文学，几乎是爆发式增长的一年，到2006年底国内几大原创网络文学站点上收录的作品，总数已经超过10万，其数量增长之快可以说创造了历史纪录。

离奇诡异的盗墓小说：天下霸唱的《鬼吹灯》

天下霸唱的《鬼吹灯》是2006年在网络上迅速流行起来的一部糅合了现实和虚构、盗墓和探险的网络小说，主要讲述了几位“摸金校尉”（盗墓贼）通过风水秘术在发掘古墓时的诡异经历。

这部讲述盗墓者故事的鬼怪题材的书，创造了“精绝古城”等一些墓穴、神殿的场景，宣扬了一些盗墓的所谓术语行规。如把盗墓者称为“摸金校尉”，把墓穴里的邪怪称为“大粽子”等。小说抓住对死亡世界的恐惧设置心理上的悬念，将盗墓故事作为情节上的依托，上至春秋战国，中间两汉隋唐，下到明清，各种神话的、历史的、民间的传说把虚构的故事和真实的历史附会在一起，超越极限与想象力的挑战，在离奇诡异的地下世界中，揭开一层层远古的神秘面纱，步步惊心，环环紧扣，虚虚实实，让读者一探究理，明知是作者杜撰，但仍充满好奇和想象。《鬼吹灯》从2006年1月露脸以来就人气飙升，每天，数不尽的网友坐等作者刷新小说的下文。《鬼吹灯》的粉丝自称“灯丝”或“粽子”（小说中的用语）。在“灯丝”们打造的百度“鬼吹灯吧”里，帖子总数已经超过29万条。年底就登上全国各大畅销书的排行榜，次年被韩国、日本引进，同年被改编成电影和网络游戏，由此带起了一阵盗墓狂潮。2008年3月，作者天下霸唱入选《福布斯2008中国名人榜》，成为网络作家入选该排行榜第一人。2006年底，安徽文艺出版社出版了图书版的四册《鬼吹灯》，这部书也迅速成为了图书销售排行榜的榜首，总印数达到30万册，超过了传统的知名作家的新作。在一段时间内，“《鬼吹灯》今天你看了没有”的问候，都快赶上当年娃哈哈广告的流行度。

好看有趣的历史小说：当年明月的《明朝那些事儿》

当年明月的网络历史小说《明朝那些事儿》，2006 年狂飙突起于天涯论坛，后被新浪转载，引来无数网民聚集名下，访问量竟超过 2.2 亿。成书出版后，销量突破千万大关，引发了继易中天后的又一轮网络历史小说阅读热潮。该书是对中国最后一个汉人王朝兴衰的全新解读，说的是自大明洪武太祖皇帝朱元璋起，到明朝灭亡近 300 年的事。当年明月以白话历史、好看历史的理念，以史料为基础，以年代和具体人物为主线，以鲜活的写法，用流行文学元素和小说笔法，加入对人物的心理分析、当时政治经济制度的一些评价，吸纳了叙议结合、伏笔照应、铺垫悬念等多种手法，并穿插了很多幽默，有时还运用了一些无厘头的语言，以及流行歌曲的歌词，将历史还原得清晰深刻、丰满圆润，做到真正的“好看历史”（《明朝的那些事儿》的副标题是“历史应该可以写得好看”）。让读者看得轻松，使人感觉历史很精彩，历史也很好看。当年明月在博客上成功地把明史改编成了故事，伏笔、悬念信手布下，而且情节生动、引人入胜，环环相扣、高潮迭起，让你不往下看都不行。历史学者彭勇评价《明朝那些事儿》是比较有趣的普及书，最大的特色是通俗易懂，也有趣。诗人欧发伟指出，当年明月用自己的灵魂还原了历史，而人类在他的历史里还原了灵魂。《明朝那些事儿》已成为改革开放以来发行量最大的 15 套书之一，为 30 年来最畅销之史学读本，多次获得“新浪图书风云榜”最佳图书、当当网“终身五星级最佳图书”“卓越亚马逊畅销书大奖”等荣誉，位列全国十大畅销书之一。2007～2008年度系列畅销书第一名，该系列作品已被译为日本、韩国、英国等多国文字出版发行。曾有热心中学教育的人士呼吁说：“我有个宏大的愿望，希望大伙能坚持不懈地一起将《明朝那些事儿》直接顶入中学课堂，成为每个中学生必备的书！”该书的影响和价值由此可见一斑。

2007 年被网络文学圈以及出版界誉为“穿越之年”，穿越小说①在短短两年内就迅速形成类型化，成就“穿越浪潮”。作为网络热点的“青春文学”，历经十年始终不衰，2007 年却风向突变，“出现了‘穿越小说’这一概念。一时间，‘穿越小说专题’在各大网站纷纷推出，形成了继玄幻、历史和盗墓等三波网上阅读热潮后的最新网络阅读势力”。穿越小说的代表作品有腾讯读书频道和晋江原创网站与 100 万网友推举出的 2007 年的四大穿越奇书：《鸾：我的前半生和我的后半生》《木槿花西月锦绣》《迷途》和《末世朱颜》；以及《许你来生》《勿忘》《望天三部曲》《女儿国记事》《清空万里》《弄儿的后宫》《小楼传奇》等推向市场的上百本穿越小说。此外，2007 年有一部讲述都市白领杜拉拉从一个默默无闻的职员，经过自己的不懈努力，成长为一个企业高管的故事的职场小说《杜拉拉升职记》（李可），被誉为白领女性的职场

①.“何谓穿越小说？就是讲述现代青年在机缘巧合之下，通过时空隧道或者奇遇回到古代某个时期，见证历史事件，并和古人之间产生交集，演绎出一段段新的故事”的小说。“2004 年 7 月金子在网上连载的《梦回大清》，是大陆穿越小说的开山之作。”摘自马季文《2007 年网络文学：度过整合期，期待新高峰》，见《当代文学研究资料与信息》，2008 年第 2 期第 18 页。

宝典在网络火爆并风靡一时。

在潮水般涌来的穿越小说中，还有两部风格尤为独特的作品值得一提。

男人推崇的必读书：多一半的《唐朝好男人》

2007 年由起点中文网推出的多一半的穿越小说《唐朝好男人》，一扫其他穿越小说过分意淫和颓废，读起来清新自然。仅仅在一个多月后，同类模仿作品便迅速面世。小说写一个银行职员在突如其来的车祸中穿越来到大唐王朝，本是单身的他在苏醒后得知，自己已成家三年。身处陌生的环境中，面对陌生的面孔，几个老婆、一堆孩子，他毅然担负起一个大丈夫的责任。小说中塑造的这个唐朝好男人，既有同情心，又是个利己主义者； 既爱吹捧他人，也特别爱慕虚荣；既珍惜与妻、妾的感情，又断不了和兰陵公主的婚外恋；既男子汉大丈夫，又贪生怕死；对朋友有时真诚，有时油头滑脑。与其说主人公王修是个好男人，还不如说他是一个比较真实的男人。小说借助穿越功能在特定的时空让一个男人得到真实呈现。《唐朝好男人》被网友推荐为男人必读书，整本小说就像一杯淡淡的开水，虽然是穿越文，但更像是一本穿越的古代都市生活小说。《武林外传》作者宁财神强力推荐说它是：“一部充满生活智慧和幽默的新版《青铜时代》。一部常常让你忍俊不禁会心一笑的小说；一部能让你对男女婚恋有新感悟的小说；一部都市白领们办公室政治的必修手册”。

玄幻新品的纸上游戏：落月追风的《百炼成妖》

2007年，落月追风的《百炼成妖》以其网络角色扮演游戏小说的新类型格外引人注目。故事发生在未来时空中，在半封闭的魔鬼城电子专修学院的学生宿舍里面，有一个女孩子正在痴迷地进行着一场神秘而宏大的东方奇幻角色扮演RP2野戏——《洪荒》，在这个全息虚拟世界中，她化身为黑暗弓箭手洛水蜘蛛，这个由高智能人工程序盘古大神掌控的世界秩序，由此被搅得七零八落。洪荒的另一边幽冥界的RPG高智能统治者，正在酝酿着一场腥风血雨的逆天阴谋；而游戏掌控公司那边的人类世界，更是由于突如其来的程序紊乱使游戏失去了控制……精彩跌宕的 RPG 东方幻想故事迎合了网络游戏女性关注者增多的新时代，“新概念幻想MMORPG纸上游戏”，将虚构的这个网络世界设计得非常细致和完美，网络游戏任务环环相扣，险象重生的冒险故事令读者欲罢不能，尽享游戏冒险的乐趣。网友称之为“超爽乐趣”，受欢迎的程度也就可想而知。

2008 年，“网络文学”在媒体世界全面开花，十年磨砺，网络文学发展迅猛。历史题材小说仍然是2008年网络小说的主角，但比往年流行的纯粹而简单的架空和穿越小说要厚重许多。该年度最具影响力的网络小说有血红的历史玄幻小说《巫颂》，酒徒的历史架空小说《家园》，大爆炸的历史架空小说《窃明》，烟雨江南的历史玄幻小说《尘缘》，以及我吃西红柿的《星辰变》、猫腻的《庆余年》、晴川的《韦帅望的江湖》、跳舞的《恶魔法则》、禹岩的《极品家丁》和辰东的《神墓》等小说。

演绎传奇人生的玄幻成长小说：酒徒的《家园》

酒徒的历史架空小说《家园》，被称为“隋唐三部曲”序曲，获得四项网络文学大奖，网络连载文本的同时就已经出版热卖，出版书名为《隋乱》。小说写的是公元 612 年，隋朝的第二个皇帝隋炀帝开始了对高丽的征伐。隋朝全国大征兵，一时豪杰蜂起，征伐不断。李旭，一个边塞小郡的懵懂少年，为了躲避炀帝的征兵，不得不逃离出走，与徐茂公同行，远赴塞外。他先投奔李渊父子，后又归附张须陀，并在四处征战中，结识了秦琼、程咬金、罗士信等豪杰。不久，他随众又入伙瓦岗，并与红拂女渐生情愫……中国历史上最传奇的一段人生就此开始。这是一部关于一个少年充满热血、坚韧的成长史，先后获 2008 年中国国际版权博览会“最具商业价值原创网络文学”“2008 原创网络文学评选 10 大优秀作品”等大奖。在新历史小说中，酒徒的作品气度恢宏，语言凝练，叙事严谨，情节发展张弛有度，手法更接近传统写作，凸显出思想的凝重性和深刻性。

拨乱反正的愤怒之书：大爆炸的《窃明》

大爆炸（又名灰熊猫）的历史架空小说《窃明》是 2008 年大红大紫的作品。一个普通现代人黄石因爆炸事件，机缘巧合地回到了明朝万历年间。所有在工业社会获得的知识技能都无法让他在明朝生存下去，他到处乞讨，像野狗一样争取活着的权利。被一户张姓人家搭救后，黄石得以在安身，然而熟知历史的他明白，此刻的安宁只是一时的表象……小说以黄石的个人经历，串起了明末的政治、经济、军事、农业气候等各方面的史料。由现代穿越进入明末的黄石就是作者看待历史的一双眼睛，由于现代人物的介入，历史的进程得以改变。《窃明》被网界认为是“一部已经引发巨大争论，口水滔天的争议奇书；一部能够令人热血沸腾、血脉贲张的历史战争小说；一部恢弘的历史之书、热血之书、战争之书、权谋之书。不读《窃明》枉读书，这是一部弘扬民族正气，拨乱反正的愤怒之书。”

2009 年，网络创作人气旺盛，“网络文学在量的积累和形式不断变化中，整体向纵深发展，形成文化多元的战略格局”。

“2009 年 6 月 25 日，由中国作协长篇小说选刊与中文在线 17K 文学网主办的‘网络文学十年盘点’在中国作协会议室举行闭幕式和揭榜仪式。《此间的少年》（作者：江南）、《成都，今夜请将我遗忘》（作者：慕容雪村）、《新宋》（作者：阿越）、《窃明》（作者：大爆炸）、《韦帅望的江湖》（作者：晴川）、《尘缘》（作者：烟雨江南）、《家园》（作者：酒徒）、《紫川》（作者：老猪）、《无家》（作者：雪夜冰河）、《脸谱》（作者：叶听雨）荣获优秀作品十佳；《尘缘》（作者：烟雨江南）、《紫川》（作者：老猪）、《韦帅望的江湖》（作者：晴川）、《亵渎》（作者：烟雨江南）、《都市妖奇谈》（作者：可蕊）、《回到明朝当王爷》（作者：月关）、《家园》（作者：酒徒）、《巫颂》（作者：血红）、《悟空传》（作者：今何在）、《高手寂寞》（作者：兰帝魅晨）荣获人气作品十佳。”这些作品是从1700部推荐作品及投票海选的50万张选票中胜出的。“这是迄今为止传统文学界与网络文学界最大规模的一次交流，对推动网络文学的繁荣和发展具有深远意义。”

2009年200万字以上的超长篇依旧占据主导地位，题材以玄幻、职场和都市言情比较热门。该年度影响较大的网络长篇小说有：录事参军的《重生之官道》，陈风笑的《官仙》，赤雪的《换脸重生》都市言情小说；我吃西红柿的《盘龙》，唐家三少的《斗罗内地》，天蚕土豆的《斗破苍穹》，风凌天下的《凌天传说》，庄毕凡的《异界全职业大师》玄幻类小说；忘语的《凡人修仙传》、罗霸道的《屠神之路》奇幻修真小说；烟雨江南的《狩魔手记》励志科幻小说；凌语嫣的《争锋——世界顶级企业沉浮录》职场小说；孔二狗的《黑道风云20年》黑道小说；方想的《卡徒》幻想小说；辰东《长生界》的远古神话小说以及枫叶不红的《随身带着俩亩地》随身流小说，等等。

无奇不有的魔幻世界：我吃西红柿的《盘龙》

我吃西红柿的奇幻类小说《盘龙》，在起点中文网连载中创造了总点击量过亿的点击神话，达到普通经典网络小说标准的8倍之多。“《盘龙》主要讲述龙血战士后代林雷•巴鲁克一个拥有‘盘龙戒指’的少年的成长历程。他从一个平凡的人类，到成为玉兰位面最好的恩斯特魔法学院的学生，超越学校的天才少年迪克西，修炼成为圣域强者，最后突破成为神级强者。地狱是他通往巅峰的路，从下位神一直修炼到中位神，最后终于成为上位神，最后灵魂变异、炼化枚主神格，成为突破宇宙限制、跳跃到鸿蒙空间的第一人。”伴随他的成长，“有初恋的失败、有父母之仇、有德林爷爷的帮助、有雕刻的神奇、有好兄弟的友情、有恶魔城堡的任务、有紫荆山脉的阻困、有四神兽家族的重担、有位面战争的历险、有贝鲁特爷爷的嘱托……最后终于全家团圆、兄弟团聚，并且修炼成为鸿蒙空间的掌控者。”这个励志故事被“盛大”抓住商机，盛大文学与盛大游戏宣布，将把网络小说《盘龙》活化成客户端、Web、手机三大类型游戏，转让价格达到破纪录的上万元。“我吃西红柿”的文字通俗易懂，阅读难度低，小说情节紧凑，有较强娱乐价值，想象力丰富，不断创新。阅读者众多，有“网文之王者”之誉。

想象力超群的玄幻励志经典：烟雨江南的《狩魔手记》

烟雨江南的科幻励志力作《狩魔手记》刚一出炉就受到读者疯狂追捧，在首发站 17K 小说网上获得新书榜、鲜花榜第一名，每周有近百万读者在线阅读该作品，日发布书评和留言数超过 2000 条。在读者热烈追捧的同时，小说刚发布 6 万字就引来众多出版社的青睐和关注，纷纷开出优厚条件要求签约出版。小说的故事发生在核战之后的地球，讲述一个少年“苏”在魔兽丛生、人心崩坏的环境里自力更生，通过个人的奋斗来争夺生存空间的故事。《狩魔手记》具有积极向上的价值取向，是一部情节曲折震撼、富有超群想象力的励志类科幻小说。烟雨江南的文笔精致且犀利，被誉为“经典制造者”。在谈及《狩魔手记》时烟雨江南表示，“这是我迄今为止，最满意的一本书”，他还坦言，该作品将达到百万字以上。对作品，他没有做更多解释，只是形象地说：“当欲望失去了枷锁，就没有了向前的路，只能转左，或者向右。左边是地狱，右边也是地狱”。

关于评价

对网络文学的评价，虽然至今仍意见纷纭，但其关注度却产生了此一时彼一时的改变。文学批评界对网络文学由集体失语到不断关注到深度评论，传统作家也由各走各路、互不搭理到缩短距离相互搭车。近年来，对网络文学的评价，经过了单一的肯定或否定，逐渐走向深入。其中网络文学的文学性、商业性、海量性及模式化问题，一直是评论界与作家们褒贬不一、争论不休的话题。

值得重视的新的文学现象

面对网络文学的迅猛崛起和快速发展，不少文艺界高层领导和知名作家、理论评论家及学者均表态予以肯定或褒扬。

中国作协主席铁凝认为:“网络文学的兴起是一个不容忽视的事实。我曾经做过几届网络原创文学大赛的评委，读到一些网络作家的作品，非常感动。因为开放、放松的心态，使他们原创的语言带来传统文学没有的新鲜词语和充满活力的语言方式。”

中国作协副主席陈建功指出:“网络文学已作为一种独特的文学现象登上文学舞台，它充满生机和活力，又蕴涵缺陷和矛盾，给我们带来巨大的冲击与震撼。网络文学具有超前的传播能力、无门槛的发表自由和作者与读者的交互性，独具特色的语言，广泛的群众基础，使它独具魅力”。陈建功还十分宽容地建议：作协应改进吸收会员的办法，注意到网络作家的存在，如果实际水平够，就可以考虑吸收为会员（此建议已得到具体实施）。

中国作家协会党组书记、副主席李冰说:“网络文学是值得高度重视的新的文学现象。”“……对网络文学，我们一方面要鼓励，另一方面要培育，两个方面都不可缺少。”

中国作家协会副主席高洪波说：“无论是按字数还是按篇计算，网络文学作品已经超过当代文学60年在纸质媒体发表作品的数量总和，网络文学的大发展，不仅在中国本土以极大的速度扩大了文学作品的受众群，增加了文学在社会生活中的影响力，而且在世界文学发展史上也写下了独具民族特色的浓墨重彩的一笔。”

网络文学最初的倡导者、著名作家陈村认为:“网络的出现是人类创造的一大奇迹。它显示出来的独立、民主、自由、开放的姿态，它的蓬勃的朝气和活力，是其他任何东西所无法替代的。它体现出的民间的创造力更是无可估量。网上有很多有价值的东西，非常贴切地反映了我们时代的特征，这些很有价值的东西如不收集保存，最终是要消失的。”陈村甚至呼吁：“图书馆、档案馆应为网络上出现的事物‘立此存照’。”

著名作家王朔说：“再也不会有人有权利挑选别人了，不管他叫编辑叫评论家叫出版商。”他期待的是在虚拟的网络世界，文学能恢复它“初始天真模样”。

著名作家冯骥才为网络文学辩护说：“李敖说网络文学是厕所文学，我不同意。网络文化没市场因素，不需考虑书商的要求，没有商业性，是真正心灵的东西。网络文学一定会产生好的作品和作家……要是能有一种刊物专门起过滤作用，将网络上好的东西下载下来，就好了。”

评论家陈墨认为，网络上走红的写手，并不是单纯炒作出来的，很多是文字被人欣赏，比如《第一次亲密接触》《新宋》等，“当年明月”也是如此。

《文艺报》总编辑阎晶明赞扬网络文学：“非常有趣，非常生动，非常富有人性，而且确实有在幻想王国里更加自由翱翔的那样一种状态。”

评论家王干对网络文学有着科学的全新认识，他说：“从载体的物质构成来讲，网络的文学消耗能量最低，网络的写作载体和阅读载体可以反复使用，网络作品的无限循环使用，具有高度的效率和使用值。从作家队伍的建设和维护来说，网络也是高度的节能和方便”。由此他提出了网络文学“低碳生产的可能”的观点。

越来越多的人认为，“网络文学是一种更广泛、更深入地反映社会现实、反映人们心灵的表达方式。”“网络文学应该是新世纪文学理论研究和文学批评重点关注的对象，因为从长远看，它是涉及‘国家的发展’和‘一代人的成长’的重要命题。”

发展中期待突破

对网络文学长期关注并有深度研究的专家和学者对网络文学的成就与发展有了更为深入和全面的认识。

《网络文学论纲》的作家学者周志雄认为：“经过十多年的发展，网络文学的影响越来越大，它不再是一个受争议的概念，而是一个不断发展的现实。网络文学改变了中国当代文学的创作格局，提供了新鲜的写作经验，带来了通俗文学的繁荣。网络文学已成为当代文学中不可忽视的重要部分。”但周志雄同时还指出：十余年来，网络文学虽然取得了长足的发展，但仍包含着很多的问题，主要表现在：一是鱼龙混杂，整体格调有待提高；二是商业化气息较浓，信马由缰地自由化写作；三是惯性复制，一味追求“好看”。一些作者成名之后只求写作速度，一味复制自己。模式化、情趣化的通俗文学套路被反复演绎，缺乏真诚的生命投入，缺乏自我超越。因此期望“众多知名网络文学写作者都很年轻，他们已经获得了声誉和财富，他们可以有更好的条件读书、写作，可以适当沉淀、累积大气，以写出更多更好的作品。我们有理由期待中国当代网络文学的美好未来”。

网络文学研究专家欧阳友权教授一方面指出：“网络文学对当代文坛乃至整个社会文化的影响已超出文学本身的意义，应该将其放到‘国家文化发展’和‘一代人的成长’的大命题下来看待其更深远的价值和意义。网络文学，这个一度连‘正名’都困难的‘野路子’文学已经实实在在地走进了社会的文化视野，步入了时代文学的殿堂，成为一支不可小觑的文学新军。”同时，欧阳友权又指出：作品低俗和写作“灌水”严重困扰着网络文坛，模式化的通俗文学套路被网络文学反复演绎，导致其能够传承下去的经典文本少。这是网络文学发展的桎梏。如何改变作品数量剧增而“文学性”匮乏的质量短板是网络文学首先要解决的问题。他说：“网络文学要成为文学史上的一个有价值承载的历史节点，在拥有数量的同时还拥有质量，或者在赢得价值的同时赢得尊重，进而从点击率、注意力走向影响力和文学创新力。还需要跨越前行路上的道道障碍。”

网络文学研究专家《长篇小说选刊》杂志编辑部副主任马季在对2007年网络文学进行总结时曾指出：“网络空间的自由度像一把双刃剑，给了文学爱好者宽广的发挥空间，但写手如何从海量作品中脱颖而出又成了难题。网络文学从策划到出书、开发游戏、影视剧等衍生品的产业链初显雏形，低成本、高利润使这一产业有了‘提款机’的称谓。在这过程中，一些较功利的作者难免走上歧途，热衷于用感官刺激代替潜心创作。利益驱使正是低级趣味流行的催化剂……网络文学色情泛滥依然是个严重的问题。”2009年马季再次对网络文学进行总结，并进一步指出：“网络文学使我国民众对文学的关注程度不亚于影视及其他艺术门类，受众人群的广泛性已远远超越上世纪80年代文学黄金时代。网络文学的影响力已经由文学而进入更加广泛的社会领域。可以说，由网络文学引发的新的文学热潮，正在开创当代中国文学的崭新时代。”“网络文学的发展前景十分光明，但仍需要一段时间的积累、修正和积淀，才能实现由数量的增长转化为质量的提高。”

南京大学教授黄发有认为，“网络最大的贡献是对舆论空间的开拓，对民意的疏通，对社会变革具有积极的作用。虽然如此，但不应将这个新媒体的作用无限夸大。对网络文学目前的情况，需要保持清醒的认识，希望网络文学和网络作家不要成为没有根基的飘浮物，要永远保持鲜活的生命力，而网络文学面临的严峻考验是怎样不被时间所淹没，如果在这个较量中没有冲击力和持久力，就会直接被埋葬”。

网络文学大多是垃圾

网络文学经常受到批评是其作品的文学内涵不够、作品过于粗糙所致。人们期待网络文学能给中国文学带来点新鲜与创造，诞生属于这个时代的经典。“十年写作越写越水”成为许多人使用的关键词之一。“在对网络文作的描述中，‘垃圾’是被使用得最为频繁的一个词。”

多数主流作家对网络文学采取了排斥的态度。作家莫言几年前就表示，“网络文学是一个新生事物，我对于网络文学也没有什么发言权的，但我也不想谈这些莫名其妙的网上文学”。作家刘心武来得更干脆些：“网上创作接近于涂鸦，无拘无束，像美国地铁站喷绘的图形，构成了涂鸦艺术，甚至搬出一块到博物馆。当然网络文学很多可能进入不了艺术范畴，只是有一部分有这个特点，不是很多。”格非认为：“网络文学其实就是网民写了文章，贴到某些网站上，因此只可算做习作。人们目前对网络文学的热衷，很大程度在于一种新奇感，即作者和读者可以直接交流。”持反对意见的徐坤有自己独到的看法，她说，“网上文学作品经下载后以纸质形式出版，这正是它不成熟的地方，也是其笨拙的表现。据此她认为，所谓网络文学在现阶段还根本不能独立存在”。而在作家刘震云看来，“网络文学离真正的文学还差 23 公里”，由此他批评到：“我也经常看发表在网络上的作品，有的不仅文学性不强，错别字也很多，一个首页要没有 10 多个错字就不是首页，还有的连句法也不通。”正是出于对网络文学乱象的强烈不满，作家麦家曾公开表示，“如果我拥有了一项权力，我就消灭网络。我认为，现在的网络文学 99.99%都是垃圾”。“人人都能当作家”的文学“圆梦”机制，生产的有海量的文学也有不堪卒读的垃圾。中国台湾作家李敖始终顽强地坚持：“网络文学是厕所文学，是文字泡沫……”池莉也持相近观点：“我对新事物常抱一种怀疑态度，我上网不多，主要看一些新闻。现在网上垃圾太多，聊天室一类，充斥着一种矫情。在某种程度上，我觉得网络的确是一个厕所。”网络写手慕容雪村用“进步巨大、毛病太多”来概括网络创作中粗糙的高产。网络作家和菜头说：“所有的写手迟早会发现一件事：自己终将成为偶像，无非是类型上的区别。命运有时候像是恶毒的嘲弄，网络写手们努力走上一条和传统作家不同的道路，但到头来自己也难以避免被盲从跟随的命运。粉丝经济学成为了这个时代文学的主旋律，只要你能满足你的受众，那么你就永远能够得到支持。也正因为这样，不大可能有真正博大的作品出现。”吴过说：“网络对于文学而言，也是一把双刃剑。网络给文学带来了自由、宽容，带来了新的发展机遇，同时也带来了懒于思考、一蹴而就、鱼龙混杂、文字垃圾。正是由于网络方便、快捷、宽容等诸多特征，从某种意义上说网络文化变成了速食文化、快餐文化，网人们随取随用，就像对待一块餐巾纸那样，用过了轻轻扔掉便是。”

青年评论家谢有顺说：“网络文学在艺术上还显得粗糙、随意，模式也还显得单一，它远远不能满足人们对美的更高要求，也就是说，在轻松之外，有时也需要沉重，也需要尖锐的心灵撞击，需要深度和精美。”一位读者批评安妮宝贝说：“上海作者安妮宝贝的《告别薇安》里的人物一个个像不吃了半个世纪饭的仙子，一个个活得真的不耐烦了，带着十多岁的年纪就去恋爱就去过性生活就去流眼泪划血管去怀孕堕胎。到底要让读者读到什么？”

校园网络小说被人批评为“专写恋爱，内容浮浅，写作程式化，跟风模仿，乃至滥竽充数”。《第一次亲密接触》被人批评为：长篇累牍的废话，语句不通顺，主题不健康。

“不问苍生问鬼神”

很难否认网络文学越来越奇幻、越来越远离现实社会这一事实。针对狂飙突起的玄幻文学，首都师范大学中文系教授陶东风严峻地指出:“在网上流行的玄幻小说将中国文学带进了装神弄鬼时代。”他认为:“装神弄鬼不仅是想象力受阻后畸形发展的结果，同时也是价值世界混乱和颠倒的表征。”此观点引发了“陶萧之争”。[①]

与陶东风持相近观点的专家指出，当前的网络文学有着大量的言情、玄幻、架空、武侠、灵异、惊悚、历史、军事、游戏等大众题材，但是对于文学本身，即人对自身和社会的思考，却几乎没有涉及。文学评论家王干借用汉文帝对贾谊“不问苍生问鬼神”的典故，称玄幻文学为“问鬼神”的文学，而传统文学则是“问苍生”的文学。北大教授张颐武将网络小说里没有善恶，没有历史依据，没有对现实的关照这一特点概括为“反重力”和“不及物”。他说：“过去我们的作品都是被地心引力吸在那儿，现在却飘在天空上”，并且，网络文学的“不及物”体现在方方面面，

①. 指陶东风教授与《诛仙》作者萧鼎的关于玄幻小说的争议。针对上述观点，萧鼎撰文批驳，认为陶的观点“中国文学已经进入装神弄鬼时代”的说法不符合实际情况。

哪怕是想象力也是建立在虚拟世界之上的想象力，玄幻小说摆脱了时代束缚，不再忧国忧民。

量巨质低的快餐文学

有的人坚持说网络文学只是一种快餐文学，肤浅，充满了小人物式的嘲弄，缺乏深度，只是迎合了大众文化某些低劣的口味，不能作为经典流芳百世；网络涂鸦者抹平厚重，淡化意义，封杀了文学通往思想、人生、终极意义的路径，消弭了文学应该有的大气、深刻、悲壮等艺术风格和史诗成分，更抛开了文学创作者应担负的尊重历史、代言立心和艺术独创、张扬审美的责任，而只不过是涂鸦书写和街头文化；它虽具有向民间回流的趋势；但是由于平民化的网络平台不认同权威，因此又存在着审美承担的虚位，因此它还必须在化解表征悖论的过程中开辟更有价值的审美生存空间。

还有论者认为："当今网络文学活动真正的软肋就在于缺乏具有高文学水准的作者群和读者群。"

有论者把网络文学的现实状况描述为："媒体之长价值之短，形式之长内容之短，数量之长质量之短。"形象地指出网络文学靠炒作起家、形式大于内容、量巨质低之弊端。

在2009年中国首届网络文学大奖赛的遴选过程中，评委不约而同地看到了参赛网络文学作品所携带的弊病，那就是粗、俗、浅的作品多，文章"注水"现象严重，网络写作存在太过模式化的问题。有论者指出：在网络文学繁盛的反面，却是大量文字垃圾的产生和精神空白的继续，心灵的自由却不一定能完全实现。而网络文学比起传统文学来，其文本本身自然也显露了很多肤浅的毛病：虎头蛇尾，没有明晰的中心思想；布局凌乱，情节脉络发展不够清晰；风格单一，情节虚假……这些都为传统的读者和批评家们所诟病，成为“速食”文学、“快餐”文化的代名词。

互联网与文学联姻所滋生的网络文学，已成为新世纪一道最引人注目的文学景观，时至今日，在欢呼与拒绝的交响声中成长壮大起来的网络文学，灌水与唾沫齐飞，精品与垃圾共存。伴随着无数鲜花的同时，也伴随着枯木和杂草。但“不管你说它是‘快餐文化’还是‘后现代文化’，不管你说它是‘文学泡沫’还是‘未来文学’，不管你说它是‘百花齐放’还是‘杂草丛生’，你不得不面对眼下如雨后春笋般滋长壮大着的网络文学异观，”不得不正视那些游走、奔突在网络线上的自由精魂，不得不难以对它绮丽异样的光辉视而不见。虽然，它的肤浅、粗俗有目共睹，它的量巨质低让人深感遗憾，它的“短、简、散”未免失之厚重，但是，今天无论怎么评价网络文学的得与失、功与过，有一点是毋庸置疑的，那就是网络文学以其跨国界、跨文化、跨语言的全新传播方式已经深刻地动摇了文学的乾坤，彻底改变了传统的创作与阅读。无论你欣赏与否都很难忽略他们的存在和进入，都无法阻止文学天空所回荡着的他们的声音。当年无数的人对它嗤之以鼻、不屑一顾，而今拒绝它的人已寥寥无几。正如评论家王干所言："网络的出现，应该说不是文学所期望的，但网络还是无情地进入了文学，并且毫不商量地改变着文学。"我们已经习惯由它带来的新鲜和异变，由它激发的活力和生机。如果没有它的存在，作家会孤独，读者会寂寞，市场会冷清，著名作家王蒙曾题词寄予"网络文学"："文以清心，网更动人"。老作家尚有如此触动，它的魅力由此可知。当然，已经改变文学命运的网络文学，在热烈的炒作和鼓噪的喧嚣之后，该如何赢得艺术的尊重，如何得到文学的认同，如何实现由数量的增长转化为质量的提高，如何走出边缘与主流文学深入骨髓地融合，在攫取金子的同时，让自己也成为金子。如何做到象评论家白烨先生所希望的那样："网络作家能着眼未来，增加经典意识，千万不要模式化，在点击率高、收入好的情况下多出经典之作。"如此，"网络文学"的明天将会更加美丽动人。

揭幕亮剑，“官场文学”龙腾虎跃

官场文学无疑是新世纪形形色色的文学热点中最具中国特色的文学景观。新世纪以来，由20世纪90年代中后期兴起的以“正面描写官场权力生态和揭露腐败现象为特点的官场文学”[①]呈现出一派欣欣向荣的喧腾景象。社会转型期腐败现象的滋生蔓延，使读者对这类痛揭疮疤式的官场小说既感新鲜，更觉解气。因而在传统文学仍在低谷徘徊、连许多著名作家都感叹卖书难的当下，描写权钱权色交易、权力内部斗争、官商相互勾结的官场小说却逐年升温，影响力如日中天，不能不说给低落的图书市场注入了一针“兴奋剂”。官场小说以其屡试不爽的惯用模式，作家以笔为剑，将官场腐败、阴谋伎俩、潜规则的运行等官场黑幕层层揭开，让阅读者的潜意识、窥私欲、情欲以及对神秘政治的好奇心，对官场权威的向往，对腐败官员的深恶痛绝等被搅拌于曲折、离奇的故事情节之中。为满足市场所需，官场小说日趋功利化，仕途中人或欲进仕途之人从中学习从政经验和为官之道，了解升官、

①. 引自黄声波的《权力镜像的拆解与迷局——世纪之交官场小说研究述评》一文，见《中国文学研究》2007年第2期第122页。

保官的潜规则；喜欢猎奇的平头百姓从中寻找永无止息的官场传奇，满足永无尽头对“官场小说”的猎奇心理；书商从中搜寻看点和卖点以获取利润。加之媒体的巧妙包装及官场小说的纷纷触电，更让影视化的官场小说借助大众传媒的力量进一步提高了知名度。各路出版社和各种各样的所谓“小说家”纷纷杀进这个圈子里，他们在最快、最短的时间里以读者眼花缭乱的速度一本接一本地推出官场小说或是反腐图书，官场小说无疑成了近年来书市的一大亮点，官场文学也就成了一个最大的掘金矿。不同创作者的加入，催生了大量的模仿、跟风之作，使官场小说鱼龙混杂、泥沙俱下，但尽管多数作品的人物都是千人一面，不少作品的情节都难脱“腐败＋阴谋＋美色”之窠臼，甚至有的作品的细节还漏洞百出，但并不妨碍官场小说在书市上卖得红红火火。官场腐败、权力崇拜、商业文化、文学边缘化与自由的话语氛围催生了官场小说的繁荣和壮大，这株生长在中国官场文化的丰厚的沃土上的文学奇葩，为新世纪的文学又增添了一道独异的风景。

关于作家

在新世纪的文学舞台上活跃着一支身份较为特殊的作家队伍，他们大多具有官员和作家的双重身份，他们的作品以描写官场人生、揭秘官场黑幕被冠名“官场小说”，这批作家较之其他作家，身份神秘，行为低调，“不说，不显，不送书”成为这些官员作家们共同的行事风格。随着官场小说的蓬勃兴盛，官场小说的作者队伍也越来越庞大，从省长、书记到局长、秘书甚至最基层的各级官员隐名写作不计其数，除了官员作家，还有职业作家、官场边缘人，甚至对官场并不熟悉的作者都纷纷加入这支引起社会强烈关注的作家队伍，而且呈现某个地域集中分布的独特现象。其中，影响较大的写作群体有以陕西省的张伟、李春平和山西省的张平、田东照、钟道新、晋原平以及新近的王敬瑞为代表的“秦晋官场小说作家群”，即陕西、山西两省的作家群体，以及以王跃文、阎真、肖仁福、普扬（姜宗福）为代表的湖南小说作家群。南北两大群体，交相辉映，官场写作蔚然成风。除了以上三地凸显地域群特色外，其他地区，如上海、江苏、福建、河北、河南、山东、深圳、甘肃、浙江、辽宁、安徽、四川等地都有作者携官场小说陆续亮相，他们分别是：陆天明、周梅森、王清平、杨少衡、李佩甫、郑彦英、毕四海、杨文彬、汪宛夫、许开祯、王晓方、洪放、小桥老树等。

中国官场文学第一人：王跃文

王跃文，1962 年出身，湖南溆浦人。1984 年大学毕业后分配在溆浦县政府办公室工作，后调入怀化市政府办公室、湖南省政府办公室。官场舞文弄墨之人，业余写小说。1989 年开始文学创作，发表中短篇小说若干，出版小说集《官场春秋》《人事故事》《没这回事》等，曾获湖南省青年文学奖，2010年入围“免网杯”中国文艺网络奖(中国网络代表最高荣誉)最佳作家候选人。从2001年10月起，王跃文退出官场专职写小说，现服务于湖南省作家协会。上世纪末，王跃文的官场小说《国画》一炮而红，而被视为“官场小说”这一类型的开山鼻祖，从而引发了官场小说的流行热潮，之后他笔耕不辍，相继推出了《朝夕之间》《梅次故事》《亡魂鸟》《西州月》《苍黄》等一系列描写当代官场的作品，这些作品被喻之为现代的“官场现形记”，他的小说集也被命名为“官场春秋”。王跃文的官场小说不落俗套，立意于为官场中人的精神和灵魂画像，其文字始终渗透着深沉的忧患意识和凌厉的批判锋芒，颇受读者喜爱。他以自己的创作实绩成为中国当代官场小说界最负盛名的作家之一，甚至“王跃文”这三个字也成了畅销书的风向标，且一度成为盗版书商“重点关照”的人物，有“中国官场文学第一人”之美称。当代文学批评家、文学研究所副研究员曾说：“王跃文之于官场小说，就相当于之于武侠小说、琼瑶之于言情小说、之于帝王小说。”这句判断颇见分量。王跃文自诩说：“文坛中人说我是官人，官场中人说我是作家，用时髦话说，我是边缘人。其实，我什么都不算，只是个尴尬人。”“王跃文因官场小说而成名，事实上，他的非官场小说写得更深刻，他对性与政治的理解，对中国底层生活生动而真切的描述，都说明了他是今日中国最具感染力的作家之一。”面对官场小说的流行、畅销和被推崇，王跃文表示：我不同意所谓官场教科书的说法。

他真心希望有一天，官场小说再也没有人买，没人看，那一天就是中国官场廉洁公正的一天。

崇拜经典、艺术本位的教授作家：阎真

阎真，1957年出生，湖南长沙人。1984年毕业于北京大学中文系，1988年获湖南师范大学文学硕士学位，同年8月赴加拿大留学，在圣约翰大学社会系学习。1992年回国。现为中南大学文学院教授、副院长，中国作家协会会员。主要作品有长篇小说《曾在天涯》（海外版名《白雪红尘》）《沧浪之水》、因为女人》及理论著作《百年文学与后现代主义》，还发表了数十篇文艺理论学术论文。其中《沧浪之水》获第3届毛泽东文学奖（湖南省最高文学作品奖）。阎真的作品以追问和探寻人生的意义，这一知识分子最为关注的核心问题而获得较高的思想水准，在由媒体和专家共同参与的中国首届年度中华文学人物评选活动中，阎真曾被评为2003年“进步最大的作家”。阎真是一个有着严肃的批判精神的大学教授和作家，在学生眼里，他是个学识渊博、幽默诚恳的老师；在读者眼里，他的小说是当代知识分子的精神素描。他说：“我一辈子能写三部长篇小说已经很满意了，创作四部是超水平发挥。”“我写小说很认真、很慢。要做上千条笔记才开始写作。大概五年才能写一部小说。”“频繁地出书不符合

我对文学的想象。我是一个追求历史感的作家，我希望我的小说能够表现历史，能够在我不存在的时候，还能有人读我的小说。所以，我写小说，不存在追求市场的问题。”“‘崇拜经典、艺术本位’才是我的追求。基于这种目标，我的每部作品都会经过长期思考。”这就是阎真，他如此认定：“写作是我的宿命。”“人可以追求干净的成功。如果暂时还看不到光亮，那就还需要坚持往前走。在最艰难的时候，也决不抱怨生活，就一定会收获满捧的阳光。”

与时代同行的“人民作家”：张平

张平，1954 年出生，山西新绛县人，1982 年毕业于山西师范大学中文系。现为全国政协常委、中国作家协会副主席、民盟中央副主席、山西省作家协会主席、山西省电影家协会主席、国家一级作家。1981 年开始发表作品，至今发表各类文学作品 500 余万字。长篇 7 部、结集 3 部、文集 6 卷，从 80 年代初步入文坛以来，张平先后创作了《祭妻》《姐姐》《法撼汾西》《天网》《孤儿泪》《抉择》《十面埋伏》《对面的女孩》《国家干部》等一系列优秀作品，产生了广泛的社会影响。先后荣获全国优秀短篇小说奖、庄重文学奖、中宣部精神文明建设“五个一工程奖”和茅盾文学奖等数十项荣誉。主要作品均被改编为电影、电视。由荣获第五届茅盾文学奖的《抉择》改编而成的电影《生死抉择》在全国各地热映，票房创纪录。他的《天网》被媒体和读者评价为“以作家的良知写农民的命运”之作，是“一部震撼人心的当代正气歌”；《国家干部》被认为是一部“给2004年文坛带来风暴的作品”。2000年12月，中共山西省委、省人民政府授予张平“人民作家”光荣称号。现任山西省副省长。作为一名长期关注现实生活的作家，张平一直主张“作家的创作要与时代同行，要能反映老百姓的生活，如果作家创作的作品与时代毫无关系，就不可能受到当代人的喜欢，更不可能影响后代人”。生活经历丰富，“一步一步从社会最基层走出来的”张平，抱着“至生至世为老百姓写作”的信念，关注民生，为民请命，直面现实，鞭笞腐败，受到人民的喜爱，堪称人民的作家。

有一颗滚烫的赤子之心的作家：陆天明

陆天明，1943年出生，江苏南通人。中国作家协会主席团成员。中国戏剧家协会会员。中国电视艺术家协会会员。国家一级编剧。石河子大学、原江西大学客座教授。曾当过农民、农工、小学教师、农场机关干部。现供职于中央电视台电视剧制作中心。主要作品有长篇小说《桑那高地的太阳》《泥日》《木凸》《苍天在上》《大雪无痕》《省委书记》《黑雀群》《高纬度战栗》《命运》等，中篇小说集《啊，野麻花》，电影《走出地平线》，话剧《扬帆万里》《第十七棵黑杨》等。同期创作的同名长篇电视连续剧《苍天在上》《大雪无痕》《省委书记》，播出后，在国内均引起强烈反响，收视率屡创新高。作品曾多次荣获五个一工程奖、国家图书奖、飞天奖、金鹰奖等多种国家级大奖。陆天明擅长政治题材小说，在很多读者的心目中，陆天明堪称“社会的良心，时代的镜子”。“他是一个思想型、信念型、苦行型的人。他忧国忧民，他期待着热烈的奉献和燃烧，他完全相信真理的力量、信念的力量、文学的力量、语言文字的力量。他宁愿摆脱一切世俗利益的困扰……我觉得他是一个充满悲剧感的人物。”作家王蒙曾经这样描绘陆天明。陆天明为文学“能参与到广大民众生活变革中去”而努力，读者可以从他的作品中触摸到一颗滚烫的赤子之心，可以从他的作品里听到他为国家、民族、未来的呐喊之声。他被喻为“社会与时代的一面镜子 ”，与周梅森并称为官场小说的南北双雄。陆天明不止官场小说得到读者的喜爱，他的纯文学也有博大深沉之作，那里有他“一番更真实更深沉、也许是更张扬的文学追求”。对文学，他既自信又很执著。“不管别人说什么，走好自己的每一步，写好自己的每一部贴近现实的作品，是永远的当务之急。”他思考的是：“在中国当代贴近现实的，能够和老百姓一起更成熟的作品，怎么来支撑这一类作品做得更好。”作为把写作当成生命的追求、把追求引为帜志的理想者，陆天明说：“现在如果说这一辈子有什么享受的话，我就享受我自己，做一个真正的我自己。我一直觉得还没写出真正的好东西来，并且一直有这样的预感：我这一生可能写不完我所要写的东西。也可能写到最后，写不动了，也没有真正把文学的自己完美化，但我觉得只要能够一直写下去就很幸福了。”这是他的肺腑之言。

“中国政治小说第一人”：周梅森

周梅森，1956 年出生，江苏省徐州人。1974 年参加工作，历任徐州矿务局韩桥煤矿工人，《青春》月刊编辑。1984 年调入江苏省作家协会，成为专职作家。1995 年，曾受邀到徐州市人民政府挂职当秘书长。周梅森下海经过商，从事过房产开发、实业经营、证券投资，并投资影视剧把自己的小说搬上荧屏，身兼编剧、监制、制片人数职。被誉为中国作家中的经济专家。1985 年成为中国作家协会会员，南京市作家协会副主席，中国作家协会江苏分会专业作家，曾被江苏省人民政府授予“有突出贡献的中青年专家”称号。享受国务院特殊津贴。著有长篇小说《人间正道》《天下财富》《中国制造》《黑坟》《国家公诉》《绝对权力》《至高利益》《梦想与疯狂》《原狱》《重轭》等 10 余部；中篇小说《沉沦的土地》《军歌》《国》《大捷》《中国往事》等 20 余部；电影、电视文学剧本《人间正道》《中国制造》《绝对权力》《至高利益》《国家公诉》《我主沉浮》

《我本英雄》《天下财富》《共和国往事》《阙里人家》等100余部集，约600余万字，并有12卷本《周梅森文集》出版发行。其作品曾获全国优秀中篇小说奖、全国煤矿长篇小说奖、中宣部“五个一工程”奖、国家图书奖、中国电视飞天奖、中国电视金鹰奖、全国优秀电视剧本奖、优秀影片编剧奖等30余种奖项。由他的作品改编的政治系列电视剧也屡屡掀起收视狂潮。在文学界，周梅森可以说是中国最早致力于“政治小说”创作的作家，有评论甚至称他为“中国政治小说创作第一人”，称其作品已经成为为官者“必读教材”。他的官场小说以对官场生活描摹到位、对官员的心理拿捏准确著称。根据他的小说改编的电视剧播出后，很多观众反映它们“真实得令人咋舌”。他的作品大气磅礴，气势雄浑，故事大开大阖，情节惊魂动魄，强大的思想冲击力和震撼人心的气势令人不忍释卷。从反腐败、经济建设到股市风云，他描摹出了各色人物在大时代背景下的崛起与沉沦——周梅森说，他一直致力于写一个“大中国”的故事。对于为何要去触及那些官场的敏感区域，周梅森认为，我们这个时代一切都在变化，作家有责任去揭露矛盾、反映现实。“一个时代起码要有一部分作家去直面这个时代，盯住它，及时向人民报告这里发生了什么。”周梅森说，他写小说，就是希望能做到这一点。因为他曾有一个目标，那就是成为巴尔扎克那样的批判现实主义的作家。周梅森更愿意称自己的作品为“政治小说”。

“21 世纪机关小说第一人”：肖仁福

肖仁福，1960 年出生，湖南邵阳人。1981 年毕业于湖南邵阳师专中文科，1987 年又毕业于吉首大学中文系。毕业后在城步县志办工作。1991 年调湖南省邵阳市财政局，历任办公室秘书、副主任、主任。2001 年任邵阳市文联副主席、市作协主席。1988 年开始小说创作，陆续在各大型文学刊物上发表了中短篇小说 30 余篇。1994 年出版小说集《箫声曼》，1997 年该书荣获中国作家协会和国家民委主办的第五届全国少数民族文学奖。此后，又先后发表《裸体工资》《空转》《一票否决》《官帽》等作品，在广大读者中引起良好反响。2002 年发表长篇小说《官运》，一夜间大红大紫，从而也奠定了肖仁福作为一位文坛实力派作家的地位。该书一出版，便引起了文坛极大关注，读者竞相购买，年内重印十多次，登上各大中城市畅销书排行榜，并被大量报刊连载，数十家强势媒体对该书作了评介。同年出版的小说集《局长红人》《脸色》《机关大院》也在全国热销，受到读者青睐。2003 年 5 月，肖仁福的反映政府机关生活的 44 万字的长篇小说《位置》出版。作品刚一面市，立即引起广泛关注，购者如云，成为年度为数不多的最畅销书之一。不少评论家认为，《位置》一书让肖仁福进入由王跃文、周梅森、陆天明等人构成的“反腐文学”或“官场文学”创作的一流作家队伍，称赞它是与《国画》和《羊的门》

比肩的好读而又有深度的力作。随之他又推出长篇小说《局长心腹》。2009 年，《仕途》（三卷本六部）出版，再度引起强烈轰动和反响。并得到了评论界的高度关注，将其官员政事人情小说与唐浩明的官场历史文化小说和王跃文的官场世俗心态小说并列，形成了“官场小说三家村”之说。肖仁福名气大增，并拥有了“21 世纪机关小说第一人”之美誉。作品多年来畅销全国，长盛不衰，一再荣登各地书店畅销书排行榜，成为中国图书市场不败的风景。善于透过官场观照认识社会，又从社会角度透视解剖官场的肖仁福，他的小说，言辞犀利，文风华美，幽默冷艳。有人称他的小说是三味小说：机关味、烟火味、世俗味。说他的可贵之处，正在于写官场，不止于官场；写机关，不止于机关。这对于视“官场小社会，社会大官场”的肖仁福来说，无疑让他感到无比欣慰。

潜入官场深水区的作家：王晓方

王晓方，1963 年出生，辽宁沈阳人，中国作家协会会员。1991 年，研究生毕业的王晓方，以第一名的成绩考入沈阳市政府研究室；两年后，他以副处级调研员的身份，被调到市政府办公厅当秘书；1997～1999 年，王晓方给原沈阳市常务副市长马向东当过两年秘书，亲历轰动一时的“慕马大案”[①]；

①. 沈阳慕马大案：2001 年 8 月，根据法院判决，原沈阳市长慕绥新、常务

大案终结之后，王晓方选择了辞职下海，身心屡经挫折；再后杀出了一条血路，继而成功突围，转身成为一名畅销小说作家。在十余年的公务员生涯中，王晓方参与过城市建设、商业管理等决策制订，也目睹身边领导干部因贪污腐败被党纪国法严惩的过程。这些从政经历，成了他日后创作的素材资源，也是他一系列反腐小说成为畅销书的最大的“卖点”。迄今著有长篇小说《致命漩涡》《少年本色》《驻京办主任》（一二三四部）《市长秘书》《公务员笔记》《大房地产商》《市长秘书前传》《市长秘书前传二》《外科医生》等。王晓方的官场小说几乎是出一本火一本，一经出版便跃居全国畅销书排行榜。至今已发表作品300多万字。他的《长篇小说《市长秘书》（又名《心灵庄园》）曾获新浪网第二届华语原创文学大赛优秀长篇小说奖。首届中国网络原创作家风云榜上榜作家。《驻京办主任》获2008年中国图书榜中榜最受读者关注图书奖。2008年中国作家富豪榜第12名。是目前势头强劲的官场文学的代表作家之一。王晓方从不讳言自己的作品畅销，而且对自己写的官场小说为何畅销做过一番研究。他说：“我力图站在时代制高点，研究民生、研究改革开放，同时我也研究读者的阅

副市长马向东严重违纪违法，分别被判处死缓和死刑。从1999年7月到2001年6月，慕马案的重要涉案人员，除了市府的一、二把手（慕、马），还牵扯出了包括财政局局长、国资局局长、法院院长、检察院检察长等17个一把手和100多名领导干部，涉及党政、司法、经济管理等多个单位。涉及受贿等违法违纪行为的处以上官员达400多人，收缴扣押赃款、非法所得2亿多元人民币。该案涉及领导干部之多，涉案金额之大，后果之严重，均为新中国成立以来所罕见。

读心理，力争与读者取得心灵的沟通。所以我的作品的切入点往往是社会矛盾核心和敏感地带，我就是试图通过敏锐的洞察力撕开一个时代的缺口，冲进去，深刻揭示其内在的矛盾。”对“官场作家”的头衔，王晓方不屑一顾，他说，“驻京办”只是一个平台，他守望的是整个中国改革的大变化。“上世纪80年代曾有一批改革小说，反映的是摸着石头过河的时代，今天我的小说也写改革，不过已进入了‘深水区’。别指望从我的小说中窥见很多官场秘闻。”他说，作家是鱼，文学是海，爱上文学，当然就海阔凭鱼跃了。所以，即使遭受了无数的质疑，王晓方仍然态度鲜明地表示：“对我们时代的任何问题，我都不会选择回避。也只有不回避，才能让读者感到真实，也只有真实才能获得读者的信赖。让人震撼的作品大多来自于没有丝毫矫饰的巨大的真实感。我认为真实就是力量”。他把这作为写好官场文学作品的根本。

一鸣惊人的追梦人：小桥老树

小桥老树，原名张兵，70年代出生，重庆人。现为重庆市永川区市政管理局副局长。2008 年小桥老树开始在起点中文网上写作《侯卫东官场笔记》系列，现在已经出到第 7 本。小说讲述了一个叫侯卫东的普通公务员，在官场中一步步晋升的故事。小说发表后在读者中引起强烈反响，仅2009年一年就有了1000多万点击率。在汗牛充栋的作品中，《侯卫东官场笔记》却脱颖而出，销售近百万册，小桥老树一鸣惊人。在“2010年度中国作家富豪榜”上，小桥老树因为出版官场小说《侯卫东官场笔记》，以190万元的版税超过周国平、王蒙、贾平凹等著名作家，位列第22位。这位“神秘畅销新人王”迅速引发各界热议。“小桥老树”出名后仍十分低调，不言姓，不拍照，继续写自己熟悉的真实生活，“原汁原味的生活，不夸张，不扭曲”。把他的真情实感、把他想做却没有做的希望写进了小说。身为副局长的“小桥老树”告诉记者，他创作小说的初衷，是希望通过书写小说主人公的经历，记录下一个时代的变迁，也是对流逝岁月的回忆。他说：“侯卫东是特定历史时代的特定人物，他身上发生的故事都不能脱离其生活的时代，这个时代我们曾经那么熟悉，却在不知不觉中成为历史。我写侯卫东，是对那个似近非近、似远非远的那个激情澎湃时代的追忆。”他坦言：“《侯卫东官场笔记》能得到大家喜欢，一是融入了我的真情实感，二是在写作上也尽量客观真实”。他自谦地说，他的小说是一个平凡人写的平凡人的故事。真实、平易是他的不二法宝。

关于官场小说

“官场小说”[①]作为一个名称正式提出来，是在王跃文的长

①. 关于“官场小说”的概念有多种解释，白烨先生认为：“严格意义上说，把‘官场’作为一种专门的题材来写，是类型化小说的一个典型做法。现在被称之为‘官场小说’的作品，大致上是由‘反腐’题材作品脱胎而来，这

篇小说《国画》出版以后。1998 年，王跃文写成《国画》。随着小说的出版，“官场小说”作为描述、揭秘官员腐败生活、政治较量的一类小说的名词，约定俗成被读者接受。

10 余年过去，“官场小说”作为边缘化文学类型化小说中的一个重要品类，得天时地利人和而迅猛发展，影响也日渐扩大，官场小说已经成为社会各界强烈关注的热点之一。有数据为证：“2008 年文学图书畅销排行”显示，排在前 20 位的文学图书中，类型化小说占了半数以上，而“官场小说”有 4 种。在“新浪读书频道”的文学图书点击总排行中，“官场小说”仅次于“都市小说”，排在第二位，在排行榜前 30 位热门图书中，“官场小说”占了 8 种，占四分之一强。2008 年出版了官场小说约 118 种，而到了 2009 年官场小说已成图书市场的宠儿，其品种达到 130 余种，比上年增长了 10%，而通过网络推出的官场小说更是远远多于这一数量。在文学作品普遍不景气的今天，这堪称一个奇异的现象。到了 2010 年，官场文学更是大热，几乎每部官场小说的出版，都会掀起畅销热潮。走进书店放眼一看，打着官场小说旗号的如“省府大院”“死刑贪官”“公务员”“驻京办主任”“官高一品”“领导司机”“秘书长”“副县长”“接待处处长”等各色作品总是占据重要的位置，其名目之繁、门类之齐，令人瞠目结舌。扫描银屏，

类作品基本上是以官场为舞台，官员为主角，描写当下干部体制的矛盾所在与领导层面的生存状态，既以编织生活化的故事为主，又带有相当的纪实成分。”白烨：《命运与时运的交响回旋——2009 年长篇小说概评》见《当代文学研究资料与信息》，2007 年第 2 期第 8 页。

由官场小说改编的影视作品业已成为保证收视率的金字招牌。早期的王跃文的《国画》《梅次的故事》、张平的《抉择》、陆天明的《苍天在上》《大雪无痕》、周梅森的《中国制造》《绝对权利》、杨文彬的《省委书记》、李佩甫的《羊的门》、阎真的《沧浪之水》、肖仁福的《官运》等，在市场上和读者中保持着恒久的吸引力。以后陆续面市的田东照的“跑官”系列、张平的《国家干部》、晋原平的《生死门》、李春平的《步步高》、王晓方的《驻京办主任》《公务员笔记》、纳川的《省府大院》、舍人的《宦海沉浮》、杨少衡的《党校同学》、邱建海的《官途》、小桥老树的《侯卫东官场笔记》、汪宛夫的《乌纱》、王敬瑞的《芝麻官悟语》、贾兴安的《县长门》等，更是一再将官场小说推向高潮。在新世纪，“官场小说”持续走俏，显然已是不争的事实。但当下的“官场小说”，虽然数量大幅增长，取得了令人惊叹的销售量，但在艺术质量上能与优秀的官场小说相匹配的，实在为数寥寥，几近凤毛麟角。官场小说风行之后，催生的是一大批模式化的作品。这些作品纯粹以猎奇为目的，极尽想象夸张之能事，官场只是个媒介，反腐只是个幌子，夹杂色情、暴力，以揭露凭空想象的秘闻、隐私为主要卖点，满足社会上部分人的窥私欲和猎奇癖。这类小说纯粹是挂着反腐（官场）小说的羊头卖猎奇小说的狗肉的庸俗低级的垃圾作品。这些作品理应受到文学的排斥而被历史所抛弃。

官场警世之作：王跃文的《国画》与《梅次的故事》

被誉为官场第一小说的《国画》，1999年5月由人民文学出版社出版，一经面世便迅速在文学评论界和读者中引起强烈反响，并创下了两个月内重印8次的出版奇迹。几乎一夜之间风靡全国，甚至传言坊间一时洛阳纸贵。使王跃文瞬间被认定为新时期官场小说的开创者。2010年，王跃文的《国画》《梅次故事》《西州月》《大清相国》《亡魂鸟》五部长篇小说重新修订推出，受青睐的程度不减当年，王跃文官场小说的王者地位至今无以撼动。《国画》为官场小说之经典毋庸置疑。

《国画》之所以成为官场小说里程碑似的作品，与小说所具有的文化意味和人性深度密不可分。它以现实主义的手法描述了当前社会官场的腐败，并把官场、商场、情场中交织的对权力、金钱、情欲的追逐细致入微地刻画出来，较全面地揭示出政治腐败的社会机制，以及由政治腐败所带来的社会风气的腐败和堕落。小说围绕主人公朱怀镜从进献朋友的国画给领导开始，逐步进入“圈子”，最后当到副厅长的官场经历。着力描写了他从一个县城普通办事员到成为市政府实权派人士的心理演变过程，深刻揭示了人性丑恶以及腐败滋生的原因。小说对一批生存于权力中心和边缘的人物，如朱怀镜、皮德求、张天奇、关隐达、孟维周等官员的形象的世相百态的精微描写，呈现了一代人的精神漫画。男主角朱怀镜是王跃文对官场小说的一大贡献，一个市政府里面主管经济的处长，既非反腐英雄，又非腐败分子，虽然有时也会投机取巧，行贿受贿，搞婚外恋，蝇营狗苟，但是还是有着自己的底线和对别人的同情心。他的身上，有权力、道德、权术、人情等的矛盾；有深沉和苦闷中寻找彼岸的光明与希望。他的官场之路无疑有着深刻的警世意义。全书散发着王跃文一以贯之的批判现实主义风格，自然主义的描写手法穿插其中，行文行云流水，生活气息浓郁，幽默机智而不失深刻，笑话谐谑而不辞风雅。在王跃文看来，“写小说是一件暴露自己灵魂的事”。“我把我要写的人物放在我熟悉的环境里行走”，王跃文说：“人不该是制度的奴隶，任何制度都只是暂时的游戏，不管这种游戏玩得怎么像模像样，或者假模假样，惟有人心，江河万古。”[①]可见，他立意于写人，写人在外力规约下的痛苦，热切期望人能够摆脱这种奴隶般的状态。这是王跃文的小说所以在文学性方面达到标高的原因。因此有论者说，王跃文是第一个将官场小说提升到文学高度的作家，《国画》更可以说是官场文学的滥觞之作。如果没有王跃文的出现，官场小说恐怕还在权术伎俩、权色交易等低俗的漩涡中打转，或者是在所谓改革、为民请命之类中寻找自我安慰。是王跃文将以官场为环境的小说推到了文学作品的高度，也是他将几千年来的官场文化化繁为简地融入了小说创作之中。

“《梅次故事》是《国画》的姊妹篇，或者说‘朱怀镜后传’。两部作品联袂而构成一幅完整的当代社会的人物工笔画。”《梅次

①. 转引邵国义的《试论新时期反腐败文学的发展与流变》一文，见《理论学刊》2002 年第 5 期，第 123 页。

故事》里朱怀镜调任荆都市梅次地委副书记，开始了新的仕途生涯和人生故事。社会转型期的梅次，充满着生机和躁动，前所未闻的人与事、情与理，无不对身居高位的朱怀镜发生着影响和冲击，考验着他的人格。此时的朱怀镜凭借早已化入其血液的官场智慧在上司与下属、家庭与情人、官场现实与政治抱负之间辛苦周旋，艰难地接近"做好官"的政治理想。"与《国画》相比，《梅次故事》中的朱怀镜已不仅仅是'官场'人物，而是左右逢源与'官道'和'人道'、游刃有余在'宦海'和'人间'的哲人高手。这是一个做官为人的'素质'已全面具备并得到良性发展的角色，世事的洞察、仕途的敏悟、人情的练达，在他身上达到了完美的融合。对上流社会来说他无疑是一部形象的当代备忘录，于平民百姓而言他不啻为一本通俗的现代启示录。"

当代知识分子的心灵史：阎真的《沧浪之水》

2001 年，阎真的 38 万多字的长篇小说《沧浪之水》刚一出版，便迅速引起了评论界和广大读者的高度关注。有人惊呼："又一部反腐力作出现了！"小说在《当代》杂志首发后，《小说选刊》紧跟着予以刊载，西安电影制片厂火速买断作品的影视改编权，人民文学出版社推出小说单行本，次年《新华文摘》发表一万多字的故事梗概。著名评论家雷达、周政保、孟繁华等纷纷在各大媒体撰文评介，不约而同地将其列为当年最值得一读的小说。《沧浪之水》从出版到现在，已经再版印刷了 21 次、30 多万册，并获得《当代》2001 年度奖、《小说选刊》奖、湖南省最高文学作品奖等奖项。小说写一个中国传统的知识分子在官场中的灵魂裂变。作品主人公池大为于 20 世纪 80 年代中期在中医学院研究生毕业后，分到省卫生厅工作，一开始他作为一个崇尚先贤，保持平民尊严，愤世嫉俗，决心要为天下、为民众而活的耿直青年；他的道德理想和价值基础，与他的父辈们的追求，与我们悠久而深厚的文化传统紧密相连。“在浊浪滔天的‘沧浪之水’中池大为有过‘人’之所以为人的艰苦卓绝的持守，其中也屡屡进行过‘生存还是毁灭’的精神追问。”此时在池大为身上表现出来的是真正中国知识分子不与世俗同流合污的清高，是知识分子自尊自重、洁身自好的独立人格，他信仰的是有所作为、以天下千秋为己任的理想的价值观、人生观。一句话，池大为是一位品德高洁的“好人”。但后来，他发现自己“无欲则刚”了好几年，却一无所有，郁郁不得志。在物质环境的挤压和别人的劝诱之下，他忽然“大彻大悟”，心中的神圣感逐渐摧毁，并欺骗自己说，为了赢得自尊，首先必须放弃自尊。一旦抛弃操守，蔑视永恒，他就活得轻松多了。他逢迎、拍马、出卖、讨好，无所不为，短短几年，他几乎什么都得到了。最后，池大为取得了即将退休的马厅长的信任当上了省卫生厅厅长，成为官场的一个成功人士。《沧浪之水》通过对主人公池大为形象的成功塑造，不仅真切地写出了权力和金钱对知识分子人格和价值观的摧毁，而且非常生动地写出了知识分子在逐渐放弃操守时复杂而痛苦的心路历程。著名文学评论家雷达说,《沧浪之水》深刻地写出了权力和金钱对精神价值的败坏。阎真赞同这个评价。他说，如今知识分子的身份感普遍失落，传统的道义寸步难行，权势金钱一路高歌。他想借知识分子“池大为”的升降沉浮，展示人性百态，官场的翻云覆雨，同时也是对“知识分子之死”的忧虑和抗拒。因此可以说,《沧浪之水》以惊心动魄的真实感，痛彻肺腑的真实性，灵动深沉的思辨性，为我们书写了一部知识分子精神沉沦、价值崩溃的“心灵痛史”。池大为的精神沉沦，以及他良知未泯的反省，均有相当的深刻性和警世意味。

官场“人间喜剧”：张平的《国家干部》

2004 年初，张平推出了 60 多万字的长篇小说《国家干部》,被业内人士称为“是一部给 2004 年文坛带来风暴的作品”。这部《国家干部》,花了张平 3 年多的时间，是他写作时间最长的一部作品，也是他字数最多的一部作品。作品直面我国干部人事体制改革，对现有的干部体制、干部政治、干部文化作了深刻的阐释和思考。小说一反贪污、受贿等以经济为内容的反腐小说形式，而是将笔力集中与对政治腐败的揭示和批判。小说以嶝江市委副书记兼常务副市长夏中民政绩突出，却屡屡不被提拔为焦点，通过夏中民和常务副书记汪思继竞争市长而展开故事情节。作者以犀利的眼光，独到的思维，对当代干部中存在的权谋文化式的“政治腐败”进行了深入理性的思考；用异常尖刻的笔墨，直面“权谋文化”的丑恶，揭示了我党内部存在的某些不正之风。小说让嶝江市里的形形色色“国家干部”粉墨登场，每个人都有其代表性、类型性，他们共同上演了今天官场的“人间喜剧”。

《国家干部》不是那种小打小闹的“反贪小说”，也不是那种尔虞我诈的“官场小说”，它思考的问题甚为巨大。它直面因改革深化而日益尖锐的干群矛盾；它质疑干部选拔机制存在的种种弊端；提出了国家干部中的某些既得利益群体，怎样激化干群矛盾，严重阻遏改革的深入和政治民主化的步伐；它从根本上研诘干部身份、干部体制、干部文化，追问作为“国家干部”担负的义务和责任，到底应该代表谁的利益；它真实而又骇人听闻地写出了在宗法文化背景下地方势力的可怕能量，写出了既得利益群体和关系网络一旦形成，就会怎样顽固地、不择手段地抗拒政治民主化进程，甚至使局部地区的政权性质发生变异。作品意旨，具体情节，由始至终寄寓了作者对社会文化思想的批判和探索，酣畅淋漓的勾勒出当代生活中发人深省的社会问题以及对国家干部的理想刻画和富有使命感的领袖人物的憧憬。

这部作品的叙事文本不同以往，在写作上借鉴了畅销书的某些特征，比如悬念的设置、情节的构思都很有吸引力，避免了政治小说沉重冗长之感。此外，作者有意识地采用了寓言架构，使用谐音命名，从而使人物指事更加清晰，褒贬对象更加明确，所包含的寓意也更加深刻。从主角到配角，从高层到底层，从正面人物到反面人物，无不寄寓其中。

张平称自己的这部作品是“一部现实小说，一部政治小说，或者可以说是一部有关政治的现实题材小说”。这一定位得到了雷达、白烨、陈晓明等一流评论家的首肯。

一部大国崛起的宏伟史诗：陆天明的《命运》

2008 年 10 月，一部被评价为“为官者必读，经商者必读，修史者必读”的书、2008 年最值得一读的超级名家新作，洋洋洒洒 60 万言的长篇小说《命运》问世，堪称陆天明继《苍天在上》《大雪无痕》《省委书记》《高纬度战栗》后的又一部椎心泣血之作。陆天明在书中写了这样一句话：“深圳的命运也是中国的命运，中国的命运就是中国人的命运。”并称这是“举毕生之功力完成的”，为了这本书的创作，他阅读了上千万字的相关文献资料，先后去深圳采访 20 多次。在完成这部 60 万字的作品后，陆天明连续高烧不退，险些虚脱，整个人都垮了。当他手捧新书时激动得颤抖不已，他告诉记者说：“写《命运》严重透支了我的身体。书出版了，就像孩子出生了，你说我能不激动吗？”“我是不顾一切地去写《命运》。”评论家高度评价：“这是一部反映中国经济腾飞发展史的里程碑式的文学巨制，是一部沉甸甸的史诗般的撼世之作。”“一部大国崛起的宏伟史诗”。“一部改革开放三十周年纪念至尊领衔大作”。2010 年 4 月，同名小说改编的电视剧《命运》在央视黄金强档播出，再次引发了小说畅销热潮。据有关人士透露，当时，原深圳市委书记李灏将《命运》作为礼物，分送给了

20 多位老领导。而湖南省委书记、省人大常委会主任张春贤看过此书后非常感慨，向湖南文艺出版社紧急调书 300 册，在其时召开的湖南经济工作会议上分发给每一位与会者。

《命运》讲述了深圳特区建立中，中央、广东省与深圳相互博弈的历程。其中，最引人注目的是在真实的改革背景下，虚构的深圳市委领导、企业家之间展开的一系列故事。在这部涉及党内矛盾和冲突的小说中，陆天明破天荒用了大部分的真实人名和全部真实地名，打破了中国当代以政治历史为题材的小说以假地点、假人名示人的旧格局。据陆天明介绍，《命运》和其他政治题材小说不一样的地方就在于，它突破了当代现实题材小说的“规定”，虚构了国家领导人的活动，但却以真实的城市——深圳去承载当代官场百态。许多不便用文学描述的政治人物和历史事件在《命运》中均有涉及，也写到了邓小平。这一写作手法可谓打破了以往“官场小说”的“禁例”，“在政治题材小说中，这是第一部”。对此，陆天明指出：“中国作家不要因为没有先例就不去做。”改革开放 30 年来，国家和民族的命运发生了重大转折，经济特区迅速崛起、沿海城市发展惊人，在这场大变革中，深圳上下领导、人民百姓是怎样扛起一个经济特区的，有着如何不为人知的艰辛、挣扎与困惑？从来自最底层的最原始的生存本能的挣扎到最高层为国家的前途、民族的富强而殚精竭虑，《命运》一书以深圳的崛起为线索，集中描写了在这一场伟大的变革中，上下各层诸般人等的种种观念、各种矛盾之间的激烈冲突。小说对作为改革开放桥头堡的深圳和拓荒牛形象的深圳人进行了浓墨重彩的描写，尤其成功塑造了一个以我身为改革试验之躯的敢吃螃蟹勇于承当的一代名官市委书记、市长宋梓南，一个从底层艰难奋斗终于在商场中拥有一方自己舞台的退伍军人冯宁，一个在经济变革的大潮中“以身试法”的先驱者庞耀祖等为代表的拓荒牛形象。陆天明饱蘸激情的描写给读者留下了刻骨铭心的深刻印象，让读者通过小说永远铭记深圳艰难而又美好的开拓，永远铭记宋梓南们这样伟大的特立独行的“拓荒牛”。全书大气磅礴，恢弘壮丽，情节紧凑，悬念不断，高潮迭起，扣人心弦。在小说封底陆天明深情地写道：“岁月是一条长河，时或清澈，时或浑浊。”“这30年仅仅是个开始，更为重要的命运还在将来。”“命运没有完，远远没有完。”当有读者问《命运》如果要写续集，陆天明打算写什么？陆天明回答：“如果要我写续集，我有一个要求，就是请你们继续为我创造奇迹。”

透视深圳，体味传奇，争取未来的命运，这或许才是《命运》的深意所在。

血与灵的启示录：周梅森的《绝对权力》

2002年4月作家出版社出版的《绝对权力》，是继《中国制造》《至高利益》之后，周梅森鼎力推出的又一部深刻思索权力监督问题的意义深远的优秀官场小说。该小说出版之际，同名27集反腐大剧《绝对权力》在各地电视台热播，收视率再创新高。

由此引发了强烈的轰动效应，震撼中国文坛。《绝对权力》半年内重印六版，累计达 15 万册。该书获 2002 年全国优秀畅销书奖。

《绝对权力》是周梅森官场政治小说的又一部扛鼎之作。小说叙述的是镜州市市委书记齐全盛、市长赵芬芳、原市长刘重天之间围绕一起腐败案的查处展开的一场错综复杂的政治斗争。经济发达城市镜州发生了腐败大案，市委书记齐全盛的老婆、女儿和班子里的两个常委一夜之间被“双规”。查处此案的是七年前被齐全盛排挤走的原市长、现省纪委常务副书记刘重天。刘调离镜州搬迁时出了车祸，儿子死了，妻子瘫了。随着刘和专案组来到镜州，一场你死我活的政治斗争拉开了序幕，各类人物纷纷登台“表演”。其中，善于钻营的女市长赵芬芳可谓风头正劲。然而，事情的演变出人意料，齐全盛从被动走向主动；刘重天却不如人愿；而一心谋求高职位的赵芬芳却因种种劣迹败露而跳楼自杀。《绝对权力》以反腐为主线，揭示了为人民执政的共产党人，应该如何对待权力、为人民执好政；又如何建立对权力进行有效监督与制约的机制，行使好人民赋予的权力这一十分尖锐而又令当今文人提笔生畏的创作主题。小说以其尖锐的思想冲击力和惊心动魄的故事再次震撼、告诫了人们：从失去人民监督的绝对权力到利益交换的递延权力，国家政治的肌体受到了怎样的浸淫，又产生了何等严重的后果。镜州市所发生的这一切，着实令人深省。在此书中，独具政治慧眼的周梅森再一次展现了他的政治禀赋，他对绝对权力和递延权力的考问，发人警醒。小说在给读者带来强烈的精神震撼和情感冲击的同时，将一场政治人物之间的“三国演义”写得来跌宕起伏、石破天惊。生动、形象、入木三分的人物刻画，将齐全盛、刘重天、赵芬芳、周善本等几位堪称时代人物画廊的典型形象，带着鲜活的生活气息和时代朝露呈现在我们面前。小说以宏大的气势，豪放的笔触，悲壮的情节，感人的故事，深沉的哲理，深邃的审美视角，展示了一场惊心动魄的灵与情的较量。当人们对当今官场层出不穷的腐败现象或怨愤或麻木或因此动摇信念的时候，周梅森的《绝对权力》则是透过腐败现象对产生腐败的根源进行深入开掘，正气凛然，奋发向上。作品以其丰富的思想内涵和强烈的情感冲击力，给人血与灵的启示。

当代知识分子欲望之书：肖仁福的《仕途》

2009年4月由湖南文艺出版社在济南第十九届全国图书交易博览会上推出的《仕途》，是肖仁福继《官运》《位置》之后历时五年精心打造的机关生活扛鼎之作，上市不到两个月就数度加印，销售10多万册，荣登各地书店畅销排行榜。

《仕途》以原生态机关生活为背景，以乔不群起伏跌宕的仕途人生为主线，成功描写了乔不群、秦淮河、蔡润身、李雨潺、史宇寒、马淼淼等系列知识分子群像，将一幅幅多彩多姿生动有趣的机关生活和人生世态图呈现在读者面前。主人公乔不群从处长到政府办副主任，到政府办主任和政府秘书长，再到副市长和主持政府工作的代市长的宦海沉浮，客观真实地再现了各类机关人员的生存状态和思想境界。小说与以往很多作者都将目光放在高位官员的身上来写官场之人的官场小说不同，《仕途》所选取的人物是边远西北地区一个级别很小的局办公室主任，讲述了这位都市知识男性在仕途身不由己的故事。通过描写他在仕途上的发展历程来展现官场及其所涉及的领域存在的种种现象。小说对主人公乔不群复杂心理的细腻描写，将一个读书人从政后在功名利禄面前的精神困惑与矛盾阐释得深刻而又令人信服。从《官运》《位置》到《仕途》，肖仁福力图构架一幅现代官场的立体生态全景图。《仕途》的对象指向了一批靠儒家文学表达能力而晋身的知识分子，没有着意写他们之间的尔虞我诈、互相倾轧这等官场意义上常见的黑幕，而是切实地将笔触伸向这群知识分子角色的内心世界，着意写他们在仕途中的所作所为、精神境界，从某种意义上直指现代知识分子内心的道德意识。肖仁福将《仕途》定位为“僚”，其重心是以“幕僚”（秘书长）身份行走于官场的知识分子，在权力、金钱、女色等各种诱惑面前的困惑和艰难突围。作为一部官场小说，《仕途》既没有演变为对党和政府的歌颂，也并不着力于描写官场的黑暗与肮脏，而是把镜头对准了一个平凡的小人物，以充满人情味的描写体现出身宦海、身不由己的无奈以及沉浮起落所带来的酸甜苦辣。肖仁福有着对知识分子和官场经验的双重体认，因此他的作品可以视为一种个人的心理传记，同时也是一种官场知识分子的集体精神记忆。这种心灵体验和文化印记，既烙印着中国传统的文化痕迹，又镌刻上了当下时代的思想内容，从而勾勒出传统士人的精神传承与时代遭遇。肖仁福本人也认可这部长篇是他一种个人的心理传记，作为心灵体验和文化记忆的书写，承认“身为刀笔吏的主人公乔不群已不是他者，正是我自己。我就是从机关笔杆子做起，再做到办公室副主任、主任，直至所谓的市管干部的。我没有理由否认《仕途》的自传性质。”他说：“我的意图是想通过对官场知识分子的描写，将笔触深入至欲望与理想、物质与精神、势统与道统等诸种关系的厘清中，在时代的大背景下演绎出精神稀缺的知识分子宿命。也许只有这样，才可能对传统士人精神的现代遭遇和知识分子在市场时代的心灵彷徨，进行入木三分的揭示，显示出对当代知识分子精神困境的深刻体察，从而提升小说的思想内涵与艺术意蕴。”由此，肖仁福将自我放进《仕途》里面，把这些知识分子的机关干部当普通人来刻画。他们有上进心，渴望被人尊重，希望过上体面的生活，在工作岗位上勤勤恳恳，但也有七情六欲。在改革开放的时代里，有的人把握住了机会，实现了自己的愿望；有的人则经不起金钱美色之诱惑，跌倒在奋斗的途中，因而造成了机关里仕途进退官场沉浮的种种悲喜剧。评论家将《仕途》视为书写知识分子欲望的书，不无道理。作为一种人性的需要，欲望在书中被细致地描述和剖析，包括权力的欲望、金钱的欲望、情色的欲望、满足的欲望、自我实现的欲望，这些都在乔不群和蔡润身等官场知识分子身上得到淋漓尽致的体现。《仕途》体现了肖仁福一贯的语言魅力和叙事魅力——言辞犀利，文风华美，幽默冷艳。

让这部百万言的大作读来令人忍俊不禁，颇为玩味，又发人深省。有论者评价说："《仕途》的价值和意义既超越了肖仁福本人以前的小说，也超越了当前流行的官场小说的境界和旨归，也必将在当代文学史上刻上深深的一笔。"

新版"官场现形记"：王晓方的《驻京办主任》

打着巨贪秘书撰写的"官场必读"的招牌并长期居于内地畅销书榜前列的系列小说《驻京办主任》（一、二、三、四），因从一个特殊的官场视角揭露官场上的腐败而受到读者的追捧，被不少读者称为当代版的"官场现形记"，并荣获 2008 年中国图书榜中榜最受读者关注图书奖。从 2007 年出版至今已销逾百万册。

王晓方这样来解释驻京办这一特殊的官场环境：北京是全国的政治中心。要获得更多的权力和资源，地方政府和官员就必须频频赴京。为了方便，驻京办事处应运而生。因此，驻京办成为有中国特色的政治平台，既充满神秘感，又具有典型性。之所以充满神秘感，是因为驻京办不仅具有跑"部""钱"进（前国家审计署审计长李金华所言）的功能，也是一些地方政府官员办私事甚至腐化糜烂、跑官要官的"驿站"。说驻京办具有典型性，是因为这里是各种官员粉墨登场的地方，也是各种矛盾、力量集中表现的地方。当然驻京办的问题不是驻京办本身造成的，而是体制造成的。各级驻京办是中央和地方联系的纽带和桥梁，以驻京办这个平台作为小说的切入点有着非常重要的现实意义。

小说正是以驻京办这个鲜为人知的政府平台，展示了省市县三级领导干部形形色色的工作、生活形象。作品以李金华批判的跑“部”“钱”进为引，通过对东州市政府驻京办主任丁能通的深入刻画，层层揭开驻京办的神秘面纱。小说讲述了市长肖鸿林、常务副市长贾朝轩从改革精英蜕变为腐败分子的罪恶过程，塑造了一批以市委副书记李为民为代表具有高尚政治品格和政治智慧的政治家形象。书中充满鲜为人知的故事、活灵活现的人物以及触目惊心的案件，展现了官、商、民的联系纽带，揭秘了驻京办的生存状态，尤其是以驻京办的行为挑战了当今社会的心理底线，将“潜规则”公开化。被很多读者视为“官场必读书”。甚至有国外媒体认为，2007年中央裁撤驻京办与这套小说脱不了干系。

小说中精心塑造的主人公丁能通是个呼风唤雨、左右逢源、人如其名的精明、圆滑、神通广大之能人。他出身卑微，从小丧父，靠母亲含辛茹苦把他养大，从小就想出人头地，于是发奋苦读；大学毕业后考入东州市政府，幸得市长肖鸿林的赏识成为市长秘书，真可谓是一人之下，万人之上；通过多年的历练，他也修得左右逢源、精明干练、诡谲圆滑；经过一番煞费苦心，丁能通终于当上了清江省东州市驻京办主任。本来是一心为了要跳出官场，远离是非而逍遥自在去北京赴任的驻京办主任，不料却事与愿违地跳进了一个更加集中而庞大的权力旋涡中心。丁能通人在江湖，身不由己，一方面他坚持本真，恪守做人正道，却一次次违背本愿地进赌场、送黑钱、告黑状；他不贪财、不枉法，却和罗小梅有那么一段轰轰烈烈的婚外情；和黑社会头子陈富忠打得火热；他既动用心计去除掉自己的副主任，又用爱心去点亮迷惘少女金冉冉的前程；他上下求索，左右逢源，机关算尽，却终逃不脱官场这个大染缸。《驻京办主任》没有过多地纠缠钩心斗角、玩弄权术，而是从更宏大的场面上展开了正义与邪恶的较量，这种较量是充满人性关怀的。主人公丁能通搅在各种势力的较量中，经过心灵的挣扎，终于把握住社会改革的积极力量，从权力倾轧中突围。王晓方说他并非仅仅努力于解构政坛生活中被遮蔽的世象，也尽量避免他笔下的人物走向忠奸两级。他试图送给读者一束强烈的阳光，照亮心灵，让读者阅读后，充满理想主义的希冀。这是王晓方的写作初衷，虽然不尽如人意，但不能说没有他的良苦用心。

《驻京办主任》其角色塑造不够丰满，故事铺陈模式化，文字不够细腻，艺术流于俗套以及以市长秘书身份制造炒点等问题受到方家质疑，评论界的反响远不及该书的销售量那么火热。

小人物的官场奋斗史：小桥老树的《侯卫东官场笔记》

2010 年 6 月，凤凰出版社出版了小桥老树的《侯卫东官场笔记》（现已出版 7 部）。该书讲述了一个叫侯卫东的普通公务员，通过自身努力和悟性，在官场中一步步晋升的故事。这部逐层讲透村、镇、县、市、省官场现状的自传体小说，再度引发了官场小说的阅读热潮，不到半年时间，就将小桥老树推上了 2010 年作家富豪榜第22位，再现了网络写作的造富神话。小说被认为是公务员不得不看的当代官场百科全书。

《侯卫东官场笔记》跳出官场小说揭黑老套，视角独到地塑造了一个蓬勃向上的官场中人。讲述了一个从大学刚刚毕业的“官场菜鸟”侯卫东考上公务员后，被分配到了交通条件很差、一直得不到开发的穷乡僻壤——益杨县的上青林乡，但为了女友小佳，也为了自己，侯卫东努力让自己从上青林乡调回到市里。没有地位，没有金钱的侯卫东，就这么在官场中一步步爬升，其中的风雨波折随即展开。小说描绘了304位各级别官员，从村级干部到省市领导，有人正直廉洁，有人阴险狡诈；有人刚正不阿，有人左右逢源；有人光明磊落，有人阴阳怪气；芸芸百官，千姿百态，活脱脱一幅官场浮世绘在书中徐徐展开。小说叙写了84起官场风波，有农村计划生育、乡镇换届选举、干部经商、国企改革、群众上访、权钱交易等，从最基层的乡村执法到高层的反腐风暴，每一件看似平常的公务背后，都会突起官场无尽风波，风云诡谲，潮起浪涌。小说涉及66个党政部门，从省政府到镇党委，到人大，到政协四大班子、组织部、公安局、财政局、开发区、驻京办等。跟随主人公侯卫东的调动与升迁，你将在中国公务员系统内进行一场既有深度又有广度的访问，了解各个部门的职能、运作及相互关系。小说还详解了23次繁复微妙、各藏玄机的调动与升迁，交织进一个普通公务员的命运，有的看似水到渠成，有的看似异峰突起；有的机缘巧合，有的命中注定；但无一不是严格地遵循着官场上的规则和规矩，往往让人若有所思，常常让人若有所得。侯卫东的这本笔记深深潜入中国公务员系统庞大、复杂而精彩的内部世界，从村、镇、县、市一直到省，随着主人公侯卫东的10年升迁之路，逐层剥开茫茫官场的现状与秘密。读完该书，官场也不再是一个模糊而神秘的概念，而是一张张清晰、熟悉的面孔。那些粉墨登场的芸芸百官，那些表情背后的深层心理，那些看似突如其来的话语，都在小说的跌宕起伏中露出其本来面目。这部逐层讲透村、镇、县、市、省官场现状的自传体小说，同之前所有的官场小说迥然不同，描写一个小人物如何在官场奋斗成功的故事。通过主人公从下到上的一路走来，层层展现中国官场各级现状，成为新派官场小说的代表。“与老的官场小说不同，最新派的官场小说写的已经不仅仅是官场，它与网络小说合流，成为都市小说中的奇特一支——小桥老树的‘官场笔记’就是这一支脉当中最著名的代表作之一。”“侯卫东的官场笔记，其实就是一部小人物的官场奋斗史。这奋斗历程读者未必能够复制，但读的时候却很可以满足一下角色代入的快感，这是官场类网络小说的通例，也是这类读物能够风行的关键。”（新京报评语）。《侯卫东官场笔记》出版以后，很多初入公务员队伍的年轻人把这部小说当做官场攻略，认为对他们走上工作岗位很有帮助。有网友评论：“侯卫东就是‘官场杜拉拉’”。有人说，《侯卫东官场笔记》把官教得更像官了。小桥老树对此也非常高兴，他说：“侯卫东身上综合了许多成功者的特点，他能成功是必然，而非偶然，但愿这个故事能给年轻的梦想者有所帮助。”“小说中确实写了很多我自己的人生体验，读者可以从中看到我的一些人生经历以及所思所想，他们能从中得到启发，我当然感到很高兴，相对于他们来说，我的人生经验毕竟比较丰富。如果同龄人能从小说中看到自己的影子，年轻人能从小说中看到前进的方向，我就感到很满足了。”

学者张颐武教授评价说：小桥老树的官场类型自成一格，徐徐中道出庙堂之高，人心之远。其写官场生动形象，人物百态，可谓纤毫毕现；观察中国基层生态别有会心，揭露毫不留情，而少浮躁偏颇，是一部具有独特价值的作品。

关于评价

官场小说从命名起就争议不断，随着该类小说的风行及火爆，其良莠不齐、泥沙俱下的现状越来越引起评论界及作家和读者的高度关注。其中，关于作品的流行和畅销、作品内容的低俗化、作品形式的模式化以及官场小说的现状及出路等问题，引发了各方人士的广泛关注和热烈讨论。

官场小说热销有因

官场小说为何火爆，催生因素是什么？作家、评论家众说纷纭。

评论家雷达对官场小说的风行成因有自己深刻的见解：“官场小说的风行，一方面是反腐倡廉的需要，一方面则是官本位文化心理的艺术外化。可以说不懂官本位文化生态就不懂中国的政治，就不懂中国的国情、社情。这里我想强调的是，官本位文化才是支撑官场小说或反腐小说的深厚土壤，所以文学性很不怎么样的作品，也照样热销。事实上，好多出了大名的作家作品，不少皆因暗中抓住了官本位文化魅力这根筋，而走上红途的。”

评论家白烨认为：“公务员队伍的体制化，‘公仆’生活的官场化，既已成为社会政治生活的重要构成，当然也是直面现实的文学创作应与表现的内容。甚至可以说，这样的一个含带了相当的独有特色的社情与国情的现实，正为现实主义的写作提供了丰沛的素材与鲜活的内容。”

评论家、同心出版社副总编辑解玺璋认为，官场小说与民国时期的“黑幕小说”相类似，“展示罪恶和官员的腐败生活，尤其我国政治有如铁幕，有人捅开一点，大家就很爱看。所以，官场小说一开始流行，跟满足了这种窥视心理有关”。

学者杨剑龙教授同样指出：新世纪的官场文学与大众文化的流行密切相关，虽然官场文化成为官场文学的根基，但是人们对于官场腐败的憎恶、对于官场内幕的好奇，成为官场文学走俏市场的原因之一。

持相同观点的论者指出：官场小说风行之后，催生的是一大批模式化的作品。官场小说诞生时就是迎合读者窥视心理，因为书中描写相互倾轧的权力斗争，尖锐地揭露了官场的腐败和斗争，成为读者满足猎奇心理，甚至学习“从政经验”的“官经”。官场小说作家在从政经验中的体验和观察，在他们的作品中透露出来，对与官场隔了一层铁幕的普通读者而言，自然很有吸引力。

为何官场小说出一本火一本？作家陆天明说：中国的官场左右了老百姓 2000 多年，官场究竟是怎么回事、怎么运作、官员怎么活着，老百姓想窥探一些东西，这造成了官场小说的大热。

作家姜宗福认为，市场是由需求决定的，中国的官场小说之所以会火，首先在于中国的乌纱帽市场需求很大。自古以来，国人将“学而优则仕”奉为圣经，崇尚权力，为了升迁，不择手段。官场小说就好似快速实用的升官宝典，自然而然会受到官员们或正在向官员的道路上奋斗的人们的青睐。此外，官场小说受热捧的原因还在于官场与民间信息不对称，对于老百姓而言，官场始终是一个充满神秘色彩的地方；加之官场腐败现象长期存在，许多老百姓想了解官员们是如何腐败、如何醉生梦死的，官场小说正好迎合了老百姓的这种需求。

许开祯也认同这种说法，他表示：“是中国诸多问题催生了官场小说，让作家们不遗余力去写，让读者们穷追猛打地去看。官场问题一日不解决，官场小说热就一日降不下去。”

官场小说难掩“文学贫血”

虽然官场小说揭露了一定的社会现实问题，并取得了令人惊叹的销售量，但在评论家眼里，它仍然只是一种消费型的文学，对于民主、廉政影响有限，也并无太多文学上的建树。要达到现实主义艺术的已有深度与高度，这类作品还有较大距离。

有不少的文学评论家认为从文学角度看，“官场小说在分量上，是无法与平民文学和乡土文学比肩的”。但就其发行量和对社会大众的影响力来说，当代社会却难得有几部其他类的小说达到这个程度。

既然是文学，官场小说理应纳入文学的“考评”范围：能否写出故事背后的生活真相，能否刻画细致入微的生活肌理，能否树立经得起考验的复杂形象，均是衡量小说成功与否的重要指标。评论家白烨认为，令人印象深刻的官场小说，也就是《人间正道》《国家干部》《省委书记》《国画》《沧浪之水》等少数几部，很多官场小说还是没有走出摹写现实的窠臼，只满足于编造浅显的故事，制造热闹的情节，缺乏反思意识、批判精神，如放在文学的层面上加以考量，当属可写可不写、可看可不看之作。

社科院专家：如何看所谓“官场小说”升温，从严格的意义上说，所谓“官场小说”并非是“文学题材”的一种“命名”，而主要是“文学销售”方面的一个“分类”。泥沙俱下，十分芜杂。一些人把“官场小说”当成了求职的“指南”与工作的“宝典”，而销售者投其所好，对位分类与对应推荐，意在提供更好的“服务”，但这与文学无关。

文学评论家李敬泽一度以美国著名作家沃伦的经典《国王的人马》为例，批评当下诸多反腐作品远未及格：“《国王的人马》真是写到骨子和灵魂里去了，真是对这个时代人的根本境遇提出了有力的追问。而我们的小说，写一个反腐败问题，基本就跟看门老大爷的水平差不多，只是知道一个愤怒。”

“官场小说”数量多质量差，大部分官场小说还仅仅停留在“拿揭秘作卖点”，缺少艺术上的深入开掘。学者杨剑龙教授认为：中国官场小说在艺术上乏善可陈——陈旧的全知叙事者视角、凶杀与情色元素、行文间缺乏多义性。满足于“批量复制揭秘”使小说的艺术落入窠臼。“未来官场小说仍会拥有读者，但同样的东西看多了必定腻味。”官场小说走进死胡同，除了热闹和刺激还有什么？

评论家雷达在谈到官场小说的困境时指出，“时下相当一批官场小说，不大可能给人带来叙事艺术、思想立意、历史深度、人性内涵等多重的阅读享受，相反，看到的只是密集地罗列事件，写某些贪官如何权力寻租以及如何作恶的言行，吸引读者的不过是事件本身的惊悚刺激过程。”如《驻京办主任》，作者不时会有意卖弄自己曾经在官场混迹多年的经验之谈。“在这个意义上，它不过是借小说的躯壳，说事件、道衷曲、浇块垒罢了。它是小说名义上的纪实文学。”

评论家邱明正认为，“写反腐当然需要展示腐败，但问题是怎么展示。如果只是纯粹暴露，而不深入到对政治、体制的探究，那反腐小说就等同于‘黑幕小说’‘展贪小说’；如果仅仅局限于写清官和贪官的斗争、两种政治势力的较量，而不对腐败的思想根源做出敏锐洞察的发现，那么小说情节再曲折，整体艺术水准也高不到哪里去。”

学者汪涌豪教授在对《驻京办主任》等官场小说的评析中指出：“他们或许在写官场，但应该非关小说；它们可以勉强地将自己的作品归为虚构类的报告，但绝够不上称为文学。”“这样的写作不仅非关小说，有时简直也无益于反腐。它虽然在客观上多少揭开了官场的黑幕，有利于社会的正气，但当主观上缺乏认识的高度和道义的担当，特别是对人性深刻的洞察、同情与悲悯，其对官场黑幕的揭露就可能无关激浊扬清，并很可能因一味的展览罪恶而流于欲讽反劝的窘境。”“离真正的小说就更远了”。

作家阎真对官场小说的垃圾作品发表了自己的看法：他们更多的是追求故事，描写一种职业状态，爆了些料而已，只能说是满足了部分读者的猎奇心理。缺少艺术性的东西是缺乏生命力的。

官场小说模式化倾向严重

几乎是从官场小说出现伊始就有人指出官场小说存在模式化倾向问题，但随着官场小说市场化趋势的加强，官场小说模式化倾向也日趋严重，这也使得官场小说成为评论家的众矢之的。

一直以来，不仅有专家指出官场小说其内容不出“拿揭秘当卖点”的常套，即用权力倾轧与权钱交易、情色诱引，来满足读者的猎奇心理；艺术上也大多流于定式，乏善可陈。有读者列出其创作公式为“腐败+阴谋+美色”。

在《小说选刊》原总编贺绍俊看来，作为一种消费型的通俗文学，官场小说面临的一大问题，就是创作的模式化。“在王跃文等人的官场文学获得极大关注、迅速走红的情况下，一批二三流甚至不入流的官场小说开始跟风。20 世纪 90 年代末以来，官场文学就开始越来越模式化、套路化。”

有论者指出，创作模式化的形成使官场小说在最初走红之后，整体上并没有于艺术上精益求精，而是越来越概念化、模式化了。

多数论者认为，“官场”小说已进入一个纲纪混乱的时代，大量粗制滥造的所谓“官场小说”充斥着图书市场。该类小说在创制方式上已经落入程式化、模式化的俗套，题材选旨多为揭示黑幕，哗众取宠，满足受众的猎奇心理与窥视欲；在叙事方式上复制雷同，千篇一律，鲜有新意。具有原创性的精品力作可谓凤毛麟角，寥若晨星。

曾有研究者将官场小说的创作模式归纳为“好莱坞模式”“样板戏模式”和“传统叙述模式”，即除了曲折的情节、冲突的矛盾，除了腐败和反腐败，没有其他更深刻的内涵，作家似乎不太会用纯粹的艺术方式来把握政治题材，往往构思立意很高，力度却不够。学者杨剑龙教授则将这类作品的模式归纳为“黑幕小说+言情小说+侦探小说”，人物和情节逃不出权力争夺、钱权交易、色欲横行的套路。

学者郝雨甚至认为，一些被媒体特别看好的“反腐力作”的小说，尤其是被改编成电影和电视剧的一些长篇小说，也难逃人物概念化或单面化的模式，即腐败分子一天到晚千方百计搞腐败，反腐英雄一身正气两袖清风抗腐蚀；腐败分子为了权和钱连老婆女儿都可以用作“美人计”或性贿赂的物质筹码，灵魂肮脏丑陋至极；反腐英雄为了保持廉洁也连老婆孩子都可以作为大义灭亲或者牺牲的对象，灵魂干净得一尘不染。“‘反腐’成了商业品牌，反腐败文学到了2000年之后，出现了逐渐偏离艺术追求的趋势，它们更多地借用了通俗小说的套路，以主旋律的旗号，携现代媒介的优势，形成了一种有利可图的商业开发资源。”

有论者指出，官场小说权钱权色交易、权力内部斗争、官商相互勾结变成一个个鲜活的人物、一个个生动的场景；让老百姓读得如痴如醉，让官场小说长江后浪推前浪似的，一拨一拨出来；最后，书商、作者、老百姓各得其所，全都满意地笑了。故事轨迹基本逃不出投机、升官、得意、失意的老套模式，如果有变化，就是在钱、色、商与权之间加些佐料，增强些感官刺激而已。如此下去，所有的官场小说都将成为一副面孔。

从出版业界来说，大家认为图书跟风严重，很多做法近似于“涸泽而渔”，自己把一些“类型”毁了。评论家解玺璋说，“类型小说自身同质化现象非常严重，比如官场小说从书名就可以看出来，现在书名都直接写职务，领导的司机、秘书，从省委书记一直写到现在的驻京办主任，各种各样的职务都写到了，大家开玩笑说，现在就差两个职务没有写，一个是总理，一个是总书记，它自己走到了死胡同里。”

作家小桥老树也赞同以上说法，他说，官场小说同质化倾向是很大的弊端。“在大型书店里，除了没有《城管局长》这本书，其他大部分官职都有同名小说。仅仅以权钱、权色交易，以揭秘为卖点，官场小说将走向死胡同，是没有前途的。”

不少人认为如今的官场小说近乎一种实用主义的文字商品。有人说他们可以提供为官经验，可以透视官场关系，教人如何在官场中如鱼得水……作者和出版人大约清楚这其中奥秘，或者我们套用一个官场小说的流行辞令，叫做——内幕。说官场小说是文字商品，确有它的道理，因为官场小说的写作如流水线般有章可循。在这里，你可见其脉络清晰，你可以赤裸裸地知道你要什么：是权力斗争，是权色交易，还是官场秘籍？

而在众多读者心中，官场小说风行之后，催生的是一大批模式化的作品。书中“拳头加枕头”的细节描写，相互倾轧的权力斗争，成为读者满足猎奇心理，甚至学习“从政经验”的“官经”。有网友给王跃文留言说，他在进入机关工作之前，先找他的小说读过再去上班；还有人称，他的《国画》是“一部让大学生少奋斗10年的成功宝典”。

有官员读者说：“很多小说除了概念化官场外并无特殊，那就是一般人对官场的想象——腐败、勾结、斗争，理想尽失之类。我觉得这既非官场的全部，更不是人性人心的全部。”

官场小说出路何在

官场小说出路何在？作家在乎，读者关注，评论家重视，他们都有话要说。

王跃文：所谓官场作家，只是媒体同评论界有意无意间的一种炒作合谋。他说："由于时间原因，我很少看其他人写的官场小说，也无法看完，因此我对当代官场小说的评价持保留意见，不做整体评价。但有两点可以说明，一是当代官场小说依然没有经典可以传世。二是中国官场小说虽然写了形形色色的人物，但你能说它走到尽头了吗？你能说写尽、写完了吗？官场本身的复杂性就决定了它还有很大的空间。我还会继续我的小说创作，写出更多让读者满意的作品。"

李春平：官场小说前几年就很热了。但形成了描写官场腐败和反映社会灰暗的老套路，与国家建立清明政治的社会理想相背离，就会走进死胡同的。官场不是不能写，而是怎样写的问题。写好了，它就会热。

许开祯：解决官场小说内容同质化的途径有两个：一是官场作家重新洗牌，淘汰掉那些跟风模仿的，将真正对此类小说有责任感的作家留下来，这个要靠市场去完成。跟风模仿者只有市场能淘汰，只有读者能淘汰。二是官场小说作家必须要内心干净。任何低俗的东西都是因内心不干净而造成的。有些小说从头到尾就是官员搞女人，女人傍官员。"这是因写作者内心失衡迷乱造成的。""作家不可丢掉批判精神，但作家内心绝不能猥琐，更不能黑暗。这样的官场小说奉劝读者还是少读。我也坚信，随着图书市场的发展，越来越多的作家会自律，会清醒，会按艺术的规律而不是凭臆想去创作。”

陆天明：“反腐”不要“贩毒”，官场文学中大量阴暗面的曝光，大量权术的披露，甚至一些书上更是明确注明此即“官道”或“权术”，其负面影响不可小觑。

姜宗福：官场小说的前途在于关注人生和社会。直指人性和人生的小说是深刻的，忠实记录社会发展轨迹并进行反思的小说是永恒的，只有这样的官场小说才有发展前途。抛弃这两条，官场小说必然是过眼云烟。“官场小说的前途在于作者一定要带着思考去原生态地写官场。要让官场小说成为解决体制矛盾的参考书，而不是成为官员们的升官宝典。”

王清平：“虽然文学边缘化了，但是，文学的力量仍然不可低估。”“文学是洒在人们灵魂里的一束阳光。”“创作的小说反映的或许是世俗生活，然而驾驭世俗题材的思想却肯定是超越世俗的。”

评论家：反腐是一个严肃的学术问题，这个问题是中国的，也是世界的，是中国人的，也是全人类的。如何按住中国人的软肋一针扎进，探寻出人类灵魂深处的疾患，把官场文学写得深一些，透一些，恐怕是当代作家们共同的责任。要有好的作品，关键是作品不仅要有形式上的创新，而且要把对生活的思考提炼成特别强烈的艺术创作个性。

评论家张韧提出：官场小说创作所面临的一个迫切需要解决的问题，那就是如何突破模式，怎样创新和深化。他认为这类作品的深化并不在于揭露对象的级别越来越高，中饱私囊的钱数越来越猛涨，反贪情节越来越离奇。官场小说该如何深化，他指出："尽管，我们不应要求作家'先知'似的开药方，道出如何制止腐败。但文学作品应该警世骇俗，惊醒世人。反贪小说不能就官论官，就反贪论反贪，重要的深化还要回归到'人学'，所以，文学批判不能不把形形色色的贪官押送到人和人性的审判台前，不是浅表的而是深邃的严厉拷问其人物的灵魂。"

白烨坦承，官场小说作为一种与社会热点相对应的文化现象，还有较大的进步距离与很大的提升空间。如何做到既现实又艺术、既好看又耐看，是摆在写作者、出版者面前的一个共同课题。

贺绍俊认为，官场小说的出路，在于突破"就事论事"的"问题小说"的小格局。"现实主义的作品必须要有批判精神，不是直接地狭窄地写一个问题，而是要看作品是否具有人道主义、普世伦理。托尔斯泰批判的农奴制已经不复存在，但是他作品里的人道主义，到现在还在打动我们。"

有论者并无担忧地指出，官场小说要有所作为，仅仅停留在表层故事，或者仅仅停留在揭短、打黑、反腐、窥视等内容，而不能进入"人"的层面，官场小说永远只能作为市场短暂的摇钱工具而存在，这样，官场小说总有一天会为自己掘下坟墓。

文学界人士指出，官场腐败现象要揭露，要鞭挞，要严惩，但是也不能完全抹杀、违背现实！写"官场文学"也好，写"反腐文学"也好，既不能用"高大全"的思路去塑造完美无缺、不食人间烟火的所谓“英雄”，也不能用“一窝烂”，或者只揭恶、不扬善的手法去描绘一个令人绝望的“官场现实”。要秉着鞭挞假恶丑，弘扬人间正气，塑造美好心灵的精神，报一种对社会负责的态度进行创作。

郝雨认为，对于腐败分子的揭露也好，对于反腐英雄的表现也好，应该寻找他们的灵魂在诸种外在的或潜隐的复杂因素的制动下，本身变化的发展的动向与流向，而不应该孤立地、割裂地把他们分别写成某种单一符合的化身。在文学中塑造腐败分子形象，采取贬损、讽刺、抨击等手段是非常容易的，而真正剖视他们的全部灵魂的密码，却需要极其认真的工夫。而这样的表现比简单的批判应该说是意义更大的。这样的小说可以为许许多多的普通人提供灵魂的一面镜子，而不只是与己无关的简单的宣判书或出气筒。21 世纪的官场小说显然还要写下去，我们期待着真正能够震撼整个民族心灵的大手笔之作。

杨剑龙十分赞同陆天明所说的“不能把创作反腐败文艺作品当做是一个反腐败的行动，它应是一项艺术活动”的观点，他说，只有这样才能创作出更多更好的既有社会反响，又有震撼力，又有艺术品位的反贪小说的佳作。

解玺璋更是直接指出，“官场小说要有出路，要向政治小说转变。”

雷达同样期待官场小说的作家们“潜心修养、开阔视野，大力强化艺术概括能力，多出几部我们时代的一流的政治小说。”

官场小说影响力日益增大的10年,正是互联网力量越来越强大的10年。网络力量激荡着传统的官场小说的写作、出版、发行以及衍变。当传统文学走向边缘与大众阅读渐行渐远的时日,“官场小说”却大行其道。社会转型期腐败现象的滋生蔓延，读者对这类痛揭疮疤式的官场小说既感新鲜，更觉解气；不透明的官场，给了作家们尽情发挥想象的空间；“官场小说”的出现，给文学提供了新的舞台和观众；那些优秀的作品也给了我们更多的人生启示和对复杂人性的认识。文学被更多的人关注，有更多的作者不管是官员还是老百姓愿为它书写百态人生，这对文学应是一种积极地推进。但文学毕竟不是求职“指南”和升迁“宝典”，不是官场教科书，文学是人性的大书，是艺术的完美体现。“文学不受衰亡这种规律的制约。”“唯独文学是不朽的”(萨尔蒂科夫-谢德林[①]语)。因此，我们不无遗憾地看到，那些以加速度向社会推出的颇具中国特色的官场小说，其“作品的深度并没有伴随着创作主体的创作实践而显得厚重起来、深刻起来、沧桑起来，反而给人一种千人一面重复雷同的强烈印象，官场的权力之争，男女之间的恩怨纠葛,正反人物的最终结局特别是反映社会各界的纵深度，总让人觉得失之于浅，过于表面化、简单化，实际上，现实的复杂和残酷，已经超出了小说家的想象力。”所以，“正如腐败将随

①. 萨尔蒂科夫·谢德林（1826—1889），俄国讽刺作家，文学批评家。此处引文转引自俄国作家康斯坦丁·帕乌斯托夫斯基的《金蔷薇》一书。

着时代的发展和历史的进程而不可能总成为一个众目注视的焦点一样，‘官场小说’这种因势应时出生的出版现象也将是一个时期的特定景观。构成这一景观的社会现实一旦转移，新的出版视点又将因时推移而生。”那么，面对官场小说在当代文坛的这一“奇特繁荣”景象，欣喜之余对它的生命力仍不免要打一个问号。

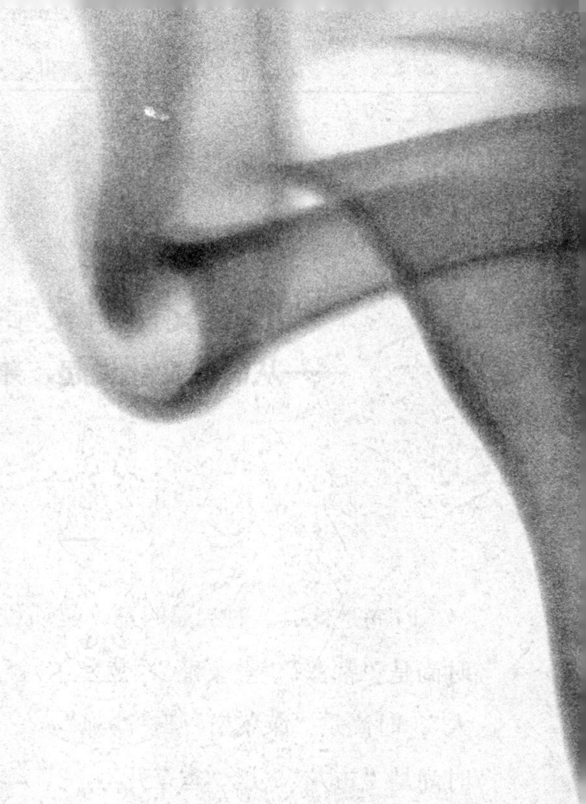

四编

心路寻踪

时尚文化与文学时尚化

——从时尚文化说起，兼谈几部时尚小说

一

时尚是什么？时尚是眼前一晃而过的“宝马”“劳斯莱斯”；时尚是“都澎”“登喜路”“皮尔卡丹”，是“宝姿”是“白领丽人”；时尚是“莱尔斯丹”“沙驰”，是“耐克”、是“阿迪达斯”；时尚是“古龙”、是“香奈儿”。

时尚是街舞、DJ、MC、涂鸦等嘻哈文化，是街头篮球、街头足球、滑板、轮滑、BMX 小轮车等街头运动，是电子游戏、动画漫画以及相关的角色扮演、形象设计等新娱乐文化形式，是另类叛逆的摇滚音乐、流行舞曲、嘻哈和 R&B 等音乐风格。

时尚是男孩像女孩，女孩像男孩；是女孩的裙子越穿越短，男孩的头发越留越长；时尚是把“漂亮”说成“靓”，把“英俊”说成“cool”，把“妹妹”说成“美眉”，“妈妈”说成“麻麻”；“好”说成“OK”，“喂”说成“嗨”，“啊”说成“哇噻”；时尚是汉语中夹英文，普通话带港台腔；时尚是彩虹一闪，惊鸿一瞥，昙花一现；时尚是一种挡不住的诱惑，我们时时都在渴望拥有时尚。

我们曾经渴望拥有一条喇叭裤，我们看《霍元甲》、读琼瑶和金庸、听邓丽君和罗大佑；三毛的散文让我们感动，崔健的摇滚让我们热血沸腾，卡拉 OK 让各种喉咙的人都过了把准歌手的瘾。刘德华风靡来，周杰伦又风靡去，张惠妹火了，孙燕姿又红了。我们的头发经历了热烫、冷烫、又是离子烫，烫得卷去直来，颜色也五彩缤纷，由黑到黄、由黄到红、由红到绿。我们的皮肤，也一会儿往白里漂，一会儿往黑里晒，洋装还没来得及换洗，唐装又闪亮登场。女孩子有数不清的哈日族和哈韩族，她们从里到外都把自己包装得跟正宗日韩姑娘似的。男孩子却大多成了美国 HIP－HOP（最流行的美国黑人文化）追随者，为得到一双 J•D 运动鞋而思念得睡不着觉。我们现在的男孩都在为够不够酷而发愁，女孩都在为追求骨感而痛苦地节食和瘦身；我们的大脑空荡荡的，灵魂浑浊浊的、精神木呆呆的，就这样，我们坐在电视前欣赏日韩的言情剧和好莱坞枪战大片，泡在网吧里 QQ 漫游，在空余时间读低幼的漫画；我们只看见电视上的靓妹飘来荡去，电视上的酷哥晃去闪来，我们失去了判断力，我们只能跟着电视的感觉走，天天问它：我们吃什么？穿什么？看什么？玩什么？就连我们的爱情标准都类型化为“大话西游”式的（夸张戏谑）、“泰坦尼克号”式的（古典浪漫）和“轻舞飞扬”式的（现代网恋），充满虚拟神奇的遐想。

我们当然不知道什么是人类幸福的终极目标（身心健康）？什么是爱情的最高境界（灵肉结合）？怎样让青春永驻？怎样使

美丽生辉？我们不再思考，我们只是一味追逐和模仿，追逐和模仿使我们喘不过气来，我们只有恨和抱怨，抱怨我们没有出生在华丽的家族，恨我们没有天生丽质的模样，身材也不够魔鬼。所以，我们比任何时候都更渴望钱，因为时尚在这个时代是以商品的形式出现的，时尚就是品牌，时尚就是灯红酒绿。地摊的衣服不能成为时尚，街边的麻辣烫也不能成为时尚，时尚首先是商人的同志，对于大众来说，时尚就是金钱的花费方式，因而追求时尚就需要金钱的支撑，这世上哪有“免费的午餐”，这个时代根本就没有不用钱的时尚。衣服、鞋、头发的打理、美容，时尚消费与普通消费竟有天壤之别。

于是，时尚成了我们的累，时尚成了我们的病，时尚导致淫靡和颓废，淫靡和颓废又破毁时尚。时尚把我们的眼弄花了，心弄乱了，然后它也就消失了。新的时尚又开始了新一轮的猎获。当然，并非所有时尚都将化作历史的尘埃，也有成为经典流行下来的：西装，高雅、气派的最高品味；牛仔，自然粗犷的极限表达；旗袍，东方含蓄典雅的完美象征；邓丽君，开拓了情感内在化、细腻化的女性抒情天地；罗大佑，大学校园人青春永恒的见证人；崔健，为我们留下了愤青一代苍凉执著的呐喊。由此可见，时尚得以传承下来的是某种精神的品质，能把握这种精神品质，乃把握住了时尚的精髓。所以，我们没有必要为眼花缭乱的时尚形式把自己弄得很沉重，时尚不能成为生活的另一种累，一种为虚荣自加的压力。

二

时尚文学也同时尚文化一样，叛逆极端的先锋姿态，另类时尚的生活内容，边缘化的欲望书写，私人化的情感宣泄，它们统领着文学的时尚潮流，占据着文学畅销书排行榜的首位，成为大众青睐效仿的流行读本，各领风骚三五天，赢得一时的风光无限。但是，只有永久的经典，没有永久的时尚。时尚既可以速成一夜神话，也可以让神话速朽为垃圾泡沫。下面就《上海宝贝》《乌鸦》《三重门》《正在发育》这四部时尚小说谈点个人看法。

《上海宝贝》玫瑰绽放

在 21 世纪文学的开场白里，被推到前沿唱主角的先是一小群，后是几个 70 年代出身的女作家（卫慧、棉棉为其代表）她们被 Logo（标志）成“美女作家”或“另类作家”或“文学新人类”，她们的作品以女性意识的身体主义写作为主（目前较为流行的一个提法，源自西苏就女性文学提出的“躯体写作”的口号，指女性用自己的肉体表达思想，即如棉棉所说：“用身体检阅男人，用皮肤写作”），在大众媒体的操作下，带给文坛阵阵“喧哗与骚动”。年轻女作者们的小说，不约而同地向人们传递出一种对自我灵肉的放纵，对欲望狂欢的贪恋，对真善美、对理性、对道德、对精神的拒绝。一时间，写作变得又酷又时髦，隐私小说、私人化写作、美女写作成为时尚。只愿“钻进欲望一代躁动而疯狂的下腹”的卫慧像个妖魔闯进文坛，她的《上海宝贝》已成为美女文学标志性作品。

《上海宝贝》百分之百的时尚，作者的美女玉照就印在封页上供大众欣赏，小说的内容充满了物欲、肉欲、性、同居、同性恋、吸毒等疯狂极端的另类体验，作者宣称她要成为他们那样“欲望一代”的代言人，“让小说与摇滚、黑唇膏、烈酒、飙车、Credit Card（信用卡）、淋病、Fuck（欺骗）共同描绘欲望一代形而上的表情。”小说还被认为是“私小说”的70年代范本，不屑于把女性置于被窥视的位置，不再是“羞答答的玫瑰静悄悄地开”，而是对外开放一切，“做一朵公共的玫瑰”。小说颠覆传统的态度是极端而又疯狂的。

首先，颠覆了精神

小说中的主人公倪可（实则就是作者自己）这个复旦中文系毕业现正从事自由写作的人，崇拜法国女作家杜拉斯（杜有男友N个，结婚N次，她说“如果我不是作家，我就会是妓女”。）把穷而放纵、活了89岁、一共有5个妻子的亨利•米勒视为自己精神上的父亲，所以，我们看见这个“上海宝贝”除了沉迷于各类性体验、除了对自身肉体有着永不衰竭的自恋自娱的疯狂激情外，就没干一件正经事。就连她的写作也与众不同，如：她所说“别的人用家破人亡、颠沛流离，来写出一部传世经典之作，而我呢，则是涂着上好的 “鸦片”香水，七天七夜幽闭在Marily Manson

毁灭性歌声里自娱着（指“我的右手还握着笔，左手悄悄地伸到下面，那儿已经湿了……”）冲向我的胜利”。可见，她的写作也是在欲望的冲动和满足中完成的。

倪可的情人“天天”整天又做些什么呢？她为他画出的生活图表是“对外面的世界本能地抗拒使他有一半的时间在床上度过，他在床上看书、看影碟、抽烟、思考生与死、灵与肉的问题，打声讯电话，玩电脑游戏或者睡觉，剩下的时间用来画画。陪我散步、吃饭、购物、逛书店或音像店、坐咖啡馆、去银行，需要钱的时候，他去邮局用漂亮的蓝色信封给妈妈寄信”。一个搞艺术的人，其全部才华就体现为在内裤和体恤上画动物图案。后来发展到吸毒并为之葬送了自己年轻的生命。

在《上海宝贝》中，我们只能看到酒吧、派对、飙车、大麻、吸毒、躲在屋里一边手淫一边写作的所谓作家，各种无业人员以及来自大洋彼岸的人物，却见不到一个实实在在的中国人，看不到一种实实在在的普通人的生活，这就使我们不得不怀疑：他们大把地花钱、疯狂地享乐，只知索取、不求回报，无需努力就能满足一切，既当物质财主，又做精神贵族，这是我们的生活吗？他们有“天天”的富婆母亲源源不断地为其提供经济保障，有这种幸运倒是无可指责，但这样的幸运儿又有多少呢？！

其次，颠覆了性爱统一的道德观

《上海宝贝》向我们传递出一种重肉轻灵、爱“性”胜过爱“情”的性爱观和一种性与爱断然决然剥离的性爱方式。卫慧笔下的“上海宝贝”倪可与她的偶像们不相上下，她有很早的恋爱史和很早很丰富的性体验，她既拥有情人天天、一个性无能者和一些亲密的同性与异性朋友，还有异国性伙伴——身强力壮、金发碧眼的德国老板马克，而且她还宣称“找一个倾心相爱的人和能给她性高潮的人是私人生活最完美的格局。”作品整体弥漫着对阳物的崇拜，对色情的大力渲染和各种性解放的口号，以及相对应的自渎和自恋，各种粗俗、露骨的性描写。在作者和读者眼里，性就成了表现人性的唯一渠道。女性寻爱的过程，并在这一过程中的自省和提升都在欲望的放纵中得以消解。这样一来，卫慧试图颠覆男性权威的努力不仅丝毫没有对无视妇女需求的男权社会予以批判，只是讽刺性地证实了妇女处于一种私人的、非历史的、性欲的、非政治的地位。而且又由于对女性私密毫不保留的呈露，更把女性放在“被看”的位置，无形中对男性的好奇心和窥视心理做了自觉的迎合。

《上海宝贝》对精神颓靡的极度描写，对肉体一丝不挂地激情展出，商业包装后的美女效应和个人体验的私密效果，在新旧交替时期体现为一种时尚和趋向，有其存在的现代性和合法性，但未必就能代表可以取代传统创造整个未来的现代人。所以，《上海宝贝》尽管露脸之初风光无限，但很快就因其人格精神和情爱精神的双重缺失，让人们把她归入了泡沫文学的范畴，迅速膨胀，转瞬消失。

《乌鸦》异国飞来

《乌鸦》是继《上海宝贝》之后又一部引发激烈争论和轩然大波的美女文学，把她归入时尚小说，是因为她是留学生题材里很另类的一本书。小说写了去新加坡求学谋生的海伦和其他内地同胞姐妹无一幸免地堕入卖身求荣的各种不堪遭遇。小说颠覆了女人的贞操观、传统的身体观以及国家民族观念。女主人公海伦外形美貌、气质高雅，但有严重的虚荣心，从她一登上飞新加坡的飞机就开始编造谎言，骗得富婆麦太太的信任与收留，以后她的谎言仍在继续并越编越大，说她爸是高干、专管进出口生意的中央领导，一会儿又说是哪个省的省委书记，后来人家有求于她做生意，她又找不着这么一个生意关系……谎言编不下去了，就一步步走向了深渊。出卖肉体成了她唯一的出路。其他内地去的女孩子无一例外地做了同一种选择。

小说刚出来时并没有什么反响，书写得粗糙而平淡，整个透着一股俗气。后来九丹向记者透露，说此书所写乃她的亲历，她在新加坡时确如女主人公那样，有过三个男人，其中一个还是国会议员。消息一经披露，首先在新加坡华人里引起了轩然大波，后波及美国、澳洲及其他地方的留学界，人们在网上、报上不断地发表文章批评作者，言辞犀利而尖锐。由此，《乌鸦》被炒热，在大众的哄抬和热骂中成为一部流行的时尚小说。

比较两部作品有许多相似之处:都是经商业炒作后引发火爆，并在追逐时尚的人手中得到流行,一样地把美女玉照印在书页上，一样地裸露隐私，一样地有大胆露骨的性描写。所不同的是，读《乌鸦》比读《上海宝贝》要沉重一些，因为《上海宝贝》有更多虚拟和作秀的成分，人物的生存方式是她个性化选择的结果。而《乌鸦》却让人看到了人性在为生存而挣扎的过程中的扭曲、卑微和无奈。环境的险恶，独在异乡的孤苦无援，让有点姿色而又有强烈虚荣心的女人很容易就放弃其他努力而选择出卖肉体资本这条路。正如作者所说“我不是脱了衣服炫耀自己的身体有多美，只想把我的伤口指给别人看”。这就等于承认书中人物的沉沦过程就是受伤的过程。此与卫慧的“我喜欢在习习从浦江吹来湿润夜风里，脱得只剩胸衣和底裤，我肯定有恋内衣癖，或者自恋癖，当众裸露癖之类的毛病……”有根本的不同。

因此，我们说“性”不是不可以写，但要写出性与生命的相连，性与爱情的相连，性与生活的相连。如哲人苏格拉底说“关心自己灵魂的人不是为侍候肉体而活着的”。失缺了文学能净化人的心灵和提升人精神这一诉求的满足，最多具有新闻的价值、商业的价值，而无文学的价值。这就是为什么像《查德莱夫人的情人》虽礼赞雄性阳物却不让人觉得下流恶心,《西厢记》虽极写肉体缠绵交融却仍让人感到高雅不俗,《红楼梦》里面美女如云，各种性爱场面多处可见却丝毫未削弱带给人灵肉震撼的原因。

韩寒开启《三重门》

一位自称“一块上海的大金子”的高中生韩寒在作家出版社抛出了他的骇世之作《三重门》，不仅震动了文学这片热土，也使整个社会在越来越多的低龄儿童纷纷加入文学、出版的大军这样一种态势下失去了平衡。怎样评价从教育界杀出的这匹黑马，对认识目前热炒的低龄化写作现象十分有益。

在《三重门》里，韩寒以一种偏激的行为、狷狂的方式、放肆的语气、个人的姿态，向绝大多数同龄人或成年人不堪忍受却不得不遵循着的教育和考试制度清楚无误地表达了他的坚决的不合作。

韩寒桀骜狷狂的形象一开始是让人难以接受的，他狂妄，除了书里面大言不惭地标榜自己为“金子”外，还有舆论炒作说韩寒不屑于上大学，说大学老师和学生都没他念的书多。他还善卖弄，书里面的古诗文、名言警句频频露脸。最让人难以忍受的是他的尖酸刻薄，逮着谁都要咬一口，刺一刀，如父亲如何固执迂腐，母亲怎样庸俗空虚，老师马德保又多么虚浮可笑，补课老师要么有气无力，要么自视过高，要么老朽冥顽，同学也个个不顺眼，沈溪儿长得平庸却又好吃醋，罗天成嘴尖皮厚腹中空，梁梓君却有一肚子的坏水，等等。市南三中的校长、主任以及同学在他的无情刺杀中无一幸免。

但当你把一层层的铠甲给韩寒卸下后，你会沉痛地发现一个受教育者内心深处的伤痛。《三重门》中的主人公林雨翔有从始至终的率真，万劫不回的对真爱的执著，以及不向强势妥协和对真诚和理解的渴望。而面对教育体制对其个性品质的制约和干预，家长、学校、社会对其“畸形”的关爱，林雨翔深受其困，痛苦万分。而林雨翔的痛，也正是韩寒的痛，而韩寒的痛也就转化成了弥漫全书的轻蔑和嘲弄。在他看来，父母只关心他的分数，老师只在乎荣誉，同学之间互不关心只有嫉妒和幸灾乐祸。所以，他用戏谑调侃的语气写到了作文获奖的滑稽，补课的无聊，教育者空洞的说教，升学的虚假，规章的无理，学生的幼稚可笑，以及同学关系的每况愈下，并对学生道德的混乱和模糊，早恋的虚狂和戏耍做了无情的讥讽和嘲笑。韩寒由切肤之痛引发的对中国学校教育的种种问题的鞭挞在他的《穿着棉袄洗澡》这篇文章里得到了更为理性地表述：“如果今天的学习只为了明天的荒废，那学习的意义何在？如果我们为了高考还要不得不一把一把将时间掷在自己将来不可能有建树的或者有接触的学科上的话，那么拜托以后请不要来说教时间是什么金钱银钱之类。”现在我们有“太多的人正穿着棉袄洗澡”。这是一个妙喻，我们大多数人都会有相似的感受，只是韩寒他真诚地说了出来。

《三重门》也是一本有关教育的另类小说。它得以流行，并不是作品本身有多么吸引人，而是它集中体现了应试教育许多的误区和症结，由此赢得了对现行教育充满反感的人的普遍共鸣。但应该看到，韩寒带给我们的是反省和思考，而不是模仿学习的榜样，“六盏红灯”照出了教育的阴影和韩寒在阴影笼罩下的无奈。

少女写真《正在发育》

低龄化写作在韩寒之后成为时尚，并在文坛潮起浪涌：17 岁的河北学生王柏著有长篇武侠小说《战羽连雄》；北京 16 岁高中生金今创作了 20 万字长篇小说《再造地狱之门》；15 岁初三女孩微妮写有 13 万字的长篇小说《为你重生》；12 岁的成都女孩古立坤写了《魔法士传奇》；9 岁的张蒙蒙出版了小说《告诉你，我不笨》；8 岁的高靖康出版了 8 万字的新童话《奇奇编西游记》；6 岁孩子窦蔻写作《窦蔻流浪记》……

9 岁就以《打开天窗》引起关注的湖北襄樊女孩蒋方舟 12 岁推出新作《正在发育》，这部因为涉及早恋、同性恋等敏感话题，让大人们大惊失色。小说讲述了自己的心理和身体的发育过程。12 岁的少女以幽默的笔法为掩护，调侃了给她重压的成人世界，讽刺了包括她父母在内的所有成年人。在她眼里的父母：“一个是老得泡不动妞的，一个是老得没人泡的妞”；父亲唯一的突出之处是椎间骨（椎间骨盆增生），母亲则既长得不好看，又特别媚俗；甚至两人“鱼水缠绵”的私密场面，也被她以其治人之道还治其人之身地作为商品中的精品来展览。其他在书中露面的成年人也都只获得了展示负面形象的机会：她的老师，除了“唐老鸭”（一个姓唐的男教师）还具有暗恋价值外，几乎个个都滑稽，人人可笑。而且我们在阅读《正在发育》时会发现，她专挑人的缺点和世界的可笑处来写，对世界存在的另一面即真善美不感兴趣，她只在揭露人和世界的缺陷时才表现出智慧和创造力，一旦直面正常的世界和人生，其文字就变得平庸干涩。针对蒋方舟被引用得最多的一段话：“人一结婚，不出 5 年，男的就不去仔细地完整地看自己的老婆了，即使看了，也不会仔细看第二遍。然而，我找男朋友是大大地有标准的。要富贵如比哥（比尔•盖茨）、潇洒如发哥（周润发）、浪漫如李哥（李奥纳多）、健壮如伟哥（这个我就不多解释了）。”有评论家惊呼：“她才 12 岁。我本来想说读了这段话大惊失色，但想到这年头什么事都可能发生，我就不去招人讨厌了。然而这位小朋友的话，怎么看都怎么觉得像一个身经百战的情场老手的宣言。这里表现的人情的练达，对金钱和男色的痴迷追求，都到了出神入化的地步。这真是一位风情万种，令人想入非非的旷世才女。”这段早熟的文字暴露出少女发育过程中被扭曲的方面，也折射出教育的某种失误和弊端所导致的青少年不能正常发育的可堪忧虑之处。

因此，问题不在于蒋方舟这个小女孩可否表达她的早熟和极端，可否宣泄她的不满和需要，关键是蒋方舟以成年人的言说方式和对时下调侃戏谑话风的追随，使其文本世界与现实世界发生了严重的错位，既失之油滑，又欠缺真实。

低龄化写作虽然给当代文学的多元格局注入了新的活力和更多的兴奋点，但问题也是显而易见的：首先是少年写作的成人化倾向，这种倾向使他们的写作显得虚浮和为赋新诗强作愁的空洞，而他们青春期的心理情绪却没有真正反映出来，他们对传统的反讽也失之油滑和做作，最该确立的对抗精神却压根就没有。这就使得他们的表达和生活积累发生了严重的错位。其次是商业化炒作使低龄化写作无法得到自然的发展，以韩寒带头的文坛神话，宣传成名迅速致富，因而在青年读者中确实产生了非常消极的负面影响。而且由于太多文学之外的东西的介入，使许多年少甚至年幼的作者逐渐失去自我，而沦为文化快餐业的童工。

三

时尚文化与时尚小说，千姿百态，异彩纷呈，给生活带来了奇观，也给文坛注入了活力，但彩霞能遮蔽乌云，奇花下埋着陷阱。如何甄别精品和垃圾，如何在时尚大潮中不迷失自己，需要培养我们具有理性的鉴别眼光和把握时尚的一种基本的价值尺度，少些模仿克隆，少些附庸风雅。当我们被时尚风潮所诱惑的时候，我们要留一份清醒给自己，使自己不至沦为时尚的奴隶。先哲苏格拉底曾说：“没有经过审视和自审的生活不值得过。”时尚也不应该例外吧！

（原载《泸州职业技术学院学报》2003 年第 4 期）

写在学问与谈资之间
——评《明朝那些事儿》（二）

在大多数人的眼中，历史是有趣的。历史的演绎，也就借着人们的好奇，成为街头巷尾的谈资和荧幕、舞台上的主题。学问家们自是瞧不起这些属于茶余饭后的爆料的。但学问家们的执著，却又使得那些不乏爬梳、论证、阐述和洞见的著作，或过于正襟危坐，或失之佶屈聱牙，很容易就把人们的好奇和兴趣给挥霍掉了。

这便是学术探讨与日常认知之间常见的裂隙。由此我们看到，历史特有的普适与广博，把这个裂隙很明显地摆了出来：似乎人人都关注历史，史籍却是图书馆中最生僻的读物；似乎人人都好谈历史，以史为鉴却只是学问家们热衷的事；似乎每个历史学家都载着满腹学问，草根社会却并不仰慕这样的精深……于是，在艰涩的史料与大众的偏好之间寻求平衡，成了一个需要仔细思索的问题。《明朝那些事儿》的出现，算是一种有益的探索和突破。

《明朝那些事儿》是一部移植于网络博客的历史作品，据说，其作者“当年明月”博客点击量屡创纪录，俨然红极一时的网络写手。虽然近日又有人指出这些点击系造假得来，但该书自 2006

年第一卷出版以来，已陆续出版 6 册，在不少图书销售榜中皆名列前茅——“畅销书”的名头， 总该是真的。

畅销的历史类书籍，不外三种：一是披露公众渴望了解的历史真相的揭秘作品；二是思想深邃足以成为人类文明引导的经典作品；第三类则是以大众文化的笔调写出历史故事的通俗作品。而《明朝那些事儿》，无疑属于第三种。

作为中国最后一代汉族王朝，明朝的故事倒真是可以拿来说一说的。与中国历史中所有颇具气象的王朝一样，三百年间的大明王朝，自有它的盛衰之变，自有它的宠辱之争，自有它的古今之思，自有它的华夷之辨——如此丰富的内容，是这本书耐读的基础。《明朝那些事儿（贰）》所涉及的，又正是大明王朝特别波澜起伏的一段：《永乐大典》、郑和下西洋、仁宣盛世、土木堡之变、北京保卫战、夺门之变——哪一个不是趣味盎然的词条？下落不明的建文帝、文韬武略的朱棣、命途多舛的解缙、意气风发的郑和、力挽狂澜的于谦——哪一个不是响当当的人物？把这样的事件和人物从历史的故纸堆中牵出来，让浮躁的现代人群饶有兴味地看他们粉墨登场，演绎了一出又一出的悲喜剧，领味“其实历史本身很精彩”，当然也是有意义的事情。

写明史的书历来不少，其中不乏畅销者，黄仁宇所著《万历十五年》，阎崇年所著《明亡清兴 60 年》，都可作为代表；至于如樊树志这样著作等身的大家，亦为不少读者所推崇。

以学术水平而论，《明朝那些事儿》当然无法与这些作品相比。但应该承认，它对历史的态度基本上是端庄的、严肃的。此书主要依据《明史》和《明实录》这两种明史学者公认的重头史料，也参考了一些事件当事人的笔记；对一些长期存疑的问题，作者直陈其惑，以避偏枯。其基本写法，则是将生涩的《明史》与《明实录》，用网上流行的方式表达出来，没有什么特殊的创见。就拿这本书的谋篇布局来说吧，一帝数章，一章一事，先帝后臣，一人一转，这便是纪传体的影子；先言事再表义，以后人之姿喜之哀之，刁之鉴之，这便是春秋笔法的神气。作者自述其立意，并非新论卓识、垂范后人，不过是“以史料为基础，以年代和具体人物为主线，并加入了小说的笔法，对明朝十七帝和其他王公权贵和小人物的命运进行全景展示，尤其对官场政治、战争、帝王心术着墨最多，并加入对当时政治经济制度、人伦道德的演义。”借于此，可说它基本上是忠于历史的，但也可说它基本上是囿于成说的。

所以，《明朝那些事儿》的成功之处，并不在史学架构，而在文学演绎。可以说，当年明月成功地把明史改编成了故事，伏笔、悬念被信手布下，而且情节生动，引人入胜，环环相扣、高潮迭起，让你不往下看都不行。例如作者描绘的每一个人物，从解缙、郑和到于谦，莫不是用的说书人的套路，起笔于懵懂之时，伏笔于发迹之前，直至读者耐不住了性子，才大大地写一番人物的千古故事。例如作者叙述的故事，从修书、远航到篡位，莫不是放下史家纵横捭阖的优越感，而将“人物决定故事”的小说路子，一直走到底。除了充满戏剧性冲突的内容结构，此书的文字也饶有趣味，只言片语，亦颇具创意。例如作者在谈到篡位的朱棣和隐匿的朱允炆时说：“坐在皇位上的那个，解脱的是精神，藏身民间的那个，解脱的是肉体。”对照互文，意味深长。在叙述朱祁镇的祖母因失去丈夫即从皇后擢升为皇太后，失去儿子后又从皇太后擢升为太皇太，为之总结：“每失去一个亲人，她的级别就提升一次。这大概是世界上最令人痛苦的提升。”寥寥几句，也得见作者智慧的闪光。

至于作者自己似乎不乏得意的“对政治、战争、道德和帝王心术的用墨”，委实罕有深刻之处，不管是对内阁建制的结构分析，还是对朱棣远征的战术探讨；不管是对于谦平行的褒贬，还是对英、代二宗的权衡，议论多流于芹曝之献，行文也有些乖张无稽；基本风格因刻意迎合读者而太过流俗，故事结构因史实的制约而略显生硬。于是，有人说它既不沾学术的边，也未入文学的门，但在笔者看来，这倒正是它的独特之处：故事化的叙述和草根化的文字，给大众不易接受的史籍、学理换了身便装，再推上街头巷尾，让它们游走在学术和谈资的交界处，无论其瑕疵如何刺眼，总不失为一朵文化之花。通俗和学术的杂交，意义与谈资的兼顾，正是它的优势和特色。

起于洪荒之时的中华文明，渡尽劫数走到明朝，早已不再如煌煌盛世那般拉风，而是在厚重与积淀中，借着文明所勾勒的规则，尽力保持行走的速率。间或出现一片“大好形势”，不过是“老夫聊发少年狂”罢了。我们可以说这是一个好的时代，也可以说这是一个坏的时代。说它好，是因为它结束了异族对汉民族的奴役，让几千年的中华文明精粹——立国之道尚礼义不尚权谋，根本之图在人心不在技艺，社会生态乃“人际之事”的精微探寻——在这个朝代得到了最高程度的提炼与发挥，并以前所未至的疆域和“永乐大典”“郑和下西洋”等盛事，实现了民族文化的再度辉煌。说它坏，是因为曾经德泽四海的庞大文明已经开始衰亡，“远人不服则修文德以来之”的优越感，已经开始受到西方文明的冲击，而不再自信的古国却关起大门，营造最后的自我安慰；民族文化的积弊在这个朝代的复杂制度中生成最牢固的状态，也固化了社会矛盾和矛盾的解决方式，导致了汉族王朝又一次被异族所颠覆，它必然要承担并不仅仅属于它的历史骂名。且不谈那些阡陌风物、闾阎细事，单看政治生态中君臣间的颉颃和制衡、近侍与外朝间的龃龉和沆瀣、知识分子与国家政治间的纠结和隔膜——这些遗产依然流传，至今在中土投射着阴影。可以说，读懂明史，也就在很大程度上读懂了中国。记得文革时期上海“笔杆子”的领导朱永嘉，在“文革”后获罪，狱中只读《明史》，不事其他，出狱后抚膺长叹：人家家里夺嫡，我们跟着凑什么热闹——恍然大悟之慨叹，或源于对明史的通透吧？

总之，要想逾越学术研究与大众偏好间的鸿沟，是一件十分困难的事。多数的历史学家对此并无兴趣，他们借着自身知识所给予的优越感，兀自畅游在历史的海洋中。而那些被学术精英所边缘化的历史普及者们，却践行着这样的使命，在学问与谈资间，写着属于大众的文章。

《明朝那些事儿》，就是这样的讨大众欢心的精彩文章吧。

（写于 2008 年 4 月）

天马行空的狂想曲
——读韩寒的《光荣日》

韩寒，作为“80 后”的领军人物，最早让我们领略了他的思想的叛逆和黑色幽默的文风。从他的成名作到今天的《光荣日》，那里可以看到许多东西——辛辣的讽刺、刻薄的嘲笑、似曾相识的黄段子和荤笑话，以及他们那代人年少时难以抹去的种种记忆。看《三重门》的时候，恰逢网络小说风行，脑子里曾经冒出过一个想法：韩寒如果来写一本魔幻小说，不知道会写成什么样子？现在终于等来了他的新作《光荣日》，就打着“韩寒第一部魔幻现实主义著作”的旗号。待看完全书，方知韩寒确实有两刷子：没有魔法，没有异族，也能成就一本魔幻小说。

这是一个以“山区支教”为主要线索的故事：七个大学生毕业后下乡支教，来到领头老大的家乡，介入了山区小县城荒唐和沉闷交织的日常生活。他们迷路、游荡、胡闹、瞎搞，肆无忌惮却又茫无目的；他们挑战生活习俗，拆解教学常规，收容无家可归的小姐和惹事闯祸的老头，甚至嫖娼宿妓、包养歌女、倒卖黄碟、制造炸药……韩寒不愧是看着周星驰电影成长起来的一代，无厘头的联想天马行空，把许多平时根本无法联系到一块的事，怪异离奇的故事，荒诞不经的情节，都被正儿八经地拉扯在一起，让自己的叙事有了出人意料的新意。虽然这样的结构经不起常识的推敲，但有了“魔幻”作旗号，任何的荒诞不经都可叙述得理所当然。有意思的是，韩寒也与国际接轨，模仿着外国剧集，披挂起“第N季”的外衣，这不仅有助于缓冲讲好故事的压力，还可以让许多半残不落的情节勾起粉丝们对下一部书的期待，无形中扩大了作品的影响力以及受关注的程度，不失为一种聪明。

《光荣日》的“第一季”并不复杂，像韩寒其他的书一样，不长的篇幅半日便可读完。不可否认，韩寒的文字表达方式是很多人喜欢的类型，与“憨豆电影”颇有相同之处：你不必动脑子，只需要一口气地看下去。但和憨豆的轻松愉快的搞笑不同，这种貌似随意的流畅文笔和极强的幽默感，往往以讽刺为重心，讽刺的对象从主角的同学到政府机关的官僚应有尽有；常常玩一些文字游戏，把拆字和谐音拿捏的非常到位，却有着很鲜明的风格和明确的目标指向；再加上些针砭时弊的字眼，甚至在一些禁区的边沿“打擦边球”，再骂上几句小市民们不怎么待见的几个职业，像说相声一般抖着一个个包袱，这就迎合了许多人的口味。小说的开头，便将镇长与警察局局长的无能和不作为描写得活灵活现，特别是镇长在麻将桌上的那一句“好好，Fuck好，我就欠Fuck”，让人甫一开卷就会心一笑。大学生们来到孔雀镇后，米旗去买黄碟的一幕更是让人印象深刻：卖碟的人告诉米旗自己有赵祥的《动物世界》，估计看到这里的人都能明白，这是拐着弯儿地在揶揄某人以及他那闹得沸沸扬扬的性丑闻。粗略统计了一下，在《光荣日》里，被嘲笑讽刺得最多的，便是公务员和警察。什么都想骂，什么都能骂，什么都敢骂，对一切虚伪和异化现象极尽尖酸刻薄之能事，洋溢着一种挑战世俗、揭穿虚伪的快感。从这个意义上说，韩寒的风格不仅仅是一种语言修为，还带有极强的文化反叛色彩和现实批判的内力，那种深入骨髓的叛逆精神和解构追求，从《三重门》开始，一脉相承，嬉笑怒骂、酣畅淋漓，往往能看得读者大呼过瘾。

作为小说的“男一号”主角，大麦，这个讲义气有运气还有超高人气的团队老大，带着一帮看起来并不怎么正常的兄弟，与其说是在支教，不如说是在搅局——随心所欲地修改校规，让“每节课的老师都是随机的”；让从良的妓女给学生仔上课，把政治课搞成了“拉链门”；让一只缺了两条腿的狗当体育老师，还一本正经地宣布“这是西方国家上体育课的模式”；突发奇想地给小学生上社会学，却说“社会学就是王八蛋”……看得出来，支教只是一个堂皇的借口，胡作非为才是他的目的，或者压根儿就没有任何目的——这种做派的高潮是他安排同伙精心研制土造炸药，制造了一次破山毁校的大爆炸，却不知所为何来，其“作案”动机是什么？——也许是为了与当地的混混们分庭抗礼，也许是与现存俗规较劲，也许纯粹就是为了好玩，又或者什么都不是。这是一个但求反叛不问目的、只想惊人不管价值的叛逆形象，虽塑造得不无纰漏，但却能给人留下深刻的印象。

但严格说来，《光荣日》的人物形象刻画得并不成功。细嚼慢咽的读完整部小说，最后脑海中留下印象的，竟然只有大麦、哈蕾和那位拥有着一台声控液晶电视的阿婆。而和大麦同来，且本该是主角的另外几个家伙，却血肉模糊，甚至还弄不清他们到底谁是谁。作为一部小说，没有成功的刻画出人物形象，无疑是有些失败的。此外，故事的情节感觉过于天马行空，整体上有些凌乱，给人一种想到哪写到哪的感觉，往往读着读着便有些丈二和尚摸不着头脑了。即使魔幻、荒诞，也应有内在的精神主线统着，在伸放自如中仍不失内蕴的厚重，《光荣日》似乎还欠缺这点。可以看得出来，整个故事的高潮开端在“第一季”的结尾，似乎还有更重要的情节应该在第二季或第三季里出现。但韩寒却在扉页上写着：“我不能承诺什么时候给你们下一季，其实我也不知道总共有几季。万一跳票时间太长，你们可以骂我，但别催我。”这是韩寒刻意设置悬念，还是底气不足，这就让人在期待之余又有些失望：这也是韩寒特有的天马行空的狂想的一部分吗？

（写于 2008 年 6 月）

将感觉做得雅致，使思绪浮于轻浅

——略说安妮宝贝的《素年锦时》[①]

在2007年的“交叉榜”里，同时上了5个排行榜的有5本书，选《素年锦时》来评说，是因为它在豆瓣网受热捧：在豆瓣网和《城市画报》联合发布的“2007少数派阅读报告”中，它是同时进入三个榜单的唯一一本书：“10大话题书”第一，“10大多义书”第三，“10大渴望书”第六，而在这最后一个榜中，它还是唯一入选的汉语原创书。这个“报告”为《素年锦时》写的评语称：“这是473条评论的作者和2381个跟帖人用键盘和鼠标‘投’出来的”，还说《素年锦时》的夺冠是“不出所料”。

这是一本内容很“杂”的书。四辑文字分别被冠以“冬”“秋”“夏”“春”，前三辑是随笔，也有人说是“杂文”，都是她“自言自语”，以一个词语比如“祖母”“阅读”“自闭”等为题写下所想所感。而第四辑像是一篇小说，有情节有人物也有次第展开的故事。作者自称：“我写的小说像散文，散文又像小说，那或许是因

①.《素年锦时》，安妮宝贝著，作家出版社，2008年1月第3次印刷。

为我是个趋向关注状态而抹去观点界限的人。”

这些随笔的标题，既有“大宅”“一条河”“池塘”和“村庄”，也有“写作”“书写”“短句”和“风格”；既有很思辨的“客观性”“危险性”“存在”和“天性”，也有很具体的“食物”“祖母”“青蟹”和“游戏”——真是无所不谈，无所不写。作者对生活、对环境、对社会，感觉细敏，文字精致典雅，但明显有“做雅致”的刻意；而笔触所及的所有话题，都是半吞半吐，可美其名曰轻灵飘逸，也不妨说是轻浅乏力。

比如这一段《一期一会》，可谓典型：“生活的根基，是一颗自然的平常心。如同涓涓清流从心底淌过，来自我们对世间周遭的人与事和睦妥当相处的道路。它是一种无法言说的愉悦，是不那么确定的事。不剧烈，也不荣耀。如花期一期一会，活在当下。”似有所悟而又浅尝辄止，不乏愉悦但却不耐细品，太多的雕琢、太多的取巧，好像“文学工艺品”。

而在《困顿》一篇中，有一段文字可看成是安妮宝贝的“小姐自道”：“如果写作是一种治疗，这种治疗充满矛盾。一边自我控制一边反复刺激病灶。扩大，试图收敛。疼痛，试图麻木。剧烈，试图回避。伤害，试图完整。”透过这段很吃力地追求着跳脱的表白，分明能读到四个字：“把玩精致”。

这种打磨精致的做，常使安妮宝贝的文字陷入一种悖论，如她说：“大部分被说出来的话，是糖果和泡沫，色彩鲜艳但瞬息成空。它们不能充饥，但令人忘却暂时的煎熬”。安妮在随笔里谈写作，说："一个写作的人，不能轻易地对自己的工作产生怀疑。如果他对写作产生怀疑，他是对自己生了疑心。"但这种不疑心的另一个结果，是对自身失去反省功能——《素年锦时》尝试做一次清谈，谈到的不满意处，都是纷纷扰扰俗世，庸庸碌碌俗子，而自己始终是孤绝美好、清洁自持、与大众划清界限的。但也许所有的大众，又还都希望自己矫矫不群，是安妮小说中与众不同的那一个。以一种自绝于大众的姿态，却成为一个畅销书作者，不是知识界，不是理论界，而是大众、是作者选择了离他们远远的，他们向往的安妮宝贝。

因此有论者指出："以反物质的姿态热诚地描写物质，以反抒情的姿态细致地体会情绪，以及以反书写的姿态写了一本书——这些都是安妮的悖论。"

而我看来，这种悖论就是做的必然结果抑或说是刻意为之的安妮逻辑——先以把玩的心态修饰自己的感觉（兼顾沉浸和抽离），再用这样的东西去装饰别人的生活（兼顾装饰和雅玩）——这不就是工艺品的生产和消费过程吗？

工艺品可以"美化生活"，所以最能"雅俗共赏"。豆瓣网的"年度报告"，各类名目的排行完全是以一年中自然形成的点击和评论为序，放任自流，便很真实地反映着当下的趋势。三年前就有论者指出："安妮宝贝的崛起如她所说，'没有侥幸'，她依托网络，以其流畅的文字，都市爱情题材的书写获得了她在文学场域的地位。与20世纪的中国作家相比，21世纪的安妮宝贝更有理由骄傲：因为她不是政治，而是‘读者选择的’。”

造工艺品的多是工匠。文字工匠也是人民生活的需要，尤其是《素年锦时》这样丝线一样的文字（借用了一个书中爱用的优美比喻），对于打拼得疲惫、追求着慵懒的白领女性的心灵慰藉的需要，《素年锦时》仍值得品嚼。所以我们不必像苏七七那样去追究安妮宝贝的“悖论”。但我想，工匠是应该讲究精细的，在售出的工艺品上留下疤痕这样的硬伤，对于要做到高品次的安妮宝贝来说，却是无论如何都应该避免的。那么，像下面这样明显的瑕疵，就很刺眼——在《游戏》一节，安妮宝贝说她五六岁时是住在城里的，“在祖母家寄养”直到七岁入学（P.029）；而在《童年》一节，她又说自己“拥有在乡村度过的童年”，是跟着外祖父外祖母长大的（P.035）。是作者疏忽大意，还是我没读懂呢？

但不管怎么说，“《素年锦时》呈现出一个自由写作者在多年写作之中，持续开拓的文字疆域和思考力。‘深林人不知，明月来相照’，字字句句，所思所想，如同穿越月光夜色的清越笛声，一个始终执守边缘的写作者和她内心深处的素颜女童彼此分裂交错，出入文字，漫游无人之境。”安妮宝贝受到热捧也不是没有道理的。

（写于2008年8月）

畅销是有道理的，深究是不靠谱的

——评《巴别塔之犬》①

这是一本畅销书——在原产地也畅销，中译本也畅销，有半年间的 12 次重印为证。

畅销需要故事，故事需要悬念，而古往今来，小说家们批发的悬念争奇斗艳层出不穷，老套子多了，翻新就是个问题。

《巴别塔之犬》的作者不愧是写畅销书的老手，她让一个新婚不久的女人突然死亡，使死因成为第一个悬念；再让死者在家中留下一些可疑的线索，挪动了家庭书架上几十本书的位置，使这个挪动的意图成为第二个悬念；第三个悬念是本书的“书眼”：死者的丈夫为了弄清死因，竟试图训练一条叫罗西的狗开口说话或读书认字，因为罗西是死者的爱犬，也是死亡现场唯一可能的目击者，它可能知道死因和实情。为此，这位痴情的丈夫抛开了自己的工作，一头扎进这个异想天开的试验中，这个乖情悖理的试验能否成功，成为本书的第三个悬念。而且，人狗之间的交流

①.卡罗林•帕克丝特著（美），何致和译，南海出版公司，2008 年 2 月第 12 次印刷。

如何进行，罗西会不会有石破天惊的表现，死亡之谜的破解是不是要等到狗说人话——这都是前所未见而又颇为有趣的悬念，在视狗为人类之友的美国，这样的构思就更有意思。这还没完呢。在试图让狗说话的试验中，又牵出了一群不讲“狗道主义”的业余研究者，他们孜孜不倦呕心沥血地要让狗说人话，到处搜罗供其试验所用的犬只。除了训练，还动手术，其虐待和残害，让曾遭不幸而侥幸逃脱的罗西回到故地仍胆战心惊。于是，这伙人以“地下工作者”的姿态与动物保护主义者和警方捉迷藏。失踪的狗、被追逃的非法组织、“小狗说话”的传言是否属实、“外科手术”对于让狗开口的效果如何，成为本书主悬念之外的插曲，丰富了故事的色彩。作者似乎还不满足，又采用了时间交叉的叙事结构，使死者婚前的生活和其丈夫事后的探究交替展开，让一次次短暂的停顿构成一个个“且听下回分解”一般的噱头，辅助着主悬念的渐次廓清……

这样的谋篇布局，当然是该书畅销的重要原因。不过，作者的文笔也足够好。全书叙事清晰，刻画生动，人物性格既出离凡庸又合情合理，生活背景既波澜起伏又逼真可信，场面描绘细腻入微且情景交融，尤其是全书最出彩的这只“巴别塔之犬”，包括它不幸的幼年、侥幸的逃逸、中间的幸福成长和后来的惨遭不幸，特别是它对女主人的一往情深，对主人自杀念念不忘而又无法言说的郁闷和难过，还有在男主人强扭天性的训导和匪夷所思的期待中表现出的憨厚无奈和愚顽抵触，种种情态全都栩栩如生，使这个“狗物性格”鲜明异常。非常扎实的文字基本功，恰到好处地展现着作者特殊的视角和细腻的感受，流畅的文字意趣贯穿全书，这肯定也是让读者保持阅读期待不致中断的重要原因。

正是有了这样的阅读心态，所以，当全书结尾真相大白之后，尽管它在构思上的漏洞非常刺眼，我也分明感到了众多论者津津乐道的所谓“人际隔阂”“沟通艰难”“情爱提示”“伤情赎罪”之类的主题，其实非常扯淡，但堪称愉悦的阅读过程，基本能让我满意。

从读物中寻找中心主题思想意义，这大概是中华人民共和国的语文教育制造的阅读疾患。作为小说，我们对它的基本要求应该是文字可读，故事可信，人物活动能让我们牵挂，最好还有点儿点化日常情态的奇思妙想和清词丽句。至于“意义”，一个月亮下面可以有一千根手指。立意深刻着想邃远的小说家，当然也有，甚至还有雨果、左拉、托尔斯泰和陀思妥耶夫斯基这样伟大的思想家，但这是凤毛麟角，可遇而不可求的。像这样一本主要依赖技巧（也就是说并不看重其思想意义）、主要诉诸好奇（也就是说基本忽视读者的道义冲动和良知唤醒）的畅销书，构思上固然出奇制胜，但也就说明着其人物和情节都异于生活常态；逻辑上又明显的漏洞百出，经不起起码的推敲——从这样的畅销书中去找寻历史社会人性之类的大道理，从一个典型生出无穷遐想，多半是借文本的酒杯浇自家胸中块垒，其意义取决于你的学养、襟抱和境界；否则，直接就是犯傻。

至于该书的漏洞或曰败笔，不妨略举其二，以免凿空而论的嫌疑：第一，露西死前头一天，曾和丈夫发生过激烈的冲突，并有歇斯底里的发泄和向隅而泣的枯坐，而在丈夫对妻子的生前追忆中，这个情节最后才被想起，这符合一个寻找妻子死因的丈夫的心理活动吗？这样的安排，是不是太讲小说技巧而有违人情之常呢？第二，死者生前挪动了49本书，由每本书名挑出一个词，就组成了解读死因的密码——那是死者童年时代读过的童话故事中的一句话，但是，作者并没有交代那些书名上有什么特殊的标记，而书名的长短差异如此之大，拼凑出这句话的"关键词"，词性形形色色，各自在书名中的位置又毫无规则可循，死者丈夫是怎么从长者多达21字、最少只有2个字的那些书名中，把这些单词一个个挑出来的——每本书被挑出来的字数还多少不等呢！以我的智商，无法想象。况且，死者作为一个专业制造死亡面具的艺术家，能在死亡的徘徊中对字码游戏这么精细吗？其实，本书的悬念已经够多，未亡人对死因的探究已经够细，死者留在心理咨询热线上的线索，也足以回答是自杀还是意外亡故——所以，即使从技巧的角度来看，这49本书名筛出来的一句话，实在是画蛇添足。

不过，毛病归毛病，《巴别塔之犬》还是不妨一读的，至少，人家对悬疑的最终破解还是不违反常识的，不像电影《天地英雄》那样只能请法力无边的佛光来消灾解难，简直是贻笑大方。闲时翻翻，不乏趣味——如果你碰巧又养着宠物犬的话，那就更有意思了。

（写于 2008 年 9 月）

文学脉动：中国现当代文学新变

一、经典的颠覆与重置

近年来，时代社会的急剧变化，已经远远超出人们的想象力和心理防线。思想文化的变迁使得一向敏感的文学也紧随潮流而动，无论在观念形态、本质认识等方面都在进行深度的探索，文学情态也在发生着多元的改变。由此，一些权威的地位被摇撼，一些经典名篇受到质疑，一些全新的认识正在重建。透过这些文坛景观，当能触摸到文学发展的生命脉动，感悟到历史的脚步匆匆。

㈠ 排行榜的新定位

“经典”意味着一种稳定的秩序。某些作品被合法化地接受，并奉为价值尺度，如现代的鲁迅、郭沫若、矛盾，巴金、老舍、曹禺；当代的“三红一创”“山青保林”等。在社会思潮、文化秩序发生变动的时期，经典的秩序本身也在改写之中。进入80年代以来，有关经典的审视一直在进行；海外学者夏志清的《中国现代小说史》（1979年香港中文版），致力于“优美作品之发现和评审”，不仅对鲁迅、巴金、丁玲的褒贬和我们的主流说法不一样，而且更为重要的是对那些过去被边缘化的作家，用了相当篇幅去讨论，比如张爱玲和钱钟书。给张爱玲有 47 页，给鲁迅只有 27 页。他称张的《金锁记》是从古以来最伟大的中篇小说。这使得沈从文、张爱玲等作家的名字，在鲁迅、郭沫若、矛盾，巴金、老舍、曹禺之外，渐渐演成了新的文学热点。当沈从文、周作人、张爱玲，这些在中国现代文学史上曾经那么辉煌耀眼的名字再度出现在我们的视线中时，带给人们的不仅是审美的奇异、怀旧的快慰、知性的咀嚼，更能由此而引发出对历史的反思和清理，对文学本质的思考和探究，对世态人性的洞察和体验。

而在“重写文学史”中，对《子夜》等经典之作的重评也具有相当的颠覆性。据学者樊骏统计，在《中国现代文学研究丛刊》上以 1989 年为界，前 10 年研究鲁迅、郭沫若、矛盾，巴金、老舍、曹禺的文章占作家作品研究的半数以上，而后 10 年则缩减为四分之一；对张爱玲、沈从文、萧红、林语堂、穆旦等的研究文章明显增多，有关闻一多、赵树理、夏衍等人的文章显著减少。在《二十世纪中国文学大师书库》中，小说卷大师“排行榜”上茅盾的落选和金庸的入选，曾引起沸沸扬扬的争议，而茅盾落选的原因就是：作为小说家，他的作品“总的说往往主题先行，理念大于形象，小说味不够”。由专家和新浪网联合举办的评选“世纪文学 60 家”的活动，专家投票推出的前 6 名是：鲁迅、茅盾、张爱玲、曹禺、汪曾祺；郭沫若位列 32 位，排名仅在金庸之前，巴金、老舍分别以 23 票位列第 7 和第 9，周作人则名列第 8。

在新浪网上的投票则是现当代作家分开进行，现代作家前 6 位依次是鲁迅、钱钟书、张爱玲、老舍、沈从文、朱自清；当代作家中除得票率名列前茅的金庸外，其余几位依次是：顾城、贾平凹、余华、三毛、路遥。郭沫若排名 34 位。2007 年度，中国作家实力榜提名前 10 名为：莫言、史铁生、余华、阿来、贾平凹、北岛、苏童、王安忆、阎连科、北村；中国作家富豪榜排名前 10 名为：郭敬明、于丹、易中天、郑渊洁、饶雪漫、王朔、杨红樱、曹文轩、王跃文、余秋雨。

2009 年，“天涯杂谈”鬼谷子专栏列出一单颇另类的中国当代作家排行榜，声言：“中国当代小说中，能够经得起时间考验之作品甚少，花开三五日，便成明日黄花，刚出版时论者如云，过不两年无人问津。”排行榜分正副两榜。副榜上称：“为中国文学保持一线血脉者，唯张爱玲是也。”而正榜的排名依序为：“第一名，天魁星呼保义宋江 贾平凹”；“第二名，天罡星玉麒麟卢俊义 莫言”；“第三名，天机星智多星吴用 王朔”。“鬼谷子”的当代作家排行榜虽然带有戏谑调侃的意味，但其古今雅俗的评价视角，也不失为多元文化的一脉体现。

近年来，各种排行榜已是漫天飞舞。一到年底，所谓年度中国作家富豪榜、实力榜、影响力榜以及商业榜均同时出炉，无不使人眼花缭乱。而网上称“这些榜单对中国当下文坛而言，是一次有意义的检阅和反省。”

㈡ 对鲁迅评价的正反攻

鲁迅研究，以它自身的辉煌的历史和丰厚的内涵，在纷纭复杂的现代思想文化界始终是热点所在，关于鲁迅的批评性意见多年来一直不绝于耳，正反批评交锋激烈。如1998年诗人韩东、朱文等人在《一份问卷和五十六份答卷》中颇为不恭地说："鲁迅是一块老石头"，"其反动性不证自明"，"让鲁迅到一边歇一歇吧"。2000年葛红兵在其《给二十世纪的中国文学写一份悼词》中用质疑的口气说："鲁迅的弃医从文，与其说是爱国的表现，不如说是他学医失败的结果。""他的人格和作品中有多少东西是和专制制度殊途同归的呢？他的斗争哲学、'痛打落水狗'哲学有多少和民主观念、自由精神相同一呢？"2000年第二期《收获》开辟了"走近鲁迅"专栏，依次刊发了冯骥才的《鲁迅的功与过》、王朔的《我看鲁迅》，以及早年林语堂的《悼鲁迅》三篇较具颠覆性的文章。冯骥才在文章中说：鲁迅的"国民性批判源于1840年以来西方传教士那里。""鲁迅对传统文化的批判往往不分青红皂白。"(3)王朔在文中则指出："我认为鲁迅光靠一堆杂文几个短篇是立不住的，没听说有世界文豪只写过这点东西的。""我坚持认为一个正经作家，光写短篇总是可疑，说起来不心虚还要有戳得住的长篇小说，这是练真本事，凭小聪明雕虫小技蒙不过去。"林语堂的文章，以反讽给鲁迅画了两副"活形"图："不交锋则不乐，不披甲则不乐，即使无锋可交，无矛可持，拾一石子投狗，偶中，亦快然于胸中。此鲁迅一副活形也。""终不以天下英雄死尽，宝剑无用武之地而悲。路见疯犬、癞犬，及守家犬，挥剑一砍，提狗头归，而饮绍兴，名为下酒。此又鲁迅之一活形也。”

针对以上对鲁迅的批评与否定性评价，不少学人对此展开了反批评。鄢烈山指出，王朔对鲁迅的态度，有痞子话语霸权扩张之态；王彬彬则斥其为流氓似的谩骂，说“对这种流氓似的否定，应该是连眼珠都不转过去。如果确信鲁迅是一棵参天大树，又何须提着壶开水去浇那试图撼树的蚍蜉。”余杰针对冯骥才的看法指出，“硬要说鲁迅中了传教士的计后才批判国民性，这样的批评无忌于刻舟求剑。”而最为激烈的反批评，则是来自绍兴作协主席朱振国对《收获》“走近鲁迅”专栏三文的充满火药味的点评：“可以说冯骥才的开篇是‘点穴’，王朔的卖点是‘抹粪’，林语堂的压卷是‘漫画像’。”他认为，“宗师、奠基人，开先河者，有其不完善之处是难免的，但他们的历史地位是不可动摇的。想以对巨人的轻侮衬托自己的高明，或以为巨人已长眠地下不可能辩诬和抗争而显得猖狂，只能证明自己的愚蠢、浅薄和卑劣。”孙玉石指出，鲁迅其人其作至今还能有许多人去喜欢、去阅读、去研究，也能有人讨厌他，想“搬开”他，就足以说明鲁迅这个人，是不那么容易被遗忘掉的。在“走近”中的不同声音里，透露的可以是一种追求 20 世纪的“经典”多元诠释的信息。王富仁也认为，有人在某些方面对鲁迅不满，但这些不满都带有过渡性性质，他们都不是绝对地远离了鲁迅，而是在一种文化倾向的发展过程中呈现出来的。书评家白烨对此总结说：“客观地看，‘走近鲁迅’

中的文章对于鲁迅的种种看法，无论是看偏了还是看低了，大致仍在学理的范畴之内。而来自鲁迅研究者的理性回应和认真反思，也表现了鲁迅研究的日趋成熟。事实上，正视鲁迅其人其作的社会反应，并针对不同的意见解难、释疑和辩诬，正是鲁迅研究工作的题中应有之义”。

㈢ 韩寒、陈丹青炮轰文学大师

2007 年 7 月，湖南卫视请“80 后”作家韩寒、著名画家陈丹青做了一档节目，二人就“阅读与小说”进行讨论时语出惊人，炮轰了众多文学大师。“80 后”作家韩寒称：老舍、茅盾、巴金等人的“文笔很差”，这些人的很多作品根本不应该放到语文课本里让学生背诵。 陈丹青附和韩寒说：“还有巴金，写得很差的。冰心完全没有办法看。老舍还好，但是不经读，读过就可以了。钱钟书当然学问好，见解也好，但不是我喜欢的那类作家。”陈丹青还感叹那一代老作家作为中国近代文学的开路人，文字都相当幼稚，“除鲁迅一上来就很老成。还有曹禺这样的天才，20 几岁写的剧本，一辈子也知道没有办法超越。老舍的《骆驼祥子》还是很好，虽然还是没有读完；巴金的小时候读过，《家春秋》几乎全忘了，晚年的东西完全没有办法读，什么《真话集》，完全已经没有了才华。”“像余华、苏童，我看一页就放下了”。韩寒也表示说，余华的小说自己一本都没有读下去。

韩寒和陈丹青批评大师的惊人之语，引来一片批评之声。反对派认为：尊敬大师是基本涵养，文学是有传承的。评论家浩歌撰文回应称，“茅盾、巴金、老舍、冰心是我们这个民族杰出的文学大师，是民族心灵史的书写者，是民族文化精神的代表者，其地位是历史的决定、人民的选择，经过了文学史的检验和评价，颠覆大师贬低大家可笑而且徒劳。”浩歌认为，对中国人公认的文学大师贬低嘲讽，伤害了一个民族的文学尊严，对文学大师心怀尊敬之心是一个民族的基本涵养，是一个文人的基本修养。

不过，也有学者对韩寒表示支持，认为对于文学作品的阅读，每个读者都有不同的口味。老一辈文学大师的语言确实有些“落伍”，“文学代沟”的现象客观存在，“应该包容批评的声音，包括对权威的挑战”。

经典的变化及引发的争议，不仅起因于学科内部研究重点尺度的转移，也与20世纪90年代兴起的大众文化、消费文化的冲击有关。文学研究的某些观点经过“包装”“炒作”扩张到大众传媒中，无论是大师座次的重排，还是为20世纪中国文学写下的“悼词”，以及对鲁迅地位的挑战，都表明这样一种“经典”的颠覆与重置的潮流，已成为当代文学的一道文化风景。

二、文坛热点扫描

文学越来越丰富，越来越多样化、立体化，社会生活的变化有多急遽，文学的变化就有多迅速。比之于20年前，今天的文学可拿丘迟《与陈伯之书》里的名句来形容“暮春三月，江南草长，杂花生树，群莺乱飞。”如果说以往文学尚有“主潮”之论，而今谁都没有把握向我们指出文学主潮、文学主流是什么。面对如此纷繁杂呈的态势，聚焦文坛热点，扫描文学新变，当能触摸到文学发展的生命脉动，拓展对文学认识的经验空间，引发对文学更深层次地思考。

㈠ 顾彬引发当代文学评价问题

德国波恩大学汉学家顾彬，在国际汉学界有相当的影响。但他引起中国当代文坛的广泛关注，并非是他的翻译作品，而是他的批判言论。顾彬从中国作家的文学信念、国际视野、语言能力、使命意识、责任担当等方面对中国当代文学发出了严厉的质疑。

2006年12月11日，重庆某报以《德国汉学家称中国当代文学是垃圾》的醒目标题，称顾彬在接受“德国之声”访问时，以“中国当代文学是垃圾”等惊人之语，“炮轰中国文学”。对在国内红极一时的《狼图腾》，顾彬评价是：“对我们德国人来说是法西斯主义，这本书让中国人丢脸。”面对上世纪末在国内红极一时的“美女作家”，顾彬认为那“不是文学，是垃圾。”顾彬先生发表的中国当代文学“垃圾论”如同一块巨石，狠狠地砸向中国文坛这“依流平进、暗香浮动”(白烨语)的一湖秋水！上述报道一出，多家国内和境外媒体迅速转载这个报道，越来越多的学者也开始发表看法，认为顾彬“妄下结论”。著名学者严家炎、作家张贤亮等就此发表了不同的看法。严家炎一口气向记者罗列了王安忆、陈忠实、陈建功、李锐等10多位当代中国文坛的知名作家，他还特别提到陈忠实的《白鹿原》。

2007年3月26日，顾彬在上海召开的世界汉学大会发表演讲时，又一次对中国当代文学给予了严厉的批评。他在发言中认为：中国当代文学是二锅头，中国现代文学是五粮液；如果一个作家不掌握语言的话，他根本不是一个作家，所以基本上中国作家是业余的，而不是专业作家。顾彬还表示，包括莫言在内，许多作家是"蜉蝣"，只是一种短暂的现象。总之，在顾彬的心目中，当代中国作家整体水平没有超出新中国成立前的那些中国作家。

北大教授陈平原当场表示："顾彬对中国文学的批评不是一个学者对中国当代文学进行研究分析之后做出的学术判断，而是一种大而化之的，凭感觉说出来的话。因此，中国作家也没有必要太在意。"但也有学者显示了相对的冷静。学者肖鹰认为陈平原反应过激。他认为，顾彬的发言切中了当代文学的要害，我们应当认真对待。当前中国文学的低俗化倾向，无疑与当代作家轻视语言和滥用语言的态度有关，更为重要的是，在其背后深藏的是对作家的轻浮心态。作家陆天明承认，中国文学确实存在危机。

总体来说，在点击率、关注度、市场份额成为许多作家追求的目标，在文学创作越来越浮躁和急功近利的今天，顾彬对中国当代作家的把脉或许切中了当代文学的要害。因此，以此为契机，冷静思考一下中国文学的语言问题，应是当务之急。所以，这样一场争议，实际上也有其相当的文学和学理的意义。

㈡"80后"文学

"'80后'文学，是指出生于80年代的年轻人，通过自己的作品，进入市场，进入文学领域的写手的写作。"除了"80后"这一称谓，他们代表的文学又被称为"青春文学"或"新概念写作"，或"少年作家"，但这些都不是准确的理论概念，它还不具备一种文学写作的特点或文学流派的倾向，它更多的是一种文学现象和文化现象。

文学青春化的旋风最早由韩寒刮起。2000年，一位自称"一块上海的大金子"的高中生韩寒在作家出版社抛出了他的骇世之作《三重门》，在作品里，韩寒以一种偏激的行为，狷狂的方式，放纵的语气，孤傲的姿态，向绝大多数同龄人或未成年人不堪忍受的教育和考试制度清楚地表达了他的坚决的不合作。《三重门》不仅敲痛了教育的神经，震撼了文学这片热土，也使整个社会在越来越多的低龄儿童加入文学、出版的大军这样一种态势下失去了平衡。

稍后，湖北女孩蒋方舟，12岁推出长篇《正在发育》。在这部作品中，12岁少女以幽默的语言讲述了自己的心理和身体的发育过程，调侃了给她重压的成人世界，讽刺了包括她父母在内的成年人，这部涉及早恋（"窗外一把"）、性（"我变黄了""泡妞秘籍"）、同性恋等敏感话题，用成人戏谑话风调制的作品让大人大惊失色。

2003年1月，郭敬明的《幻城》出版。《幻城》是一本奇特的书，小说讲述的是一个关于亲情的魔幻故事。与韩寒黑色幽默式的辛辣不同，郭敬明用忧伤凄美、轻灵浪漫的语言书写虚幻世界的神妙。郭敬明后，“80 后”的作品大多充满仰望星空，泪流满面的忧伤。该书一出场便为郭敬明赢得风光无限，2003 年、2004 年连续两年高居全国文学类畅销书榜首，郭敬明也因之成为目前最走红的青春写手，拥有像当红明星一样的追星族，直接被称为出版社的“印钞机”。

紧随其后，与郭敬明一道被包装为“金童玉女”作家的张悦然，其代表作品《樱桃之远》，在对人性的深度开掘中抒写爱情、友情的纠结与排斥，融合与错位。张悦然以才情折服读者，以实力征服市场，她对青春的焦灼和锐痛的抒写，意绪丰满，语言雅丽，其冰清玉洁、空灵飘逸的“忧伤玉女”[11]形象为她争得纯文学的一席之地，并得到了评论界的首肯。

继“金童玉女”作家的成功推出，出版商又包装出“80 后实力派五虎将”，推出李傻傻、张佳玮、胡坚、小饭、蒋峰等。

李傻傻被媒体推荐为“80 后”第一位纯文学作家。他身上散发着湘西和陕北的混合气息，李傻傻由此暴得“少年沈从文”的大名。代表作品《红×》，其笔下的主人公叛逆而放荡，性和暴力是小说中的重要元素，“暴力”有余华的风格，“性”是陕军贾平凹的气息。

因沧桑、颓废的《草样年华》而成名的孙睿被媒体称作“老舍京味儿小说的继承人”，“青春小说的最后一个酷哥”。而特立独行的春树，以书写残酷青春而成为另类青年极端的代表，她的朋克装照片登上了美国的《时代》周刊封面，并成为《三联生活周刊》的封面人物。“青春文学”从登陆文化界就一路飙升，在短短几年时间内就完成了对整个文化市场的征服。青春文学’的发行量动辄上百万，十几岁的写作‘童子军’已逾千人”，“文学类畅销书排行榜前 30 名一半都是青春文学作家”，青春文学图书已“占据文学图书市场百分之十，与中国现当代作家作品整体份额旗鼓相当、分庭抗礼”。

2007 年，在铁凝担任中国作协主席，不少新生代作家登上各省作协领导岗位的大背景下，中国作协接受了“80 后”作家的入会申请。由此，经市场推出、在争议声中成长起来的“80 后”文学，结束了与主流文学界相互对峙、甚至相互妖魔化的局面，与主流文学界达成和解。青春文学这一涓流由此汇入了中国文学的大河。

㈢ 口语诗与行为艺术的诗歌

从 2006 年 9 月 13 日开始，一个叫“梨花教”的 ID，在天涯社区的娱乐八卦论坛，发出一个题为“在教主赵丽华的英明领导下，‘梨花教’隆重成立”的主帖，在 8 天之内，这个 ID 一共发出 28 个与赵丽华有关的主帖，有关回复不计其数，最终使得赵丽华红遍天涯，红上新浪，并且进入寻常百姓家。不过三四天时间，就制造出了“万人齐写梨花体”（谐音“丽华体”，如赵丽华的《傻瓜灯——我坚决不能容忍》:“我坚决不能容忍/那些/在公共场所/

的卫生间/大便后/不冲刷/便池/的人”。这就是著名的“梨花诗”，网友戏称其为口水诗。似乎诗歌就是“回车键”，把一句话拆开来分成几行，就成了“梨花诗”）的壮观场面，一夜间，谩骂、仿写和恶搞狂潮迭起。由此形成了“赵丽华诗歌事件”，被媒体称为自1916年胡适、郭沫若新诗运动以来最大的诗歌事件和文化事件。

本来赵丽华的口语诗究竟算不算诗，可以百家争鸣，论战不休也不足为怪。但在后来的“支持赵丽华保卫诗歌”朗诵会上，诗人苏菲舒当众脱光衣服、大秀裸体，并且旁边还有诗人帮腔说：“这有什么啊，艺术家早就玩过了，诗人来一次你们就受不了了？”一个“玩”字使赵丽华的口语诗由身份认同的论争演变成了与身体有关的诗歌表演。

9月26～9月30日，“80后”作家韩寒在博客上发表评论称“梨花体”，“硬把流氓耍成了一种流派，使萎缩成为一种伟大”。此话使“下半身”诗人恼羞成怒，引发双方混战不休。

20世纪80年代，于坚就认识到，中国文学没有自己的下半身。自此中国诗歌开始了对身体的划段认识和写作，文学回到身体了。在这一思潮的推动下，出现了下半身写作。而所谓下半身写作，追求的是一种肉体的在场感。作为行为艺术“下半身”派的代表人物沈浩波就曾套用韩东的句式宣称：“诗歌从肉体开始，到肉体为止。”因为“只有肉体本身，只有下半身，才能给予诗歌乃至所有艺术以第一次的推动。”沈浩波的《一把好乳》《肉体》以及尹丽川的《为什么不再舒服一些》等。这些诗歌正如他们所宣言的那样："不要传统，不要西方，不要诗意，不要思想"。剩下的就只有"寻找快感，寻找肉体"的纵欲和沉醉。于是，他们把诗歌变味成了一场文字上的快感游戏。

2007年3月，继"裸体读诗"事件后，物主义代表诗人苏菲舒又表演了一次诗歌行为艺术：诗歌论斤卖。同月，为纪念中国新诗诞辰90周年，14位诗人在哈尔滨签署《天问诗歌公约》。2007年10月5日，新疆诗人杨钊"伪自杀"，事后则宣布"自杀是一场行为艺术"，其行为颠覆了所有的深度、价值和意义。与此"伪自杀"行为艺术对应的是诗人余地抛弃刚刚出世的一对双胞胎儿子自杀身亡。诗歌变成了纯粹的行为艺术。

上述所谓的"口语诗"和"下半身"写作，不管是"梨花诗"的玩口语、玩裸体，还是"下半身诗人"的肉体崇拜和文字快感游戏，一旦文学失缺了理智和思想，一旦语言的美感和文学的诗性之美被荡涤一空，一旦文学的美学价值被新闻价值和商业价值所取代，文学的独立和自由就会受到拘囿，文学的存在价值就会受到怀疑，文学的生存发展就会变得岌岌可危。而我们的文学也就成了顾彬先生的"垃圾"论的又一佐证。

以上种种，仅仅是文学新变中的窥斑见豹，还有没被提到的网络文学、打工文学、学者文学、明星文学、玄幻文学等。近年来的文学，难以一言以蔽之，既繁花似锦、炫人眼目，又备受冷落，处境凄凉；既走向式微，又特有活力。透过文学的流变与发展，我们当然希望看到颠覆后有重构，告别后有新生；思想要有身体的承载，肉体应有灵魂的声音。我们理应相信在宣布文学已经死亡，在呵斥文学是垃圾，在抱怨我们没有像样的文学遗产和伟大的作家的声音外,还有更多的声音告诉我们:“文学没有死亡，作家也是打不倒的”（高行健语）。大浪淘沙，泡沫终将会消失。正如林贤治在评价鲁迅时所说:“真正的巨人活在时间的深度里。应当相信，历史终会把最有分量的东西保留下来”。

（原载《山花》2010年第7期）

欲望化、青春化、娱乐化
——全球化背景下当代文学的三种情态

在文化全球化背景下，纵观当代文坛，可谓流派纷呈，热点频涌。文学紧随世界潮流而倏忽变迁，文学伴随着全球化的步伐，并在商业化、市场化的裹挟之下，以炫人眼目的欲望化、青春化、娱乐化的另类姿态出现在我们眼前。文学失去了故有的庄重和典雅，表现出从未有过的青春艳丽、平庸和性感。文学也从未有像现在这样如此地迎合大众，如此地和市场血肉相连。文学被包装、被炒作、被戏玩：有人打美女品牌，有人刮青春旋风，有人炒“肉身写作”，还有以恶搞为趣、以戏说为乐。从卫慧、九丹到木子美到竹影清瞳，从韩寒、蒋方舟到郭敬明、张悦然，从“赵丽华口语诗”引发的“诗裸颂”到“寻找快感，寻找肉体”的“下半身诗歌”，以及恶搞流行风的肆虐弥漫等。文学按市场胃口调制出各种文学大餐，作家也成了造星文化的副产品，拥有浩浩荡荡的追星族大军，并掌控着大众的文学阅读走向。下面就新潮文学的三种情态作一勾勒，通过对全球化背景下当代文学的文化景观的审视，引发我们对当代文学发展做更深层次的反思和探索。

情态一：文学欲望化

主要针对“美女文学”与“肉身写作”。

在 21 世纪的开场白里，推到前沿唱主角的先是一群、后是几个 70 年代出身的女作家，以卫慧一路尖叫着出场，以木子美在互联网上兴风作浪达到高潮。“她们被 Logo（标志）成‘美女作家’或‘另类作家’或‘文学新人类’。她们的作品以女性意识的身体主义写作为主（源自西苏就女性文学提出的‘躯体写作’的口号，指女性用自己的肉体表达思想，其叙述完全从自己的亲身体验和身体渴求出发）。即如棉棉所说‘用肉体检阅男人，用皮肤写作’，也如卫慧所宣称的那样‘钻进欲望一代躁动而疯狂的下腹，做一朵公共的玫瑰’。”这些“公共的玫瑰”对外开放女人的隐私，展示肉体的细节，表达灵肉的放纵，书写欲望的贪恋和满足。卫慧的成名作《上海宝贝》“充满了物欲、肉欲、性、同居、同性恋、吸毒等疯狂极端的另类体验”。小说向我们昭示的是一种重肉轻灵、性爱剥离的另类生存哲学。木子美通过肉身叙事记录床上细节，把她喜欢的“淫乱”“放荡”等词演绎得活色生香。一本《遗情书》不仅达到了自我欲望的放纵，也满足了公众的偷窥欲，把文学的感官化、大众化、公共化推向了高潮。

文学的身体化、身体的商品化将文学向消费文化推进。文学在对市场的跟进中，使文学渗入了越来越多的非文学因子。2006年在互联网上闹得沸沸扬扬的赵丽华口语诗事件更是文学身体化、欲望化的典型例子。本来赵丽华的口语诗究竟算不算诗，可以百家争鸣，论战不休也不足为怪。但在后来的“支持赵丽华保卫诗歌”朗诵会上，诗人苏菲舒当众脱光衣服、大秀裸体，并且旁边还有诗人帮腔说：“这有什么啊，艺术家早就玩过了，诗人来一次你们就受不了了？”一个“玩”字使赵丽华的口语诗由身份认同的论争演变成了与身体有关的诗歌表演。这出文坛闹剧潜藏着某种商业精神，即只要被关注，能吸引大众眼球，那么一切手段都该被允许。赵丽华因骂而出名，苏菲舒因身体而出名，工夫全在诗外。“80 后”作家韩寒在博客上发表评论称其“硬把流氓耍成了一种流派，使萎缩成为一种伟大”。此话虽尖刻，但却表明了青春作家不予认同的审美价值判断。

而作为行为艺术“下半身”派的代表人物沈浩波曾套用韩东的句式宣称：“诗歌从肉体开始，到肉体为止。”因为“只有肉体本身，只有下半身，才能给予诗歌乃至所有艺术以第一次的推动。”沈浩波的《一把好乳》《肉体》，以及尹丽川的《为什么不再舒服一些》等。这些诗歌正如他们所宣言的那样：“不要传统，不要西方，不要诗意，不要思想”。剩下的就只有“寻找快感，寻找肉体”的纵欲和沉醉。于是“身体在文学世界中占据了统治地位，身体的欲求和满足是至高无上的律令”。他们的诗歌创作也就变味成了一场文字上的快感游戏。

以上所谓的“美女文学”“上半身”“下半身”写作，作为对当代文学中曾经建构的身体禁锢和性爱稀缺的乌托邦世界的反动，无疑有其强烈的颠覆性和摧毁力量，在其寻求身体突围和人性探微方面，也为展示人性的丰富性增添了更为鲜活的审美元素，通过身体辐射出来的话语活力更使禁欲的语言死角充满生机和春意盎然。但不管是“美女作家”以私密示人的赤裸裸的欲望宣泄，还是“下半身诗人”为满足肉体欲望的文字狂欢，一当文学失缺了理智和思想，一当语言的美感和文学的诗性之美被荡涤一空，一当文学的美学价值被新闻价值和商业价值所取代，文学的独立和自由就会受到拘囿，文学的存在价值就会受到怀疑，文学的生存发展就会变得岌岌可危。

情态二：文学青春化

此情态主要针对“80 后”写作。

“‘80 后’写作，是指出生于 20 世纪 80 年代的年轻人，通过自己的作品，进入市场，进入文学领域的写手的写作。”

文学青春化的旋风最早由韩寒刮起。2000 年，一位自称“一块上海的大金子”的高中生韩寒在作家出版社抛出了他的骇世之作《三重门》，在作品里，韩寒以一种偏激的行为，狷狂的方式，放纵的语气，孤傲的姿态，向绝大多数同龄人或未成年人不堪忍受的教育和考试制度清楚地表达了他的坚决的不合作。《三重门》不仅敲痛了教育的神经，震撼了文学这片热土，也使整个社会在越来越多的低龄儿童加入文学、出版的大军这样一种态势下失去了平衡。稍后，湖北女孩蒋方舟，12 岁推出长篇《正在发育》，小说讲述了自己的心理和身体的发育过程，这部涉及早恋、性、同性恋等敏感话题、用成人戏谑话风调制的作品让大人大惊失色。2003 年 1 月，郭敬明的《幻城》出版，与韩寒黑色幽默式的辛辣不同，郭敬明用忧伤凄美、轻灵浪漫的语言书写虚幻世界的神妙，该书一出场便为郭敬明赢得风光无限，2003 年、2004 年连续两年高居全国文学类畅销书榜首，发行量超过百万，郭敬明也因之成为目前最走红的青春写手，拥有像当红明星一样的追星族，直接被称为出版社的“印钞机”。紧随其后，与郭敬明一道被包装为“金童玉女”作家的张悦然，以才情折服读者，以实力征服市场，她对青春的焦灼和锐痛的抒写，意绪丰满，语言雅丽，其冰清玉洁、空灵飘逸的“忧伤玉女”形象为她争得纯文学的一席之地，并得到了评论界的首肯。继“金童玉女”作家的成功推出，出版商又包装出“80 后实力派五虎将”，推出李傻傻、张佳玮、胡坚、小饭、蒋峰等。李傻傻为青春注入性和暴力的元素，他笔下的主人公叛逆而放荡，他身上散发着湘西和陕北的混合气息。李傻傻由此暴得“少年沈从文”的大名。因沧桑、颓废的《草样年华》而成名的孙睿被媒体称为“老舍京味儿小说的继承人”，“青春小说的最后一个酷哥”。而特立独行的春树，书写残酷青春而成为另类青年极端的代表，她的朋克装照片登上了美国的《时代》周刊封面，并成为《三联生活周刊》的封面人物。“青春文学”从登陆文化界就一路飙升，在短短几年时间内就完成了对整个文化市场的征服。“‘青春文学’的发行量动辄上百万，十几岁的写作‘童子军’已逾千人”，“文学类畅销书排行榜前30名一半都是青春文学作家”，青春文学图书已“占据文学图书市场百分之十，与中国现当代作家作品整体份额旗鼓相当、分庭抗礼”。

2007年，在铁凝担任中国作协主席，不少新生代作家登上各省作协领导岗位的大背景下，中国作协张开了怀抱，接受“80后”作家入会申请。由此，经市场推出、在争议声中成长起来的“80后”文学，结束了与主流文学界相互对峙、甚至相互妖魔化的局面，与主流文学界达成和解，青春文学这一涓流由此汇入了中国文学的大河。

“80后”青春文学从诞生起就与全球化、市场经济一体化、高科技化、数字化、都市化等结下了不解之缘。他们对全球化时尚文化信息的敏锐捕捉，对叛逆青春的率性抒写，对青春阳光、纯真的刻意稀释，对性和身体的大胆触碰，对语言范式的全面突围，给市场带来了新的看点与卖点，也为文学送来了新鲜的生命元素，但在我们不得不承认“青春文学”所获得的巨大成功的同时，更应该正视他们现有的不足和面临的发展难题：即如何消除拼贴的印痕，如何避免重复的套路，如何打破格局的窄小，如何改变整体的虚弱，如何在生活和写作于一个越来越商业化和媒体化的社会文化环境里，保持对市场化和对时尚化的警惕，耐住寂寞，抵住诱惑，让自己的文学理想在相对纯净的天地徜徉。

情态三：文学娱乐化

此情态主要针对校园流行的“恶搞”风。

“‘恶搞’本来是当前流行娱乐中的的一种搞笑手段，是以文字、图片和动画为手段对人们习以为常的食物事物完全以颠覆的、滑稽的、莫名其妙的无厘头表达来解构，以博众人一笑，或者借此表达作者的某些观点。”而随着全球化、网络化的巨大影响，在“宏大叙事”渐渐退场，个人化、游戏化、无厘头逐渐风行的创作背景下，恶搞大肆流行，校园“新作不断”。

“曾经流行一时的《Q版语文》是很典型的对文学范本的恶搞，也是文学娱乐化对教育的一次猛烈冲击。在一本封面标有‘全国重点幼稚园小学优秀教材’字样的《Q版语文》中，卖火柴的小女孩变成了促销女郎，而鲁迅笔下的少年闰土摇身一变成了古惑仔，孔乙己偷窃光盘叫‘资源共享’，‘愚公移山’值得尊敬吗？把家搬到山后不就成了。”白雪公主穿上了高叉内衣，最为离谱的改编是将朱自清的名篇《背影》改编成了《老爸的背影》：父亲翻月台时，被红袖章逮到，老爸以为是抓计划生育的，原来却是道路违章罚款，虚惊一场，于是父亲在月台做起了“托马斯”全旋。

本世纪初，周星驰的《大话西游》在国内广为流行，他那玩世不恭的、非逻辑性和带有神经质的表演深得内地青年的喜爱。现在“种种以‘大话’‘水煮’‘歪说’命名的娱乐化名著登堂入店，书中的经典人物也被披上了‘江湖’的外衣。”《大话红楼》中的宝玉恢复原身，化为顽石，妙玉、宝钗和湘云解救，师徒三人西天取经，一路降妖伏怪，情丝缠绕；在新版“《西游记》中孙悟空居然生下了‘小孙悟空’；《水浒传》讲的是 3 个女人和 105 个男人的故事”；《水煮三国》打出“以三国故事为底料、麻辣风味的快意管理学”的招牌，从经济角度描写刘备起家史；而“诸葛亮、唐僧、贾宝玉、林黛玉、薛宝钗等则相继在《麻辣三国》《烧烤三国》《唐僧的马》《商道红楼》中改头换面，谈经论道，指点人生，无一例外地变成了调侃、戏谑的对象。”《三顾茅庐》成了三顾茅房，《西游记》变成了《嬉游记》，《三国志》改成了《三国痣》。被看成严肃文学、流传几百年的古典名著现如今被赋予轻浮、娱乐的讲述方式，被任意扭曲变形，种种变相讲解古典名著的低俗化恶搞作品，已成了学生课外阅读最大的污染源。

恶搞之风在文学娱乐化狂欢中兴风作浪、泛滥成灾，受伤害的不仅是一两部经典和一两个英雄，更为严峻的灾难性后果是影响青少年的价值判断，使他们疏远经典，淡化英雄，是非不明、荣辱不分，最终导致精神贫血。但在对恶搞之风作负面审视的同时，也应看到青少年读者在对文学娱乐化的青睐中所反射出的对文学矫揉造作、无病呻吟的反感，对打压他们的成人世界的挑衅和反弹，对童言无忌话语权的争取，以及用文学的白日梦来释放青春的压抑等精神动因。而这些正是文学不该被忽略而已被忽略的生命元素。

因此，以上种种，文学欲望化也好，文学娱乐化也罢，美与人性，永远都是文学不变的主题；青春与欢乐，也永远是文学永恒的颂歌。千姿百态的文学情态，透过外在的浮艳，还有更多的新意和深意值得我们去探究、去开掘。

（原载《作家》2010年第8期）

冷眼悲情睿见深

——从题跋文字看鲁迅精神的偏激与深刻

鲁迅不是完人，遭人诟病颇多，尤其是他的偏激和尖刻，更是生前就树敌无数，死后仍授人以柄。“鲁迅一生骂过的人难以计数，其中许多不仅曾是他的同伴、友人，而且至今仍是值得研究的文化人物。”他早年遇过庸医，就以偏概全，把整个中医一棍子打死，贬薄得恍若巫术；为女师大学潮怒骂杨荫榆校长，竟挖苦到一个女教徒的婚姻状况；他和新月社有隙，就把罗隆基等人因批判国民党而遭受的打压，比为“不幸和焦大有了相类似的境遇”；他因成见而苛责胡适，不仅对胡适忍辱负重的艰难努力视而不见，还屡加冷嘲热讽；在临死前写下的遗嘱中，并非常人的“人之将死其言也善”，而是流露出对人世的深深怨愤：“损着别人的牙眼，却反对报复，主施宽容的人，万勿和他接近。”对生前众多的怨敌，鲁迅决绝地说：“让他们怨恨去，我也一个都不宽恕。”令初读者寒彻骨髓。读鲁迅先生与同时代人物的论战文字，冷峻尖刻，满纸愤懑，常觉得那双明察秋毫的睿眼中，冷凝着太多的猜疑和无情，固然洞穿了许多鬼影，却也盯伤了许多好人。正如林语堂所说："鲁迅所杀，猛士劲敌有之，僧丐无赖，鸡狗牛蛇亦有之。"被鲁迅先生骂为"奴隶总管"的徐懋庸，送先生的挽联却是"仰公吊公，我唯问心；知我罪我，公已无言"——如今读来，仍能觉出那难言的哀伤和隐痛，令人扼腕而叹。但是，如果你能沿着鲁迅先生的心迹，去了解他的一生，就不难体察酿成那双凛冽冷眼的无尽悲情。

一

鲁迅各个集子中的题序（跋）内容丰富、风格各异，蕴涵着丰富的精神因子。那些既面对现实，又思接千载的文字，有一种悲愤之情一以贯之，忧愤深广仍不失其为文的总格调。要全面认识鲁迅，还原鲁迅，理性认识鲁迅精神的偏激与深刻，这是一个不应忽略的视界。

鲁迅幼年失怙、家道中落之中的种种艰难，自不待言；在鲁迅成名之后，他更经受了反抗绝望和理性受挫的悲哀，正是常人难以承受的艰难，淬炼出那罕见的冷峻；是无数次明枪暗箭的中伤和猝不及防的攻击，使他"不惮于用最坏的想法，去揣度中国人"。在鲁迅所作的序跋中，最为重要的就是《呐喊》自序了。从这篇《自序》里，读者可以清晰准确地了解鲁迅思想发展的轨迹，找到他的悲愤偏激的原点，祖父因为科考贿赂案而被判了"死缓"；

父亲忧愤成病，久医不愈。世态炎凉，人情淡薄，无处不在的死亡的阴影、绝望的缠绕，孩提时代就饱尝了社会的冷眼和欺侮，这给鲁迅带来了刻骨铭心的恐惧和悲凉。南京求学期间，他又看到了封建社会的腐败和国家积贫的现实，这样造成的心理尤为深痛，一种压抑感、孤苦无助感常困扰着他，使得性情本来就聪颖、敏感、内向的鲁迅，越发变得刚强而沉默，执著又孤独。

所谓回忆者，虽说可以使人欢欣，有时也不免使人寂寞，使精神的丝缕还牵着已逝的寂寞的时光，又有什么意味呢，而我偏苦于不能全忘却，这不能全忘的一部分，到现在便成了《呐喊》的来由。(1922 年:《呐喊•自序》)

日本留学期间的“幻灯片事件”,“弃医从文”的思想转变，《新生》筹刊的失败，“创始时候既已背时，失败时候当然无可告语”。启蒙主义文艺思想的确立，失望之后的苦闷寂寞，与钱玄同那段关于“铁屋子”的对话，悲绝仍然是鲁迅生命的底色；失望的阴霾，在他心头久久笼罩着，使他的精神陷入无聊、苦闷、寂寞之中。

“我感到未尝经验的无聊，是自此以后的事。我当初是不知其所以然的；后来想，凡有一人的主张，得了赞和，是促其前进的，得了反对，是促其奋斗的，独有叫喊于生人中，而生人并无反应，既非赞同，也无反对，如置身毫无边际的荒原，无可措手的了，这是怎样的悲哀呵，我于是以我所感到者为寂寞。”(1922 年:《呐喊•自序》)

“寂寞又一天一天地长大起来,如大毒蛇,缠住了我的灵魂。”（同上）

但苦痛与寂寞之于鲁迅，既受其困扰，又得其激励。它磨砺了鲁迅对社会问题特别敏感和执著关怀的秉性，冶炼出鲁迅敢于正视现实，直面人生，不惮“速朽”的精神风骨。寂寞意味着灵魂的不安，不安启动怀疑，怀疑催生不满，不满导致发现：

“凡是愚弱的国民，即使体格如何健全，如何茁壮，也只能做毫无意义的示众的材料和看客，病死多少是不必以为不幸的。所以我们的第一要著，是在改变他们的精神，而善于改变精神的是，我那时以为当然要推文艺，于是想提倡文艺运动了。”（同上）

“绝无窗户而万难破毁的”铁屋子里熟睡的人们，不久都要闷死了，现在，需要有人“大嚷起来，惊起了较为清醒的几个人”，“……几个人既然起来,你不能说决没有毁坏这铁屋的希望”。（同上）

“在我自己，本以为现在是已经并非一个切迫而不能已于言的人了，但或者也还未能忘怀于当日自己的寂寞的悲哀罢，所以有时候仍不免呐喊几声，聊以慰藉那在寂寞里奔驰的猛使他不惮于前驱。至于我的喊声是勇猛或是悲哀，是可憎或是可笑，那倒是不暇顾及的；但既然是呐喊，则当然须听将令的了。”（同上）

这篇《自序》，奠定了鲁迅“铁肩担道义”“为民呐喊”的思想根基，是我们了解鲁迅精神起源、积蓄和发展的非常重要的文献，是开启鲁迅精神世界的第一把钥匙。

在俄文译本《阿Q正传》序中，鲁迅仍传达出郁结于心的不为人知的孤寂、隔膜、忧愤、疑虑和执著。他在该序中明确无误地表明了写《阿Q正传》的创作动机，那就是要“写出一个现代的我们国人的魂灵来”。但对“国民精神”有深入研究的鲁迅，仍然感觉自己还没有把“国人的魂灵”捉摸透，“总仿佛觉得我们人人之间各有一道高墙，将各个分离，使大家的心无从相印”。更令他感到可怕的，是“古训所筑成的高墙”即中国数千年来所形成的对于中国人民的封建思想的精神统治和奴役。鲁迅于此是痛心和激愤的：

“至于百姓，却默默的生长，萎黄，枯死了，像压在大石底下的草一样，已经有四千年！”

“要画出这样沉默的国民的魂灵来，在中国实在算一件难事，因为，已经说过，我们究竟还是未经革新的古国的人民，所以也还是各不相通，并且连自己的手也几乎不懂自己的足。我虽然竭力想摸索人们的魂灵，但时时总自憾有些隔膜。在将来，围在高墙里的一切人众，该会自己觉醒，走出，都来开口的罢，而现在还少见，所以我也只得依了自己的觉察，孤寂地姑且将这些写出，作为在我的眼里所经过的中国的人生。”（《俄文译本〈阿Q正传〉序》）

即便在《阿Q正传》发表之后，鲁迅在巨大的社会反响下体察到的却更多是：

“我的小说出版之后，首先收到的是一个青年批评家的谴责；后来，也有以为是病的，也有以为滑稽的，也有以为讽刺的；或者还以为冷嘲，至于使我自己也要疑心自己的心里真藏着可怕的冰块。”

然而，正是这篇序言，让我们看到了如果没有鲁迅的慧眼卓见：“依了自己的觉察”，写出了“在我的眼里所经过的中国的人生”；与不苟且的坚持：“看人生是因作者而不同，看作品又因读者而不同”；“阿 Q”形象就不可能产生，中国文学也失缺了一部永恒的经典。

从小带着怀疑、憎恶的眼光看待这个世界，积蓄了太多的否定性情绪的鲁迅，忧愤成为他抗争这个世界的巨大精神能量，他以究诘、怀疑、否定、超越和不满作“向上的年轮”，为了将来而永不停息地作无所谓希望也无所谓失望的搏斗。忧愤的火花喷溅在他的题序文字中：

“我的生命……已经耗尽在写这些无聊的东西中，而我所获得的，乃是我自己的灵魂的荒凉和粗糙。”（1925 年：《华盖集•题记》）

说话说到有人厌恶，比起毫无动静来，还是一种幸福。天下不舒服的人们多着，而有些人们却一心一意在造专给自己舒服的世界。这是不能如此便宜的，也给他们放一点可恶的东西在眼前，使他有时小不舒服，知道原来自己的世界也不容易十分美满。苍蝇的飞鸣，是不知道人们在憎恶它的；我却明知道，然而只要能飞鸣就偏要飞鸣。”“要在他的好世界上多留一些缺陷。”（1926 年：

《坟•题记》)

“天地有如此静穆，我不能大笑而且歌唱。天地即不如此静穆，我或者也将不能……我希望这野草的死亡与朽腐，火速到来，要不然，我先就未曾生存，这实在比死亡与朽腐更其不幸。”(1927年:《野草•题辞》)

“这半年我又看见了许多血和许多泪，/然而我只有杂感而已。/……连‘杂感’也被放进了‘应该去的地方’时，/我于是只有‘而已’而已!”(1928年:《而已集•题辞》)

“有几个空字，是原本如此的，也不补满，以留彼国官厅的神经衰弱症的痕迹。但题目上却改了几个字，那是，以留此国的我或别人的神经衰弱的痕迹的了。”(1929 年:《现代新兴文学的诸问题•小引》)

“流徙以来，斯业久废，昔之所作，已如云烟，……大器晚成，瓦釜以久，虽延年命，亦悲荒凉，校讫黯然，诚望杰构于来哲也。”(1930年:《中国小说史略•题记》)

“……大半是废弛的地狱边沿的惨白色小花，当然不会美丽。但这地狱也必须失掉。这是由几个有雄辩和辣手，而那时还未得志的英雄们的脸色和语气所告诉我的。”(1931年:《〈野草〉英文译本序》)

“在不断的挣扎中，相助的也有，下石的也有，笑骂污蔑的也有，但我们（指自己和许广平，笔者注）咬紧了牙关，却也已经挣扎着生活了六七年。”(1932年:《两地书•序言》)

“然而我的坏处，是在论时事不留面子，砭锢弊常取类型……而见者不察，以为画的只是他某甲的疮，于是就必欲置你画者的死命了。”（1933年：《伪自由书•前记》）

“我的笔墨，实在敌不过那些戴着假面，从指挥刀下挺身而出的英雄……”（1934年：《准风月谈•后记》）

“我的不正当的舆论，却如国土一样，仍在日即于沦亡，但是我不想求保护，因为这代价，实在太大了。”（1935年：《且介亭杂文二集•序言》）

——题序文字，多为作者情怀的夫子自道；而在鲁迅先生有文集面世后的几乎每一年间，一直到死，都在吁吐着抑郁和悲凉，表达着对人世凉薄、社会黑暗、人间鬼魅的激愤，有无限苍茫的感慨和按捺不住的愤慨，创巨痛深，忧愤深广。探寻鲁迅先生这14年间的生活轨迹，则同志误解、兄弟失和、上司欺压、权贵迫害、同事猜忌、文坛围攻、同道冷箭、身后谗言，不一而足；明枪暗箭，防不胜防。寂寞、忘却、隔膜、死亡、静默、荒凉、无聊、麻木等关键词穿行在他的序跋文本的字里行间，悲凉的人生际遇，少年失怙、家道中落投下的心理阴影，使鲁迅思想资源的积累更偏好于激愤、孤独的一路（如对屈原、嵇康的情有独钟，对克尔凯郭尔、尼采的长期浸淫），嵇康的“师心使气”“慷慨激昂”，孔融的“讥嘲笔调”，都曾得到鲁迅的赞许并效仿。一开始接触文艺，就对那些“立意在反抗、指归在动作”的叛逆诗人的作品十分推崇，更喜爱那些“抗争和愤激之谈”，厨川白村、鹤见祐辅、常谷川如是闲等作家都曾受到他的特别青睐。究其原因，那种社会挑剔者、批判者的观察视角正与鲁迅从小就用怀疑和憎恶的眼光看待世界相吻合。因此，如果我们不苛责先贤，而能作设身处地的体谅，就知道那些题序文字中的阴郁和愤激，实在是鲁迅对环境的真实感受使然。可以说，绝望和悲情造就了鲁迅的内在经验世界，并贯穿于他生命的全程，成为他写作的一切。

二

而正是这样的悲情和冷眼，使鲁迅的目光无比犀利，对社会弊端及其思想根源的洞察力，远远超过同时代人。他不像李大钊似的热情洋溢，不像陈独秀那样一往无前，没有梁漱溟那种舍我其谁的担当意识，也没有胡适那种知其不可而为之的笃定精神。在设计蓝图、匡救时弊、积极建构、踏实推行等方面，鲁迅在上个世纪中国的志士仁人中，的确稍显逊色。但他也没犯下李大钊那种用理想主义揣度政治斗争的错误，不至于像陈独秀那样需要刀光血海的教训才能从现实中猛醒；也没有如梁漱溟那般的不自量力，要想给毛泽东一类政治强人去当“王者师”；更不至于如胡适们那样与虎谋皮，以“好人政府”肇始，却以自取其辱告终。在参悟世事、透视黑暗、洞察人心、考量人性、确诊病源方面，他的深刻和睿智实在惊人，是上述诸人远远不及的，这也是我们至今无法绕过鲁迅的主要原因。

也正是这样的悲情和冷眼，使鲁迅具有高瞻远瞩的历史和社会批判眼光和超人的胆识，他的冷眼总有常人不及的发见。他通过狂人之口，把中国历史、文明高度概括和比喻为“吃人的宴席”，而传统中国就成了“安排人肉宴席的厨房”。狂人晚上睡不着觉，翻开历史书，在满纸仁义道德的字里行间，看到的只有两个字：“吃人”。鲁迅给他的朋友许寿裳的信中说：为什么写《狂人日记》？因为偶读《资治通鉴》，才醒悟到中国人尚是一个食人民族。他说自己重视这发现，而知者尚寥寥也。“鲁迅的目的很明确，他要把这种‘知者寥寥’的属于思想先驱的独特‘发见’，通过小说的形式晓示全国。”《狂人日记》用“吃人”来概括中国传统，虽是一种文学象征，但的确表现了鲁迅对传统的猛烈而深刻的批判，是极带义愤的攻打和否定。在五四时期，鲁迅一谈到旧文化旧制度，往往深恶痛绝，有时把话说得很“绝”。他甚至曾经用这样义无反顾的语气来表示：“无论是古是今，是人是鬼，是三坟五典，百宋千元，天球河图，金人玉佛，祖传丸散、秘制仙丹，全部踏到他。”对鲁迅的这种非常规思维的逆反评判，在让人震撼、惊愕、不习惯之余，会顿觉清醒，思路别开生面。

“一些我们引以为荣的事，到了鲁迅那里，却可能又有新发现，有入骨的质疑。”他把雍正乾隆年间修四库全书的盛世之举，视为一种“文化统治”，是“以胜者的看法，来批评被征服的汉族文化和人情”，“文字狱只是由此而来的棘手的一种”。鲁迅有意用这种逆反式的评判去警醒人们，挣脱被传统习惯所捆绑的思维定势，揭示历史上被遮蔽的真实，正视传统文化中不适于时代发展的腐朽成分。针对五四落潮后，那些重新要提倡尊孔读经的思潮和对那种麻木人心的“僵尸的乐观”的反感，向青年提出“少看或不看中国书，多看外国书。”在这看似偏激的主张里，是鲁迅期待青年一代尽快摆脱禁锢民族精神，麻木灵魂，消解活力的衰腐传统文化的警示。鲁迅指出传统文学中常见的“大团圆”、“十景病”其功用就是粉饰现实，制造瞒和骗的大泽。至今读来，仍能从他那睿智的卓见中获得深刻的思想启迪。在《伤逝》这篇爱情诗化小说中，鲁迅没有去为当时一片叫好的“个性解放”和“婚姻自由”的时代风潮推波助澜，而是一仍旧贯充满悲情地写爱情是如何逐渐冷却为爱人之间的隔膜而走向死亡的。鲁迅通过涓生之口警示那些单纯以个性解放和婚姻自由为目的的人们——“……大半年来，只为了爱，——盲目的爱，——而将别的人生的要义全盘疏忽了。”“在五四作家中，鲁迅第一个意识到现代爱情的双重性：爱情意味着婚姻，而婚姻则本能地排斥自由选择的可能性。”当人们都在为“娜拉”的出走鼓掌喝彩的时候，鲁迅却冷静地追问“娜拉走后怎样？”指出在妇女没有独立的经济地位的社会里，娜拉的个人反抗是无力的，所以走后也只能堕落和回来两条路。即便面对死亡，这一国人讳莫如深的题材，曾在死亡的阴影中穿行的鲁迅在他的散文诗《野草•题辞》中，却以深晦而充满哲思的语言道出了他对死亡的双重性的认识，赋予死亡以生的哲学思考："过去的生命已经死亡。我对于这死亡有大欢喜，因为我借此知道它曾经存活。死亡的生命已经朽腐。我对于这朽腐有大欢喜，因为我借此知道它远非空虚。"鲁迅作品中表现的诸如此类启人智慧令人警醒的超出常人的对问题的思考和见解，其深刻性不仅与他同时代的思想家、作家无人可比，就是在现在，他的一些思想也是无人超越的。

三

善于感受和发现问题，是思考者的重要特质，非如此无法持续展开他的思考，而且难以承受探索之路上的种种挫折，这一点，在自然科学和人文领域是一样的。我们从来不会因科学工作者对种种问题锲而不舍，就责备他们不向大自然感恩、不注意思想感情的平衡，为什么就不能用类似的标准体谅人文思想者呢？科学家们的发明创造，归根结底来自对自然界与人类欲望的矛盾，他正是对这类问题盯得紧、想得深、丢不开，才有研究的持续动力，在这一点上，人文思想者是与之相通的。所不同的是，科学家在面对自然界的各种问题时，不会对大自然提出人性的要求，故一般不会掺入感情因素，而其追究问题的兴趣也不至于伤及他人；但思想家面对的问题，常常是人类生活中的困厄和灾难，其中多半有人为的原因，或者说思想家们更关注的也是人为的原因，这就不可避免地要触动感情，这种感情的强烈与否，在很大程度上影响着思想者对问题的敏锐和执著。从这个意义上说，一个悲观的、敏锐的、冷眼看待世间万象的人文学者，比乐观的、中庸的、极力照顾人际平衡的人文学者，更接近思想的圣殿。偏执的深刻比从容的冲和更能孕育探索所必需的激情。对这一点，李泽厚认为:“鲁迅即使在激烈的战斗中也仍时时抚摸着生和死，惊心目睹着生命的逝去和灭亡的总将来临。鲁迅不像周作人，用麻醉和麻木来抵挡和掩盖深刻的悲观，用苦茶和隐士的自我解嘲来解脱人生。”林毓生说“鲁迅有一种敏感和怀疑的气质，他认为中国民族根性的痼疾太深，民族的传统太腐败，因此，这种沉疴是否能够治愈，过去传统的影响是否能够摒除，还是成问题的……外观上他疏远、淡漠，内心则悲愤、沉郁；但他却有一种诚挚的关怀和道德的热情，这使他能以巨大的雄辩力表达他对中国文化危机的极度痛苦”，使其意识的主要特点是“呈现出一种深刻而未获解决的冲突。”汪辉指出：“鲁迅的深刻之处在于：他代表了所处时代的理想，确又表达了对于这种理想的困惑，” “鲁迅的精神和文本是由诸多自相矛盾的观点、情感构成的，这些矛盾点在不同时期虽有消长，但同时共存和发展，构成了鲁迅悖论式的精神张力结构”，“种种试图把鲁迅思想和艺术纳入某种有序的、统一的过程，以证明某种本质的、必然的规律的做法，都是对鲁迅丰富复杂的精神世界的简化和‘误读’。”林贤治对鲁迅不同凡俗的崇高有深刻的见解，他在其《人间鲁迅》中指出：“历史人物之所以伟大，正在于我们可以因他而深刻地意识到自身的存在；在存在方式的选择中间，我们根本不愿拒绝他的灵魂的参与。鲁迅就是这样一个人。他没有把黄金世界轻易地预约给人类，却以燃烧般的生命，成为了千千万万追求者的精神的火光。”钱理群认为鲁迅“对中国国情的把握，达到了前所未有的深度和高度。”杨义更为明确地指出：“鲁迅小说所体现的那种异常强健、睿智和深刻的理性”是尤为可贵的。“如果说在艺术天才上可以和鲁迅媲美的世界文学巨匠有一批人，那么在以光辉的理性参与民族和人民的历史发展上堪与鲁迅相轩轾的世界文学巨匠就寥寥无几了。”各位专家学者对鲁迅精神情怀的这种体认，或许有助于我们对鲁迅精神的冷峻和偏激、睿智与深刻作更深入的理解和认识。

“艰难困苦，玉汝于成”，在思想的领域同样如此，这不仅是指肉体的磨难，也包括，甚至更重要的是心灵的、精神的坎坷与重负。所以罗素认为“真正深刻的人类思想，都是产生于悲观主义。”福柯甚至说：“正是由于（疯癫——笔者注）这种模糊不清的存在，西方的理性才达到了一定的深度。”国民宽容的国度养育了更多的思想家，或许奥秘就在这里？——如果因这样的偏执或反常往往伤害着研究对象的思想感情，就对研究者责之以苛，以为避免那样的诟病是一个思想者的必需，也许就会在自以为持平稳当之时，却与思想的探索离得越来越远。若以性格的冲淡平和、处事的周到平衡而论，周氏三兄弟中无疑是建人排首、作人次之、树人较差，但他们各自在思想领域的成就呢？

如果说光环的刺眼是因为局部的失真，而要遮蔽其光芒，哪怕它是惨烈的，恐怕就一无所见了。鲁迅先生的一生，固然有本文开头所列的种种缺憾，但如果没有了这样的缺憾，鲁迅还能成其为鲁迅吗？偏激与深刻之于鲁迅，缺一不可。

（原载《当代文坛》2010年第6期）

经典何以被遗忘
——“红色经典”当代教育缺位反思

在全球化时代，当青少年的阅读形式，从经典的书籍阅读发展到视觉媒体；从感受教化启迪到寻求娱乐刺激；当世俗泛滥的大众俗文化快餐式阅读、功利化阅读成为青少年阅读必需；当中小学生为考试而阅读，大学生为考研、就职而阅读的时候，我们只能悲哀地承认：经典已离教育远去。学生可以拒绝鲁迅而欣赏韩寒；不理会冰心而喜欢安妮宝贝；不认识王蒙而推崇郭敬明。在对经典的疏离和遗忘中，“红色经典”[①]的现实境遇却更加不堪。据笔者“对在校大学生的《‘红色经典’知多少？》问卷调查抽样显示，有70%的大学生几乎没看过‘红色经典’作品，有75%的大学生认为没感觉，离当下生活太远，有18%的大学生觉得一般，仅有12%的大学生认为值得一读。就笔者对中文系学生的随

①.“红色经典”是指革命题材的文艺作品。最初指“文革”中出现的样板戏，后来被泛化推广到指称毛泽东《讲话》精神指导下创作的反映中国共产党领导的革命建设历程和普通工农兵生活的典范性作品。如《红色娘子军》《白毛女》《红灯记》《智取威虎山》《沙家浜》等革命样板戏，以及被合称为“三红一创，山青保林”的《红岩》《红日》《红旗谱》《创业史》《山乡巨变》《青春之歌》《保卫延安》《林海雪原》等小说。

堂抽问情况看，几乎90%的学生都对‘红色经典’的概念是模糊的、不了解的；只有极个别回答听说过，或从电影和电视上看到过，但仍不知道具体所指。”[1]而中小学生对‘红色经典’的无知和漠视则更为突出：就在爱情题材的作品、周杰伦的流行歌曲、金庸的武打言情小说在争议声中进入中学教材并被广泛接受的时候，“红色经典”却被撤离教材，与我们的教育渐行渐远。学生不读“红色经典”，不认识“红色经典”中的英雄人物，面对影视剧中英雄牺牲的场面，他们不是流出感动的泪水，而是发出不理解的哄笑。有不少学生以恶搞经典、调侃英雄为乐：“雷锋是因为帮人太多累死的”；“董存瑞为什么牺牲？因为被炸药包上的双面胶粘住了”；“黄继光是摔倒了才堵枪眼的”；“潘冬子是一个整日做明星梦、希望挣大钱的富家子弟……”。“《红岩》中的江姐和叛徒甫志高谈情说爱，《白毛女》中的王大春爱上地主黄世仁的千金”。“《闪闪的红星之潘冬子参赛记》《铁道游击队之青歌赛总动员》《雷锋的初恋女友》”等恶搞“红色经典”的作品被学生津津乐道。曾经为几代人耳熟能详的红色英雄人物遭到学生的戏弄和恶搞，作为以体现中华民族核心精神价值的“红色经典”，其教育地位从首席一落千丈。

经典的重要价值就在于他的不可复制性和永恒性。“红色经典”“代表着一个时代，承载着那个时代的记忆，诠释了一种时代精神，建构了一个时代的价值观念”，是一个民族的精神史。“作为引领一个时代文学潮流的经典之作，‘红色经典’为我们展现了一个庞大的革命英雄体系，几乎每一部小说都是一部忠实记录和再现革命英雄光辉事迹的历史文本。"在20世纪的中国文学史上，还没有哪一个时期能够产生如此之多的英雄叙事文本"。[4]这些英雄叙事文本"深深地影响着广大读者的审美价值取向"，并强化了"中国人的解不开的崇拜英雄的心理情结。"那些英勇顽强的战争英雄、智勇双全的传奇英雄、坚韧刚毅的地下英雄、机智勇敢的少儿英雄、无私无畏的人民英雄、勤劳勇敢的劳动英雄等，"他们以实际行动造就了自己的英名，他们的英雄品质通过感人肺腑的事迹积淀为英雄的概念，成为社会中一致认同的道德准则。这些英雄在真实生活中获得了广泛的认同，很多人从他们身上获得了巨大的精神动力。"他们"已经和中国古代的英雄形象一样，深深地刻印在人民的历史记忆之中。""不断再版的'红色经典'书籍已经超越了年龄、阅历的局限，成为社会大众不可缺少的精神食粮。"作为中国当代文学遗产的一部分，"红色经典"参与了历史的文脉传承，它同其他反映传承我国优秀民族文化的课文一样，是今天的青少年健康成长不可缺少的"母乳"。无论是一篇小说，还是一首诗歌，还是一部电影，都具有无可替代的贵重的教育资源价值。因此，面对经典被遗忘、被冷落的严峻现实，对"红色经典"当代教育的缺位成因进行分析，重新认知"红色经典"的当代教育价值，呼唤经典的回归，旨在引发我们对"红色经典"的经典教育价值有更深度的思考。

导致"红色经典"在当代教育的缺位原因是多方面的，经典教育的滞后，全球化的同化，网络的无所不及，图像的快意消解，偶像崇拜、信仰缺失以及“红色经典”自身的文本缺陷等。下面寻找与之关联密切的五个方面来分析，希望在梳理中对经典的遗忘以及“红色经典”的教育缺位现实做出理性的反思。

一、“红色经典”在当代教育的缺位与经典教育的滞后及教材多方位的缺失密切相关

现行的中小学教材中，经典教育与教学内容存在明显相脱节的现象，导致了教育本位的缺失。一方面语文教材中所涉及的“红色经典”篇目少之又少，且内容单薄，未能形成应有的感染力；另一方面，“红色经典”在教材的取舍上是传统的价值判断，学界对“红色经典”的再读，其新的识见与发现并未促成教材的二度创作和内涵的拓展，对经典的核心价值缺乏新的认同，尤其是一些经典作品的经典片断的教育资源价值未得到开发；再则，“红色经典”教育课与历史学习脱节，与艺术教育互不融合，文学缺乏历史的广角视野和理性支撑，缺乏音乐、美术等艺术的情感渗透和心灵观照，没有感性、知性的教育，也是学生远离“红色经典”的重要因素。因此，试图改变以上“红色经典”教材方面的萎缩状态，要在教材缺失的盲区开发“红色经典”教育资源，就具有了非同寻常的意义。为此，北大做出了可贵的探索。2009 年北大

新生收到的一份特殊礼物，就是根据杨沫同名小说改编的歌剧《青春之歌》。为了弘扬民族精神、激发爱国热忱，从2009年起，“北大将把《青春之歌》作为对新生校史教育、理想教育、爱国主义教育和艺术素质教育的重要内容，并于每年的开学典礼上演出。”此举赢得了社会各界的普遍关注与赞誉。2010年5月18日，北大再次将根据小说《党费》、电影和歌剧《党的女儿》改编而成的大型豫剧音乐剧《大别山的女儿》搬上北大舞台，该剧受到广大青年学子的欢迎。中国剧协研究员姜志涛发表评论说：“红色经典只要以年轻人喜闻乐见的方式进行演绎，在他们当中还是能够引起共鸣的，是有生命力的。”再据笔者对在校大学生的《“红色经典”知多少？》问卷调查中的“你希望能够读到怎样的‘红色经典’文学读本”一栏显示，80%的大学生均选择“原著介绍、赏析与精彩选段结合的形式”。可见，“红色经典”并非不能，而是以怎样的姿态走进教本、走进学生的心灵世界。

二、“红色经典”在当代教育的缺位与全球化影响密不可分

人们也许从未像今天这样深刻地感受到文化全球化带给我们教育的改变之剧烈，其触角伸向我们的思维领域之广泛。英语的强势，资讯的发达，手机的流行，网络的无所不在，图像的无孔

不入，都在极大地改变我们的价值观及审美判断。有论者认为："今天，电子媒质引起的传播革命，又一次引起了文学自身的变革。文学面临着又一次越界、扩容与转向。一大批新型的文学样式，如网络文学、电影文学、电视文学甚至广告文学、手机文学，一大批边缘文体，如大众流行文学、通俗歌曲（歌词）艺术、各种休闲文化艺术方式，都已进入文学创作和研究的视野，由文学而及文化，更多的新兴的文化艺术样式被创造出来，成为今日文学——文化学关注和研究的对象。"①而一旦这些新型的文学形态进入学生的视野，一旦易复制操作的快餐型的大众创作被学生模仿，未经包装、带有历史原色的"红色经典"自然隐退到令人炫目的流行文化后。另一方面，现代消费主义原则所强调的娱乐性、商业性和消遣性，难免也会使"高雅文化"和"红色经典"最终难逃被"消费"、被"娱乐"的厄运。这也就是寻求视角冲击和阅读快感的学生为何喜欢恶搞"红色经典"的原因。因此，有90%的大学生在笔者的问卷调查中的"你认为是否应该把'红色经典'改编成适合现代青少年欣赏的文艺形式"的问题时，均选择"应该"。在这里，我们可否套用刘震云关于"文学"与"电影"的关系的观点"文学参与电影可以让电影变得更强壮，电影参与文学可以让文学飞得更远、传播得更远"②来为"红色经典"的新生寻求一种突破呢？俄罗斯有篇文章说，政府不能将教化社会的道

①. 转引：雷达《影响文学生态的三大原因》，《教育文摘周报》。
②. 转引：赵洪涛《偶像的魅力为何势不可挡》，《中国教育报》。

德重担，放手给了流行音乐和摇滚歌手。红色经典或许可以借助于多媒体、影视、网络等现代媒介手段重新进入教育的主阵地，随着学生对文化多元化诉求的加强，并进而重建其“红色经典”的核心教育价值新体系。

三、偶像崇拜和英雄淡出是导致“红色经典”在当代教育的缺位的一大因素

“英雄”，这个让人景仰、崇拜的字眼，自古以来就像一面旗帜，指引着一代又一代的青年人精神的成长和人格的提升。但在被称为“偶像时代”的今天，尊重个体的大众文化的私人化生存观在很大程度上动摇了传统的献身精神，媒体与市场合力打造的时尚偶像的闪亮出场，使“红色经典”中的英雄人物在年轻一代的个体主义价值观及个性化追求面前迅速“祛魅”，失去了往日的光环，并逐渐淡出青年视野。“随着社会文化的多元发展，一枝独秀式的偶像很难再次出现在社会舞台上，人们有了更多的生活态度的选择，也就有了更多崇拜目标的可能，而对待偶像的态度也将同样发生变化。”随着社会中人们个性需求、自我空间的日渐扩展，年轻人的追求日益个性化，偶像也随之而变。据相关调查表明，青少年偶像的内容已经从榜样式人物转向青春型明星，从社会楷模转向情感依恋的对象。《中学生崇拜的128个偶像》一书，

如此描述明星偶像在当代中学生中的影响力:“粉丝们以巨大的热情，时刻欣赏、关注偶像们的阳刚之美、阴柔之美、容貌之美以及幽默之趣、搞笑之怪，甚至废寝忘食，如痴如狂。”“那些比青少年大不了多少的影视、体育、文化明星最适合成为他们的模仿对象。偶像所呈现的魅力，正好迎合着年轻的生命对于成长的渴望和想象。”再加上青年永远是时尚的拥趸者。因此，以前的单一的战争英雄、建设英雄被现在的多元的政治、经济、文化、影视、体育明星取代，不断膨胀的追星族在目标的迁移中与“红色经典”中的英雄渐行渐远。因此，在视角和审美观念日益多元化的今天，昨天的“英雄”是否真的能打动今天的青少年，“红色经典”是否真的能够带我们重返激情燃烧的“红色理想”年代，怎样让“红色经典”中的英雄加入我们的青少年的青春偶像行列，怎样寻找一种新的讲述方式，以21世纪的新新人类所能接受的语言和方法解读英雄、再造英雄，正是当前教育面临的机遇和挑战。

四、信念的缺失和价值观的弱化，是“红色经典”在当代教育的缺位的深层原因

尽管我们的教育从未放弃对青年一代人生观价值观的宣传教育，但由于信仰教育的淡化和滞后，青年一代面临着前所未有的精神危机。“文革”的结束打破了个人迷信的政治神话和精神道德

的乌托邦。20世纪90年代后期，后现代话语又对“英雄主义”“献身精神”“纯真爱情”“道德情操”进行了消解和颠覆。全球化对消费精神的推销贩卖，物欲追求全面膨胀，西方强势价值观念伴随着经济全球化浪潮持续渗透，直接导致青少年精神的深度弱化和个人主导价值观的全面丢失。他们中的绝大多数缺少对民族文化和国家历史的认同与了解，对党和政府缺乏信任，对人生大目标失去信心和执著追求，对集体主义和献身精神的自觉弃置。不少青年用世俗、功利的眼光看世界，以感官欲望为满足，以眼前利益为目标，以物质生活为旨归。拜金主义、享乐主义、极端个人主义思想置换了崇高的理想信念和革命的价值观念。生命的价值尺度由是否具有舍生取义、舍己为人、助人为乐、先人后己、鞠躬尽瘁、坚贞不屈等优秀品质向金钱拥有的数量、房车的等级、容颜的俊美、身材的性感等量化指标倾斜。不知曾被多少青少年奉为圭臬的保尔的关于人生价值的至理名言，在当代青年的人生天平上失去了重量。如此一来，以理想主义、爱国主义、集体主义、革命英雄主义、奉献精神为精神旨归的红色经典自然在这样一个抽空了崇高信仰的精神沙漠里无处栖身。此外，信仰缺失带来的空虚和迷茫同样需要得到精神补偿和心灵宣泄，消费主义精神所强调的娱乐性、商业性和消遣性乘虚而入，使“红色经典”最终难逃被物化为“消费”“娱乐”的商品。以红色经典为对象的“恶搞” 实际不过是“娱乐化”时代包装过的一种大众消费文化快餐而已，用以满足青年一代的信仰贫血和精神虚弱。面对如此不利的精神生长空间,“红色经典”要如何进入商品经济社会飞速发展的快车道，完成构建一个时代的核心价值体系的宏伟工程；信仰魔力消失后,“红色经典”要如何才能占领学生思想的制高点；这确非易事，但也并非不能。从被称为中国首部“红色青春励志偶像剧”《恰同学少年》的高收视率和强烈反响中我们可得到深刻的教育启示：该剧采用时尚元素，以唯美的风格，展示昂扬向上的格调与旋律，于悄无声息中融入主旋律元素，让人们在不知不觉中得到教益。“……少年智，则国智；少年强，则国强……”的强音在人们心底久久回响。每一个观剧者无一不为以毛泽东为代表的老一辈无产阶级革命家的高尚人格、宏伟抱负、坚定信念，以及感时忧国、进取向上的精神风貌所折倒，无一不从中感到巨大的信念的力量。该剧让我们明白：个性可以不另类，高尚可以和时尚相融，布衣粗食可以孕育高远情怀，弹丸之地可以施展远大抱负。这让我们发现“红色经典”也可以成为一种流行，任何新潮偶像，都无法遮挡英雄偶像的人格魅力，信仰的种子一旦播撒在青年人的心田，春风化雨，就能开花结果。

五、“红色经典”在形态上的趋同化和思想上的单一化是导致其在当代教育中缺位的内在原因

高度的政治化，几乎是现代中国文学难以摆脱的历史宿命。

由于与政治天生的亲缘性，在20世纪五六十年代，评论家曾以非文学的价值体系，比如用政治性去衡量作品，作家也曾用非文学的价值观念支撑自己的文学创作，这都造成了“红色经典”形态上的趋同化和思想上的单一化。“红色经典”在追求史诗规模和塑造英雄典范的创作中受政治标准的驱使，自身存在着题材和性格简单化、情节和叙事公式化等艺术缺陷。非好即坏的“二元对立模式”将具有无限丰富性的“人”机械地简化为阶级的符号。高唱凯歌的战斗进程与最终胜利的必然结局消解了战争文学的悲剧美学效果。由先进—中间—落后构成的农村题材的三大人物模式构成了对人物个性的消弭和价值认同的简单化。在“红色”的光环下，也就难免发生了政治标准和艺术标准的失衡和错位。由于以上客观存在的局限性，再加上重写文学史对“红色经典”的所持的否定和漠视态度，对“红色经典”的认识陷入了历史虚无主义。有“红色经典”研究论者指出：“我们在反思红色经典与政治的关系时，一边极力批驳了红色经典沦为政治附庸的自我地位及其品性的丧失，并为此而不愿回首；一边却又套上另外一层政治的外衣，忙于给红色经典贴标签，以求自我的反省和认识，而结果却在‘倒洗脚水的时候，连孩子一起倒掉了’，走向了历史虚无主义，以至于陷入了重重围困之中的红色经典，很难依靠文本自身的文学和艺术价值来左右读者阅读与否。”因此，学生对“红色经典”的冷落和漠视、戏弄和恶搞也是事出有因。但这也从另一方面使我们看到了“红色经典”的潜在资源价值及尚待开发的审美空间，促使我们对“红色经典”的文学价值和文学史地位予以重新审视。如果这一点得到教育者足够的重视，那么针对学生的个性需求合着时代节拍的教材开发与教学革新就不难做到，将红色经典遮蔽和忽略的独特审美功能凸现出来，让“红色经典”真正走进学生的阅读视野，常驻他们的心灵，让“红色经典”汇入文学史的大河从青年一代的生命中流淌过去，这岂不是水到渠成。

“红色经典”是20世纪中国文学史无法忽视也绕不过去的重要存在。对于大多数中国人而言，“革命”也许将是他们对于20世纪最为深刻的记忆，这些不能忘却的记忆艺术地保留在20世纪“红色经典”中，它既是亲历者无法告别的精神遗产，更是后来者必得造访的文学史库。钱穆先生曾鼓励后生，做学问的人不要只种桃、种李、种春风，还应该种松、种柏、种永恒。要培养学生健全的人格和丰富的精神世界，要引导学生全面地认识经典、接受经典，不仅是对古代的、现代的，外国的经典也不能遗忘。

面对中华民族的“红色经典”这份文学遗产，教育是不能失忆，更不能缺位的，经典岂能被遗忘。

（原载《名作欣赏》2011年第7期）

私人化、市场化、大众化与文学边缘化

文学边缘化是新世纪文学最灿烂也最晦暗的一道风景，既繁花似锦、炫人眼目；又备受冷落，处境凄凉；既走向式微，又特有活力。从 2000～2010 年一路看过来，文学从未有像现在这样的喧嚣、靓丽、平庸和性感，也从未有像现在这样如此地迎合大众，如此地和市场血肉相连。“美女作家”“躯体写作”“80 后”青春文学，“网络作家”“口水诗”“下半身写作”“反腐小说”“官场小说”“穿越小说”“玄幻小说”等各种主义、各种旗号在文坛竞相出笼，浪起潮涌、热点频闪。文化渗透文学，事件淹没了作品，新闻性取代了文学性。我们看到文学被包装、被营销、被炒作：“美女文学”粉墨登场，“青春文学”重装上市，“梨花教主”网上蹿红，诗人客串“裸体秀”，文人打架，作家行乞，诗人把玩行为艺术，恶搞在网上大行其道。我们听说哪位作家成立工作室了，某位作家办杂志了，谁和谁在博客上彼此叫阵了，谁抄袭谁告上法庭了，哪里又有签名活动了，哪里又在进行某个重要纪念活动了。正是这些形形色色的令人眼花缭乱的文学事件和文学热点，使文学呈现出类似于泡沫经济的繁荣，文学成了私密日记、成了热销商品、成了大众把玩的文字游戏，在就范于大众传媒和商品市场的同时，文学逐渐远离中心意识形态，向世俗贴近，步入开放之境，走向文学的“边缘化”。即便传统的“严肃文学”或“纯文学”，一方面在边缘文学的挤迫下失去文学中的主流地位，另一方面又由于大众文化的不待见而失去文化中的显赫地位。同时，整个文学也由于休闲娱乐的多样化，阅读文本的立体化，以及“电视文学”“摄影文学”“网络文学”“手机文学”“图说”等新生文学的兴起，边缘化日趋严重，而文学一度作为社会关注焦点的中心地位，也随之一去不复返了。探索文学的边缘化发展轨迹，理性梳理其历史动因和现实走向，有助于对新世纪文学的边缘化趋势进行客观的审视和更全面的认识。

远离主流，自恋伴音：文学私人化

今天，阅读当代创作，特别是流行小说，文学与生活的关系变得非常“私人化”。“新生代”作家们“开始有意无意地疏离文学创作和现实主流话语之间的关系，偏离政治、阶级、制度的束缚，鄙视文学的现实功利意义，淡化文学的社会批判功能。”他们从“书写他者”转为“书写自我”，从“代言人”式的写作到“个人化”的写作，叙述立场已由“中心”走向“边缘”。不少作家更是自觉地选择了自我放逐的“边缘化写作”道路，“他们将叙述话语明确地指向了纯粹世俗的个人生存现实，放逐理想、信仰及精神追求，其叙事的一切策略都是针对生活现场，都是以世俗生活本相为依托”，是面向自身个体生命的欲望式倾诉。他们与红尘共舞，与欲望交欢，以“边缘化”的立场和“非主流代言人”的角色书写个人的感觉经验和隐秘的内心世界。他们宣称“肉身是活着的唯一证据”，“肉体就是我们共同的家园”，“诗歌从肉体开始，到肉体为止”，“用身体检阅男人，用皮肤写作”，“用心体验最本能的冲动”，“对即兴的疯狂不做抵抗，对各种欲望顶礼膜拜，尽情地交流各种生命也包括性高潮的奥秘……在写作中最大的快乐就是重新发现自己的感官，通过感官发现语词……”一些时尚化的作家，以身体这个狭小的窗口看世界，把生活变成袒露个人隐私的微缩景观。他们的作品中，不再有宏大的主题，回避社会责任，稀释爱情，消解亲情、友情和师生情，没有民族的忧思，没有人类的痛苦，没有时代的感愤。纯“个人的体验感受、个人的隐私欲望、个人的心理表白、个人的语言风格。作家在自己的私家领地里，以一种肆意张扬的姿态，自娱自乐的方式，絮絮叨叨讲述着故事。”他们以另类、叛逆、乖张、颓废、自恋、放纵的先锋前卫姿态，不惜以“全裸日记”“口述实录”，将“绝对隐私”“绝对秘密”示众；拿“一夜情”“婚外恋”“多角恋”“性快餐”来说事；让“上海宝贝”“三陪女”“情妇”“女人床”“迷花园”“我把你放在玫瑰床上”“蝴蝶的尖叫”“孔雀的叫喊”“长达半天的欢乐”“天不亮就分手”等“玉体横陈、肉身乱飞”；在孤芳自赏中反复咏唱“自我展示”“自我宣泄”“自我抚摸”“自我品味”的自恋浪漫曲。“某些文学演绎成了‘饮食男女’的流水私账”，“他们在粗糙浅陋的文字里，书写着极端的自我感受、梦呓一般的絮语、不切实际的幻想、夸大其辞的无聊。”作家们津津乐道于自我体验的微妙状态，标榜着自我独有的性经验，从而让话语进入一个带有自传性色彩和个人隐私暴露癖的极端个人化的写作状态。

如此，我们从“美女文学”“青春文学”“网络作家”“口水诗”“下半身写作”等流行作品中读到的无论是带着癫狂和放纵的性宣泄，还是忧伤弥漫、充满叛逆和焦灼的青春抒写，抑或本能搅和灵魂的身体写作，无论怎么看，都像是在读作家的个人写真、私密日记和欣赏人体画展。正如一个新生代作家的夫子自道：“对我来讲，写作主要不是一门事业，而是一种私生活，我不过是以写小说代替了日记。”一切的表现都让人觉得与家国、与社会、与生活，与个人化折射人生大社会相去甚远。因此难怪有人称这类文学为“情色文学”“梦呓文学”“呢喃文学”“泡沫文学”“颓废文学”“变态文学”“消费文学”“垃圾文学”。在表面颇为繁荣的私人化写作现象背后，掩盖的正是时代良知匮乏、信仰缺失的人文精神危机。

与20世纪90年代兴起的“私人化”写作大不相同的是，今天的“私人化”已不再是“犹抱琵琶半遮面”，“羞答答的玫瑰静悄悄地开”。“私语化”“个人写真”“个人话语权”在21世纪已成为各类文艺杂志大肆炒作的题目，成为各位作家竞相追逐的新时尚，而集体主义、理想主义等传统中心意识形态主流话语则在文坛逐渐淡出，甚至成为某种落后、陈旧的标志。学者吴义勤在谈到“新生代小说的生活伦理”时指出：“新生代作家大多以‘在边缘处’相标榜，一方面，‘在边缘处’是新生代作家回避‘国家民族宏大叙事’以及‘革命’‘历史’等巨型话语的有效方式；另一方面，在‘边缘处’也显示了新生代作家自我生存方式的独特性。在‘边缘处’意味着对于自我私人经验的强调和对于公众经验的远离，意味着没被污染、同化的个人化‘生活经验’被培育、被塑造、被建构，意味着与私人经验的呈现、挖掘相关的经验化美学的登场。”

描摹生活事象，刻画欲望沉浮，宣泄个人情绪，沉陷一己之私，放纵阴暗心理，消解深层次的思考与判断，瞬间取代了永恒，庸俗取代了崇高，刺激取代了韵味，私人化写作作为对当代文学中曾经建构的身体禁锢和性爱稀缺的乌托邦世界的反动，无疑有其强烈的颠覆性和摧毁力量，在其寻求身体突围和人性探微方面，也为展示人性的丰富性增添了更为鲜活的审美元素，通过身体辐射出来的话语活力更使禁欲的语言死角充满生机和春意盎然。但不管是“美女作家”以私密示人的赤裸裸的欲望宣泄，还是所谓“下半身诗人”为满足肉体欲望的文字狂欢，一当文学失缺了家国这一宏大时空，一当文学没有了时代的感应和人类共同的精神寄托，在感官的刺激和愉悦之外，文学也就再难激起我们的情感共鸣和思索，再难牵动我们置身其中的真切彻骨的心灵痛楚，再难提供给我们观察大千世界、理解芸芸众生的多维视角，更遑论给我们带来生命和未来生活的启示了。还是评论家谢有顺说得好："文学光写身体和欲望是远远不够的，文学应该是人心的呢喃；文学不能只写私人经验，只写隐私，文学还应是灵魂的叙事。这是文学写作最为重要的精神维度。"

堕入红尘，媚俗物语：文学市场化

在以经济建设为中心的今天，伴随着市场经济体制的确立，商业文化全面渗透到现实的生存之境，市场化带来了文学生产的深刻变化。市场经济造就了按照市场规律运作的文化市场，文化市场中文学的生产、流通、消费都必须遵循商品经济的基本规律，因此带有了鲜明的消费性，文学成了"消费者"来"消费"的"产品"，而作家也无可逃避地从文化提供者的单一身份向文化人和商品人合一的双重身份过渡。

一方面，从作者角度讲，写歌的不如唱歌的，写剧本的不如演剧的现实尴尬，使仅靠微薄工资糊口的知识分子，尤其是从事人文学科的知识分子，明显地被排挤到社会的边缘，成为"边缘人"。20 世纪"90 年代市场经济兴起，以坚守精神家园自居的文化精英们无一例外地陷入了'为稻粱谋'的生存困境，商品意识四处渗透，作品的市场生存直接关乎作家的个体生存，出版发行的商业化运作给传统文学以巨大冲击。创作主体群中的相当一部分人表现出明显的商业化姿态。”“人们开始主动放弃对精神文化的形而上追求。这样，世俗欲望趁机而入，一些从事精神性劳作的作家也开始走下精神殿堂，直接面向世俗的日常生活，并深入其后那生命本质的原欲之海，欲望，作为一种独特的风景，已成为当代小说的重要表征。人们所习惯的文学过去的‘伟大叙述’‘诗性关怀’，那些深邃的精神和思想，那些感人的情调和风格已很少再现，一种无动于衷的近似观赏式的视点正在支配小说的叙事，而那些欲望化的片断和场景则成为当代文学走向市场的得力凭借。”对此，学者陈晓明做了如下形象的阐述：“在文学领域，当代文学怀着的那么一点信念和信心，那么一点热情和意志，给商品化的几个浪头就打得落花流水，俗文化带着金钱的诱惑，来势凶猛，‘纯文学’唯有落荒而走，在不周山下，苟延残喘。”在文艺工作者们惊惶失措地重新审视现实、确立立场的同时，文学不可避免地发生了功能迁移和多元生成，走向边缘化。

另一方面，从读者角度讲，人们昔日高涨的政治热情和忧国忧民的精神理想已逐渐被日益膨胀的物欲所替代，中心意识形态、国家民族的宏大叙事已经不能引起普通市民的兴趣，他们只关注房子、车子、票子、位子，以及读书、看病等与自己切身利益息息相关的现实利益。同时，忙碌紧张的生活节奏、现代社会生存的巨大压力，也迫使人们无暇对社会人生进行过多严肃的思考与反省，无心对精神理想作形而上的探求，人们需要的只是令人轻松愉快的消遣读物。纯文学、严肃文学逐渐向文学的边缘地带、社会的边缘地带转移。有论者说：“只要看看文艺市场的销售清单便一目了然：流行歌曲以各种精美的包装和炒作形式在各大媒体‘狂轰滥炸’，歌星、影星、另类小说家成为新新人类追捧的偶像；大制作的电影电视节目拥有大批观众；消遣性的通俗读物也堂而皇之地位居畅销书之列……与此同时，一向以‘精神骄子’自居的严肃文学无可奈何地被挤到社会生活的边缘，处于无人问津的尴尬境地；至于那些诉诸理性和抽象思维的文学批评，更是退居边缘的边缘。”“在市场的夹逼下，文学内在的求生存求发展的根性促使其迅速地调整、改变自身，以适应新的市场需要，并进而用市场包装、广告经营、媒体炒作等手段刺激市场、开拓市场，又从新一轮的市场反馈信息中更大肆地炒作为市场所看好的作品”。市场化对文学的影响日益加深，市场经济的利益原则和自由竞争原则诱使着文学朝着物质主义和欲望化的方向发展。

学者杨剑龙在对“新世纪初的文化语境与文学现象”进行论述时指出：“新世纪初，中国社会延续着20世纪90年代以来的市场经济商品经济发展的轨迹，市场与读者成为影响着新世纪初文学的基本因素，文学创作从以往的‘作家→作品→市场→读者’轨迹，逐渐转变为‘读者→市场→作家→作品’的过程，由出版社窥测读者阅读兴趣，策划创作选题，再请作家就某些有市场的选题进行创作，完全改变了传统的文学创作的环节链，这对文学创作产生了重要的影响。”

早在 2001 年，美国学者 J. 希利斯•米勒在其《全球化时代文学研究还会继续存在吗？》一文中，就指出在电信时代，文学、哲学、精神分析，甚至情书都会消失。作者从马克思的《德意志意识形态》中寻找根据，认为意识形态随着物质条件的改变而改变。文学的时代，依赖于印刷机和出版商而存在。当国际互联网取代了印刷机与出版商时，本来意义上的文学就不存在了。米勒引述德里达的意思说:“你不能在国际互联网上创作或者发送情书和文学作品。当你试图这样做的时候，它们会变成另外的东西。”

因此，面对强大的市场压力和新的商业运作模式，一部分作家痛苦抉择——远离中心意识形态，放弃艺术理想追求和创作形式上的探索，以市场需求和经济效益为导向，顺应市场经济规律的调控，听从金钱的摆布，一味迎合某些读者的低俗欲望，大量创作好看的、刺激的、新鲜的、猎奇的、能吸引眼球的、哪怕遭骂的“肥皂剧”之类的浅薄庸俗之作。为了获得比文学创作更多的利润，为了小说能够方便地改编成电影电视剧本，强化故事情节、轻视小说形式的低劣之作大量浮现。甚至直接把电视剧本移植为小说，小说成了影视剧本的“副产品”。这类创作，商品价值大于精神价值，市场价值远远高于其文学价值。更有不少作家“为了吸引读者的注意力，满足读者的好奇心，促成读者的消费欲望，作家们在包装上可谓煞费苦心、绞尽脑汁，想方设法以赢得读者的眼球。”如此一来，我们看到：一篇篇平庸之作，一经炒作，即可大红大紫，成为“经典”之作，走俏海内外市场；一个个平庸浅薄的写手，一经包装，即可名扬天下，成为文坛新秀、知名作家；发行量动辄上百万，十几岁的写作“童子军”队伍在市场运作下发展壮大；被冠与“美女”的女作家身价倍增，作品畅销；以制造噱头的诗人成为网上风云人物，被万人注目；以情色和身体命名的作品受到市场青睐；“超文学”写手易中天、于丹以及“80后”作家韩寒、郭敬明等登上了“中国作家富豪榜”。特别是“青春文学”的市场业绩更是文学市场化的成功案例。“‘青春文学’从登陆文化界就一路飙升，在短短几年时间内就完成了对整个文化市场的征服”。如韩寒、郭敬明、张悦然、春树等，他们拥有出版商喜出望外的发行量，有资深作家嫉妒的青春妙龄，有媒体企盼的高密关注度和网络点击率，“文学类畅销书排行榜前30名一半都是青春文学作家”，青春文学图书已“占据文学图书市场百分之十，与中国现当代作家作品整体份额旗鼓相当、分庭抗礼”。长江文艺出版社的一位负责人称：“他们出一本火一本，从没亏过。”图书策划人说：“他们就是有市场。”而郭敬明直接被称为出版社的“印钞机”，成为文化与商业双重收益的标准样板。“80后”最小的写作者之一蒋方舟就不无得意地标榜：“我百分之一百二的早熟，早熟的苹果好卖。”这正是对文学商品化、市场化的绝妙佐证。

文学市场化一方面让我们看到“自由市场”为“松绑”中的文学提供了多种选择的空间，为社会模式化的文学带来了突破的契机和活力，激活了文学新的生长点和创作机制；但另一方面，也让我们看到在越来越赤裸的“市场暴力”下，选择其实是何等单调，喧闹繁荣的背后是何等冷漠和苍白；除了身体和欲望，作家已无生活可写；除了时尚媚俗，作家也已无话可说。文学在日益丧失它的精神价值，而成为当今社会生活的装饰和点缀，成为单纯的娱乐渠道和消费品的根源。而文学一旦在适应市场中失去内蕴，就会导致品质的丧失，最终导致精神危机的出现。正如批评家雷达所指出的“当创作丧失了对生活的敏感或疼痛感，把创作变成了制作——批量化地生产、流水线作业的时候，文学就不会有什么真正的生命了。”还有论者指出：“在文学审美价值定位上的世俗化、‘快乐原则’与商业性,导致了作家的创作以大众的日常消费性审美为旨归,压缩了读者的审美想象空间,钝化了读者的审美体验能力,甚至为了追逐商业价值而不惜牺牲作品的艺术水准。在这样的文学作品面前,读者的审美能力自然难免退化。”

走向开放，亲众欢歌：文学大众化

“美国哲学家奥尔特加在《民众的反抗》一书中较早地提出了大众文化的概念。他认为大众文化主要是指在一个地区、一社团、一国家中涌现的、被一般人所信奉接受的文化，它是大众社会的产物。”大众文化是以其消费性、娱乐性,与大众传媒紧密结合为其显著特征。“进入新世纪以后，经济日趋全球化、文化日趋多元化、消费日趋时尚化，在这样的语境中，文学身不由己地纳入了大众文化的发展轨道”。作为一种强势文化，大众文化也越来越深入地影响着文学的创作，改变着当代文学的格局，导致其边缘化。首先，大众文化使人们的消闲生活方式更趋多样化，酒吧、咖啡厅、夜总会、KTV、迪吧、茶楼、健身、美容、旅游、购物，人们消闲空间无限广阔，互联网、电视、电影、DVD（VCD）、MTV等成了时代主流，成了人们生活中必不可少的一部分，并由此构成了对占据中心位置的文学的竞争、挑战和挤压。正如评论家王干在《网络改变了文学什么》一文中所指出的：“网络的出现，应该说不是文学所期望的，但网络还是无情地进入了文学，并且毫不商量地改变着文学。”“‘读图（读屏）’时代代替了‘读书时代’，这不仅挤占了文学的位置，而且正在逐渐改变着人们的阅读审美趣味。”其次，大众文化在满足了大众对文化艺术产品多样化的需求的同时，大众按菜单索取所需使文学不再是人们唯一的文化消费产品，受到小资白领青睐的时尚文化刊物，雅俗共赏的各种音像制品，尤其是电视文化和网络文化的冲击，使得文学作品那种“三千宠爱在一身”的时代一去不复返。

因此，不可避免地在高科技和市场化的文学生态背景下，与文化结缘的大众文学凭借得天独厚的条件最先占有了市场。随着大众文化的日益完备和它对文学日益深入的渗透，“‘作家’也经历了由社会精英和精神贵族向凡夫俗子回归的过程，‘作家’也像

‘旧时王谢堂前燕，飞入寻常百姓家’一样融入了平民大众的身影中，作家已不再是民众倾慕的对象，文学创作也不再是只有‘作家’这一所谓的社会精英群体才能从事的职业，‘作家’的神圣光环变得犹如风中摇曳的萤火，‘文学创作’成为千百种职业中极其普通的一种，人人都可以从事的工作。”评论家白烨在评价当前的作家队伍时说：“现在，活跃于当代文坛的中国作家，从三十年代出生的王蒙、张洁，到八十年代出生的张悦然、郭敬明，大约有六代人在同时写作，称得上是‘六世同堂’。”“在当今的文坛上，可以说写什么的都有，怎么写都行，而且都有自己的空间，自己的受众。”

“文学褪去了神圣的外衣，消失了耀眼的光芒，也就打消了大众对文学的敬畏心理，降低了大众进入文学的门槛，拉近了文学与大众的距离，激发了大众对文学的兴趣，更增强了大众参与文学创作的勇气和信心。虽然当下文学市场颇为低迷，职业作家并不吃香，‘文学青年’也不再时髦，但文学创作的队伍却如股市中的‘牛市’一样，人数一路看涨。”“单就中国的作家队伍来说，虽然近年来曾有过作家炒作协鱿鱼的报道，然而，作家队伍的数量却是不断增长的，而且除了所谓的‘70年代’‘80后’外，又冒出了‘90后’的一帮‘少年’作家，如湖南省作协于去年（2006年——笔者注）就为5位少女送上了‘作家’的头衔。其年龄之稚嫩，恐怕连当年的王蒙、刘绍棠都会觉得有点汗颜。更多的人虽然无缘得到各级作协的收编或青睐，但这并不妨碍他们向文学领域的进入。”在过去，少年作家被视为天才且凤毛麟角，而今天，大众文化造就的少年军团已是浩荡千军。作家也汇入了文化明星的队伍，身后簇拥着像当红明星一样的追星族。韩寒、郭敬明的粉丝，对作家形象的关注，远远超过了对文学本身意义的关注；对作家身价的关注也远远大于对作家才华的关注。人们纠缠着郭敬明眼睛的颜色和他在福布斯排行榜上的名次，争论韩寒拥有多少辆豪车以及豪车的品牌等级，不断炒作作家的版权官司和暧昧情史。偶尔我们还会惊异地发现，我们曾经熟悉的某位作家，竟出现在那些时尚消闲杂志上，出现在电视荧屏的黄金时段里，一边谈文学、一边享受着“大众情人”的礼遇。

即便是以前的精英作家，也在承受着被“消融”、被“遗忘”的边缘化危机中，为适应市场需要，转而搞大众文学。“文学写作由神圣化的精英专利转为草根性的众声喧哗，文学样式由相对完形的诗歌、小说、散文、戏剧泛化为形态驳杂的多质化语言文本，文学功能从强调启蒙教育作用走向强化消遣娱乐作用，文学接受则由崇尚经典的审美再创造活动简化为追随时尚的文化消费行为。”

当“大众的文学化”“文学的大众化”（葛红兵语）生成后，我们看到：文学开始不断地为大众提供仿制的时尚模本：有围绕成功人士、优雅别墅、酒吧、咖啡馆、做爱等的“小资写作”；有忧伤着、叛逆着、戏谑着将颓废进行到底的“愤青写作”；有“热衷于展示青春和身体”“把隐私放在祭坛上”“对沉沦和堕落沾沾自喜”的“美女写作”；有抖露隐私或黑幕、欣赏智力犯罪的“反腐写作”；有混用文学话语、政治话语、革命话语以及民俗语言的“杂交写作”；有只需敲回车键就能复制粘贴的“梨花体”写作和以“身体符号”用“性话语”组合的“下半身写作”； 以及广告宣传、网聊博文、短信回帖、描述评论的“超文学写作”；……凡此种种，不一而足。肉体与灵魂剥离，冷酷与疯狂交织，有情有义的伤害，无缘无故的追随，不劳而获的享受，争风吃醋的背叛，无病呻吟的忧伤，扭曲亲情的叛逆；恍惚飘荡的文字里，充斥着性爱、畸恋、肉欲、死亡、毒品；反讽调侃的话语中，弥散出孤独、怀疑、仇视、早熟、暴力；作品的三大元素离不开都市、网络、另类（或非主流）；作品的主线永远是情人、做爱、吵嘴，冲撞、出走、逃逸；生活的场景永远是酒吧、豪宅、饭店、卧室；人物的内心世界永远是怀疑、空虚、冷漠。一部作品一旦走红，大众就会趋之若鹜，“搭车之作”就会应运而生。

有些文学不能做到的大众文化却能助其一臂之力，让作家成为明星，让作品轰动全球，让财富榜上有名，这既是文学的幸事，但又是潜伏的危机——“大众文化依托市场规律和商业原则，导致文化艺术沦为赚钱的手段和工具，不再服从于自由的创造本性和审美的精神需求，迎合大众口味，走向平庸和媚俗。于是文化艺术的原有本性、旨趣、功能都发生了根本性的逆转：由张扬个性、呼唤自由、批判现实和理想导向转向了千篇一律、呼唤利益和消遣娱乐，从而导致了文化和艺术的异化”。文学精神日渐稀薄，文学成了没有灵魂的躯体，这才是当前文学最可怕也最应该重视的问题。

“也许是形势变化快，也许是人在事中迷，眼下的文坛确实缭乱得让人难以看清，异样得让人难以读懂。”“置身于活跃不羁又变动不居的当下文坛，人们越来越明显地感觉到，文坛在变大，文学在变小。似乎谁人都能介入文学，谈论文学，但真正意义上的文学又日渐稀少，日益萎缩。”白烨先生的感受应该是真切而带有普遍性的。面对日趋严重又势不可挡的文学边缘化，我们曾不安、曾怀疑、曾失望、曾忧虑，但无论是边缘化文学还是纯文学，在寻求文学的本质和人性的真实上最终仍然是殊途同归。私人化、市场化、大众化的背后，有社会最需要的觉醒和创造；有人性最需要的真诚和良知；有文学最需要的激情和想象。文学终归要经受时间的考验和历史的筛选,其中的一些糟粕必然被淘汰,是泡沫，终要破灭；是垃圾，终要速朽；而真正的优秀者则将留存史册成为人类社会的精神财富。刘再复先生曾不无期待地说过：“中国作家如果不是陶醉于‘成就’，而是面对‘代价’，从痛苦的代价中学到一点东西，那么，明天一定是属于中国作家的，可以肯定，拥有表达自由的作家会跨入更伟大的精神价值创造之门。”我们怀有同样的期待，文学总要前行，走过边缘化，文学也一定会迎来它的新生和希望。

（原载《湖北社会科学》2011 年第 11 期）

主要参考文献

[1] 卫慧. 上海宝贝[M]. 沈阳：春风文艺出版社，1999.
[2] 韩寒. 三重门[M]. 北京：作家出版社，2000.
[3] 梦游. 80后作家成名之路[M]. 北京：现代出版社，2006.
[4] 郭敬明. 幻城[M]. 沈阳：春风文艺出版社，2004.
[5] 张悦然. 樱桃之远[M]. 沈阳：春风文艺出版社，2004.
[6] 棉棉. 糖[M]. 北京：中国戏剧出版社，2000.
[7] 蒋方舟. 正在发育[M]. 西安：陕西师范大学出版社，2001.
[8] 雷达. 当前文学症候分析[M]. 北京：作家出版社，2009.
[9] 九丹. 乌鸦[M]. 武汉：长江文艺出版社，2001.
[10] 白烨. “80后”的现状与未来新青春文学[J]. 当代文学研究资料与信息，2005(3).
[11] 马原. 重金属：“80后”实力派五虎将精品集[G]. 上海：东方出版中心，2004（1）.
[12] 白烨. 命运与时运的交响回旋——2009年长篇小说概评[J]. 当代文学研究资料与信息，2010（1）.
[13] 林丹. 关注低龄化写作[J]. 语文建设，2002（4）.
[14] 王士强. 新世纪十年诗歌热点问题回眸[J]. 理论与创作 2010（4）.
[15] 王义杰，李全. 论“下半身”诗歌流派的产生及理论主张[J]. 保定师范专科学校学报，2004（1）.
[16] 陈仲义. 肉身化诗写刍议[J]. 南方文坛 2002（2）.
[17] 王干. 网络改变了文学什么[J]. 文艺争鸣 2010（6）.

[18] 王士强．恶搞•恶炒•恶俗——论作为媒体诗歌事件的“梨花体”与“裸体朗诵”[J]．北方论丛，2008（4）.
[19] 欧阳友权．网络文学行进中的四大动势[J]．贵州社会科学，2008（10）.
[20] 李展．网络文学的前生与今世[J]．郑州铁路职业技术学院学报，2004（2）.
[21] 周志雄．网络文学与中国当代文学的发展[J]．理论学刊，2009（4）.
[22] 周志雄．恣意飞扬的青春——论大学校园题材的网络小说[J].理论学刊，2008（8）.
[23] 马季．2007 年网络文学：度过整合期，期待新高峰[J]．当代文学研究资料与信息，2008（2）.
[24] 郝雨．官场作为人的一种处境——关于近年来官场小说的艺术走势[J]．当代文学研究资料与信息，2002（5）.
[25] 张韧．反贪小说如何深化[J]．当代文学研究资料与信息，2001（6）.
[26] 石华鹏．对“官场小说”的期待[J]．文学自由谈, 2007(5).
[27] 王翔宇, 王振羽．关于反腐败文学的若干思考[J]．南京化工大学学报(哲学社会科学版), 2001(4)．[24]
[28] 陆梅．沪上文坛评说反腐小说[J]．当代文学研究资料与信息，2002（5）.
[29] 马季．网络文学：与传统逐渐融合，生产消费机制成型——2009 年中国网络文学述略[J]．文艺争鸣，2010（1）.
[30] 欧阳友权．从“草根庶出”到主流认可[J]．学习与探索，2010（2）.
[31] 朱颖. 网络作家今安在[J]. 当代文学研究资料与信息，2003（5）.